DAHYANG
ROMANCE
STORY

댄스 위드 미

Dance with me

재롱이 장편소설

Contents

Prologue

점심을 먹기 위해 사무실을 나서던 석훈은 안무 연습실 유리 벽에 붙어 서서 안을 뚫어져라 쳐다보는 아이를 발견했다. 얼굴이 낯선 것을 보니 들어온 지 얼마 안 된 연습생 같았다. 조용히 그의 곁에 선 석훈이 물었다.

"뭘 봐?"

그의 목소리에 아이가 놀라서 그를 바라보았다.

"어! 대표님."

꾸벅 인사를 하는 아이의 머리를 쓰다듬어 준 석훈이 고갯짓을 하며 말했다.

"누나 잘 추지?"

안무를 짜는지, 거울 앞에 세워 놓은 카메라를 바라보며 춤을 추고 있는 지아를 바라보며 말했다.

"네. 단장님 정말 잘 추시는 것 같아요."

아이는 그저 대단하다는 표정으로 다시 안을 쳐다보았다.

"너도 열심히 하면 저렇게 돼."

"정말 그랬으면 좋겠어요."

눈을 반짝이며 자신에게 말하는 아이의 어깨를 석훈이 두드렸다.

"그러니 연습 열심히 해!"

"네. 그런데 대표님!"

어깨를 두드려 주고 자리를 뜨려고 했던 석훈은 아이가 부르는 소리에 다시 문 앞에 섰다.

"왜?"

"누나랑 썬 형이랑 춤 선이 닮지 않았어요?"

아이의 말에 석훈은 그를 내려다보았다.

'요 녀석 제법인데?'

"어디가 닮았다는 거야?"

석훈의 질문에 아이가 골똘히 생각하더니 입을 열었다.

"그루브 탈 때랑 또, 암튼 전체적인 분위기가 형이랑 누나랑 닮았어요."

배우기만 급급한 다른 연습생과는 다르게, 표현은 못 해도 포인트를 집어내는 아이의 눈썰미에 석훈은 그의 얼굴을 다시 한번 더 쳐다봤다. 그리고 말했다.

"밥 먹으러 가자. 식당 문 닫을 시간 다 됐어. 사모님들 싫어하신다."

그의 말에 아이는 아쉬운 듯 안을 한 번 더 쳐다본 뒤 식당으로 향했다. 석훈도 뒤를 따라 식당으로 향했다.

* * *

음악에 맞춰 미친 듯이 춤을 추던 지아가 음악이 멈추자 가쁜 숨을 몰아쉬며 허리를 숙였다. 얼굴을 타고 내려오던 땀들이 기다렸다는 듯 마룻바닥으로 떨어지기 시작했다. 그렇게 한참이나 숨을 고르던 지아가 한쪽에 던져 놓은 옷에서 핸드폰을 찾아 들었다. 그리고 거울에 기대어 앉으며 전화를 걸었다.

— 끝났어?

"응. 어디야?"

— 식당. 다 먹었어. 올라갈게.

"알았어."

상대방은 기다렸다는 듯이 서둘러 전화를 끊었다. 핸드폰을 다시 옷 더미에 던진 지아는 아예 마루에 누웠다. 이렇게 미친 듯이 한바탕 춤을 추고 나면 온몸에 쌓여 있던 모든 찌꺼기들이 빠져나가는 기분이 들었다. 그렇게 잠시 누워 있을 때 연습실 문이 열리고 사람들의 발자국 소리가 들렸다.

"고생하셨어요."

미영이의 목소리가 들리자 지아는 몸을 일으키며 형석에게 말했다.

"같이 있었어?"

"네. 단장님 식사 안 하세요?"

형석과 같이 온 미영이 걱정된다는 표정으로 물었다.

"미안한데 미영이가 가서 샌드위치 좀 사다 줄래? 단장이 먹을 거라면 알아서 줄 거야."

자신의 카드를 내밀며 형석이 말하자 미영이 받아 들고 밖으로 나갔다. 그러자 그제서야 카메라를 집어 든 형석이 지아 옆에 털썩 주저앉았다.

"애가 춤은 잘 추는데 영 눈치가 없어."

안무가 완성되기 전에는 공개를 하지 않는 지아의 성격을 알면서도 굳이 따라 올라온 미영을 바라보며 형석이 한마디 했다. 그의 말에 지아가 다시 누우며 말했다.

"쓸데없는 소리 말고 화면이나 봐."

그녀의 말에 형석이 화면을 돌려 보았다. 그러면서 노래 후렴구에 반복이 되는 춤 동작을 빠르게 캐치했다. 아마도 올 하반기에는 이 춤이 유행될 것 같다. 그녀, 강지아가 내놓은 춤은 항상 그랬다. 화면을 반복해서 돌려 보며 형석은 포인트 안무에 맞는 다음 안무를 벌써 머릿속에서 짜기 시작했다.

한편, 느긋하게 점심을 먹고 사무실로 돌아온 석훈은 소파에 누워 있는 지아를 발견하고 말했다.

"야! 놀랐잖아! 네 방 가서 자!"

그의 말에 누워 있던 지아가 자리에서 벌떡 일어났다.

"도대체 밥을 몇 시간을 먹어?"

그녀의 말에 맞은편 소파에 앉으며 석훈이 말했다.

"내 회사에서 내가 몇 시간을 밥을 먹든, 네가 뭔 상관이야?"

유아틱한 그의 대답에 지아가 질렸다는 표정을 지으며 말했다.

"됐고! 나 휴가 좀 줘."

"휴가라니?"

장난스러운 표정을 짓던 석훈의 얼굴이 금세 사업가의 얼굴로 돌아왔다.

"휴가! 오빠 휴가 몰라?"

"알아 휴가! 근데 갑자기 휴가는 왜?"

"좀 쉬어야겠어."

"그러니깐 갑자기 왜?"

"체력 충전?"

그녀의 말에 석훈이 말도 안 된다는 표정을 지었다.

"천하의 강지아가 체력 충전을 한다고?"

"응. 방금 영상도 형석이 오빠한테 넘겼고 당분간 쉬어도 되잖아."

지아의 말대로 컴백을 준비하는 델라의 안무가 나왔으면 당분간 딱히 할 일이 없었다. 하지만 갑자기 휴가를 가겠다는 지아의 말을 쉽게 믿을 수가 없었다.

"그럼 언제까지 쉴 건데?"

그동안 따로 휴가를 쓰지 않았던 지아가 처음으로 제안한 휴가라 거절하기 힘든 석훈이 물었다.

"한 1년쯤?"

"1년? 너 미쳤어?"

지아의 말에 석훈이 자신도 모르게 소리를 쳤다.

"아! 왜 소리를 지르고 그래?"

놀란 석훈과는 반대로 심드렁한 표정으로 지아가 말했다.

"너 아주 미쳤구나? 그래, 내가 그동안 애들 줄줄이 컴백시켜서 네가 힘든 건 알겠는데 이건 아니지. 당장 두 달 뒤면 현우 제대하는데 뭐 1년? 1년을 쉰다고? 이러는데 내가 흥분 안 하게 생겼어?"

흥분해 소리치는 그의 말에 지아가 소파에 등을 기대며 말했다.

"현우가 제대한다고 바로 컴백하는 것도 아니고, 어차피 애들 다 제대해야 완전체 컴백할 거 아냐? 그 전에 좀 쉬겠다는데 그게 그렇게 배가 아프니?"

지아의 말에 석훈이 그녀를 바라봤다. 뭐 솔직히 그녀의 말이 틀리진 않았다. 하지만 여태껏 잘 있다가 왜 현우가 제대할 시점이 다가오니 휴가를 떠나겠다는 건지 석훈은 이해가 안 됐다.

하지만 은근 기대도 됐다. 제대를 한 현우가 강지아가 사라진 걸 알게 되면 어떨지…… 스멀스멀 온몸을 타고 오르는 기대감에 석훈이 눈을 반짝이며 말했다.

"좋아! 대신 도중에 애들 컴백 잡히면 알지?"

반짝이는 석훈의 눈빛이 맘에 안 들었지만 의외로 쉽게 OK 해 주는 석훈의 말에 지아가 대답했다.

"알았어. 형석이 오빠랑 연락할게. 그 외 다른 사람은 1년 동안 나

찾지 마. 오빠도!"

그녀의 말에 석훈은 한쪽 눈썹을 찡그렸다. 그건 지아의 말이 마음에 안 든다는 표현이었다. 그 모습을 본 지아가 으름장을 놓으며 말했다.

"안 그럼 나 형석이 오빠하고도 연락 안 해!"

지아의 단호한 말에 석훈은 어쩔 수 없이 고개를 끄덕였다.

"알았어."

그의 대답을 들은 지아가 사무실을 나가자 석훈이 머리 뒤로 손깍지를 끼며 소파에 기댄 채 말했다.

"남매인지 연인인지 이참에 결정 나겠네."

두 달 뒤 벌어질 일에 석훈의 온몸은 벌써부터 기대감에 차올랐다.

1

회의를 마치고 사무실로 들어오던 지석은 소파 한쪽 끝에 나와 있는 작은 발을 발견하곤 조심스럽게 문을 닫았다. 그리고 책상으로 살금살금 걸어와 조용히 컴퓨터를 보며 일을 시작했다.

한참을 일에 몰두하고 있을 때 옆에서 부스럭거리는 소리가 나더니 제멋대로 소파를 차지하고 누운 주인공이 산발을 한 채 일어나 앉는 것이 보였다. 그제야 화면에서 눈을 뗀 지석이 입을 열었다.

"어쩐 일로 한가한 모양이다."

"응. 오빠 나 물 좀!"

대답을 한 지아가 머리를 만지는 모습을 본 지석이 비서실에 물 한 잔을 부탁했다.

"오빠 회의라더니."

금세 물을 가지고 들어온 비서에게 간단히 묵례를 한 지아가 물 잔을 받아 들고 시원스럽게 마시자 지석이 그녀의 앞에 앉았다.

"회의 끝난 지 2시간도 넘었어."

"그래?"

그제서야 벽에 걸린 시계를 본 지아가 머쓱한지 마른세수를 하며 말했다.

"요즘 애들이 연달아 컴백을 했거든."

"알아. 나도 TV는 보고 살아."

그의 말에 지아가 눈을 동그랗게 뜨고 말했다.

"오빠가 TV 볼 시간이 있어? 것두 애들이 보는 음악 프로를?"

그녀의 말에 지석이 고개를 끄덕였다.

"희한하네."

동생이 그러든 말든 지석은 느긋하게 소파에 등을 기댄 채 그녀를 바라보며 말했다.

"그런데 오늘 어쩐 일이야?"

"나 용돈 좀 줘."

"용돈? 얼마나?"

그녀도 벌 만큼 번다는 것을 안다. 그래도 오빠라고 가끔 이렇게 찾아와 용돈을 달라고 하면 지석은 두말 않고 용돈을 줬다.

"한 1년 먹고 놀 정도로 줘."

지갑을 가지러 책상으로 가던 지석이 걸음을 멈추고 그녀를 바라봤다.

"1년? 너 잘렸니?"

그럴 리는 없겠지만 혹시나 하는 마음에 그가 물었다.

"아니! 놀라기는. 1년 쉬기로 했어."

"왜?"

"왜긴 왜야? 쉴 때가 됐잖아. 현우 팀 애들 제대하기 전에 좀 쉬기로 했어. 다들 나오면 월드 투어다 뭐다 해서 바쁘잖아. 그래서 그 전에 쉬려고."

그녀의 말에 고개를 끄덕인 지석이 지갑에서 카드 한 장을 꺼냈다. 그리고 소파에 앉으며 그녀에게 건넸다.

"여기저기 여행도 좀 다니고, 맛있는 것도 실컷 먹고 그래."

"알았어. 근데 카드 줬다고 새언니한테 혼나는 거 아냐?"

지석이 건네는 카드를 받으며 지아가 말했다.

"신경 쓰지 말고 써. 혜련이 그렇게 쪼잔한 사람 아니다."

"알았어."

카드를 받은 지아가 일어나자 지석이 물었다.

"벌써 가려고? 아버지는?"

"아빠한테는 오빠가 알아서 말해."

이번에도 아버지를 안 뵙고 간다는 말에 지석이 실망이 섞인 목소리로 물었다.

"안 뵙고 갈 거니?"

"응."

벌써 사무실 입구까지 간 지아가 대답했다. 아버지를 만나고 가라고 강요를 할 수 없는 입장이라 지석은 그냥 인사를 했다.

"알았다. 바이크 조심하고."

"알았어."

문 앞까지 배웅 나온 지석을 지아가 살짝 껴안았다.

"고마워 오빠."

"아프지 말고!"

"응."

자신을 안았던 팔을 푼 지아가 사무실을 나가자 지석은 책상 옆 창문 앞에 서서 아래를 내려다보았다. 잠시 후 바이크를 몰고 나가는 지아의 뒷모습을 확인하고서야 지석은 의자에 앉았다.

지아 나이 13살, 한참 엄마의 품이 그립고 손길이 필요할 때 어머니는 자신의 생을 스스로 마감했다. 넘쳐 나는 재력도 사랑하는 가족들도 그녀의 우울증을 이기지 못했다. 언제부터였을까? 어머니는 혼자 보내는 시간이 길어졌고 가족보다는 술과 지내는 시간이 많아졌다.

회사 일로 바쁜 아버지와, 대학생이 되어 밖에서 지내는 시간이 많아진 지석도 어머니의 우울증에 지아가 방치되고 있다는 사실을 몰랐다. 정작 문제는 어머니가 돌아가시고 난 뒤였다. 아버지는 아내를 지키지 못했다는 죄책감에 빠져 지아를 제대로 돌보지 못했다.

아버지가 마음을 추슬렀을 땐 지아가 이미 마음의 문을 닫은 후였다. 아버지의 그 어떤 노력도 아이의 마음을 열지 못했다. 그저 힘든 시기 잘 견뎌 내고 웃으며 지내는 것만으로도 아버지는 감사하다고 하셨다. 가수를 하겠다며 가출을 했을 때도 아버지는 말리지 않으셨다. 지석이 그녀를 데려오겠다고 나섰을 때 아버지가 그를 말렸었다.

'아버지! 지아 이제 15살이에요. 가수가 말이 된다고 생각하세요?'
'웃고 있더라.'

힘없는 목소리로 말하는 아버지의 말에 지석이 믿기지 않는다는 듯 되물었다.

'네?'
'지아가 웃고 있었어.'

거실 천장을 바라보며 아버지는 깊은 한숨을 내쉬며 말을 이었다.

'우리 집안에 딴따라는 안 되는 일이라고 데리러 갔었다. 그런데 사람들과 어울리며 웃고 있더라, 지아가……. 그래서 데려올 수가 없었다.'
'아버지!'

자신에겐 미소 한 자락 보여 주지 않았던 딸이 웃고, 떠들고 즐거워하는 모습에 차마 데리고 나올 수가 없었다는 말에 지석도 더 이상 아버지를 다그칠 수가 없었다. 그런데 어떻게 된 일인지 가수가 되겠다던 지아는 데뷔는 하지 않고 안무가가 되었다.

자세한 내막까지는 그가 모를 일이지만 이제는 오빠라고 찾아와 어리광 부리는 지아가 그저 고마울 따름이었다. 지아가 회사를 나섰으니 이미 아버지에게는 보고가 올라갔을 것이다. 이제나저제나 자신의 연락을 기다릴 아버지를 위해 지석은 핸드폰을 들었다.

* * *

햇살이 비치는 창가에 앉아 느긋하게 커피를 마시는 지아를 무언가를 캐내는 눈빛으로 현숙이 바라보며 말했다.

"뭐꼬?"

"뭘?"

친구의 말에 마시던 찻잔을 내려놓은 지아가 되물었다.

"언제는 몸이 두 개라도 모자라다 하더만 이 시간에 여기 앉아 있는 니가 신기해서 그란다. 뭔 일이고?"

생각지도 않게 지아가 남포동 한가운데 본인이 운영하는 커피숍의 문을 열고 들어서자 현숙은 헛것을 봤나 했다. 하지만 커피를 주문하고 제일 좋은 자리에 앉아 커피를 홀짝이고 있는 모습을 보니 잘못 본 것은 아닌 것 같았다. 그제야 왜 갑자기 부산으로 내려왔는지 궁금해졌다.

"니! 짤렸나?"

그녀의 말에 지아가 웃으며 말했다.

"어쩜 우리 오빠랑 토씨 하나 안 틀리고 물어보냐? 안 잘렸어. 휴가야 휴가."

"휴가? 니가 니 입으로 열라 바쁘다 했거덩. 그것도 지난주에."

그녀의 말에 지아가 고개를 끄덕이며 말했다.

"바빴지 어제까지는. 델라 컴백 안무가 어제 나왔어. 그리고 페르소나 완전체로 컴백할 때까지만 좀 쉬기로 했어. 나도 사람인데 좀 쉬어야지."

그녀의 대답에 현숙이 고개를 끄덕였다. 하긴 애들 제대하면 월드 투어니 뭐니 해서 지아도 다시 바빠질 테니 쉬러 내려왔다는 지아의 말에 현숙은 고개를 끄덕였다.

"현우 면회는 가 봤나?"

"아니."

커피를 홀짝이며 지아가 대답하자 그녀가 다시 물었다.

"왜? 꼬맹이 억수로 기다릴 낀데."

"야! 나이 30인데 꼬맹이는 이제 징그럽지 않나?"

"입에 배서 이제 못 바꾼다."

그녀의 말에 이번에는 어쩔 수 없다는 듯이 지아가 고개를 끄덕였다.

"그래서 왜 안 갔노?"

"좀 그렇더라. 부대 안에서도 어쩔 수 없이 관심이 집중될 텐데 그 것도 부담스럽고, 다른 소속사 직원들이랑 다르게 걔가 나한테 하는 행동이 가끔 오해 사기 좋잖아. 그래서 안 갔어. 대신 휴가 나왔을 때 좋아하는 술은 실컷 사 줬어."

지아의 말이 영 틀린 말은 아니라 현숙은 고개를 끄덕였다. 그렇게 두 사람이 두런두런 이야기를 나눌 때 한 무리의 사람들이 가게에 들어서며 현숙에게 반갑게 인사를 했다.

"안녕하세요? 사장님."

"어머! 오늘 공연 있어요?"

"네. 앰프랑 장비 좀 빼 갈게요."

의자에서 일어난 현숙이 사람들과 함께 창고로 향하며 말했다.

"쫌만 기다려 봐."

"응."

사람들이 그녀와 힘께 짐을 나르는 모습을 지아가 흥미롭게 바라보았다. 끌고 나오는 장비를 봐서는 죄다 음향 기계였는데 뭐 하는 사람들인지 알 수가 없었다. 가게 앞 BIFF 광장까지 장비를 옮기는 것을 도와준 현숙이 자리로 돌아오자 지아가 창가에서 눈을 떼지 못하며 물었다.

"뭐 하는 사람들이야?"

그녀의 질문에 현숙이 남은 커피를 들이켜며 말했다.

"주부 댄스 동아리. 가끔 여기서 버스킹을 하는데 그때마다 장비 옮기는 게 일이더라고. 그래서 창고도 넓겠다, 보관하라고 했다."

"응."

현숙의 대답을 들은 지아는 아예 몸을 돌려 창밖을 주시했다. 댄스 동아리라니 저도 모르게 관심이 갔다. 기본적인 음향 기기의 세팅이 끝나자 남자 한 명이 음악을 틀었다. 기계 체크도 하고, 주위의 시선을 끌기 위한 것 같았다. 최신 유행곡들이 흘러나오자 길을 가던 사람들이 하나둘 걸음을 멈추고 광장으로 모여들었다.

그때 BIFF 마크가 조각이 되어 있던 바닥이 서서히 올라오더니 어느새 무대가 되었다. 그리고 준비를 끝낸 6명의 단원이 무대 위로 올라오더니, 그중 한 명이 마이크를 잡고 인사를 시작했다.

"만나게 돼서 반갑습니다. 저희는 주부들로 구성된 댄스 팀 HURRY UP입니다. 그저 춤이 좋아서 뭉친 팀입니다. 결혼하고 애기까지 낳고 나니 몸이 예전 같지 않아 보시기에 엉성해 보이겠지만, 아줌마들이 꿈을 잊지 않고 살아간다는 점에서 많은 응원과 환호 부탁드립니다."

인사가 끝나자 관중들의 박수가 터져 나왔다. 약 1시간 정도의 공연이 이어지는 동안 지아는 댄스 팀에서 눈을 떼지 않았다. 젊은 사람들과는 다르게 전체적으로 춤이 무거운 느낌이었지만 개중에는 눈에 띄는 사람도 있었다. 전문가인 지아의 눈에는 부족한 점이 많이 보였지만, 열정만큼은 넘쳐 보였다.

그렇게 공연이 끝나고 장비를 창고에 넣은 단원들이 지아의 옆자리에 앉아 아이스커피를 주문한 뒤 수건으로 땀을 닦았다. 그런 단원들에게 현숙이 냉수가 든 물병과 잔을 먼저 건넸다.

"숨 좀 돌리세요."

"고맙습니다."

일단 시원한 물로 목을 축인 단원들이 그제야 살겠다는 표정으로 한숨을 쉬었다.

"이제 나이 들어서 못 추겠어예."

단원 중 한 명이 물 잔을 테이블에 내려놓으며 말했다. 그 말에 나머지 단원들의 웃음소리가 터져 나왔다.

"나이가 어떻게들 되세요?"

불쑥 질문을 하는 지아에게 단원들의 시선이 집중되었다.

"아! 여긴 내 친구예요. 서울서 왔어요."

급하게 설명하는 현숙의 말에 그제야 단원들이 고개를 끄덕였다.

"아! 사장님 친구분이라예? 반갑습니다. 나이 많이 묵었지요. 다들 30대 후반이 넘었는데, 제일 어린아가 30살입니다."

단장의 말이 끝나자 30살이라는 단원이 손을 번쩍 들었다.

"막내 여 있습니다."

익살맞은 그녀의 행동에 다시 웃음이 터져 나왔다. 조금 전에 본 무대에서 끼가 있어 보이던 사람이 막내라고 하자, 지아가 고개를 끄덕였다. 그사이 주문한 음료를 현숙이 가지고 왔다. 음료를 한 잔씩 건네며 현숙이 물었다.

"그런데 쌤은 구했어요?"

"아니요. 아줌마들 가르치겠다는 사람이 쉽게 없네요."

단장의 기운 빠진 대답에 현숙이 고개를 끄덕였다.

"빨리 구해져야 할 낀데 걱정이네요."

"그러게요. 동아리라 페이를 많이 주고 선생님을 모시기에도 그렇고, 지금 쌤이 제대할 동안만 봐줄 사람이 필요한데 조건에 맞는 사람이 없네요."

걱정 어린 단장의 말에 현숙이 턱으로 지아를 가리켰다.

"꼬셔 봐요."

"네?"

갑작스러운 현숙의 말에 단장이 놀라며 물었다.

"그쪽 전문가니깐 꼬셔 보세요."

"야! 김현숙."

생각하지 못한 방향으로 이야기가 흘러가자 듣고 있던 지아가 놀라며 현숙을 불렀다.

"니 1년 쉴 거라메, 몸 쓰던 아가 쉬면 병난다이! 몸도 풀고 용돈도 벌고 좋다 아이가."

"아니 사장님 우리 페이가 그렇게 안 쎈데……."

당황하기는 단장도 마찬가지였는지 서둘러 현숙을 불렀다.

"야, 오늘부터 휴가예요. 딱 꼬집어 말해 줄 수는 없는데 내 믿고 함 꼬셔 봐요. 춤 실력은 내가 보증해요."

갈수록 더해지는 현숙의 말에 지아가 낮은 목소리로 말했다.

"네 말대로 나 휴가라고! 쉬어야 한다고!"

"몸 쓰던 사람이 쉬면 병 생긴다니깐! 거참! 불우 이웃 돕기도 하는데 좀 도와주라!"

두 사람의 대화를 듣던 단원들의 눈빛이 빠르게 오고 갔다. 현숙의 말을 듣자 하니 지아가 선생님으로 모실 만한 댄스 실력을 갖췄다는 판단이 서자 단장이 그녀에게 말했다.

"쌤! 빼지 말고 좀 도와주이소."

단장까지 합세해서 매달리자 지아가 난감하다는 표정을 지었다.

24

그러다가 자리에서 일어나 현숙의 팔을 붙들고 창고로 향했다.

"너 죽고 싶지?"

"아니!"

"아, 후! 이걸 그냥!"

지아의 으름장에도 눈 하나 까닥하지 않는 현숙이 지아를 바라보며 말했다.

"이쁘다 아이가!"

"뭐가?"

"나이 상관없이 꿈을 갖고 사는 거! 옛날 생각도 나고, 우리 데뷔하고 싶어서 죽어라 연습하던 거 기억 안 나나? 쫌만 도와주자. 니 뭐 하는 사람인지는 내 죽을 때까지 입 다물게."

한 손을 가슴에 얹고 맹세까지 하는 현숙을 보니 기가 차는 지아였다. 하지만 한편으로는 그 마음이 이해가 됐다. 수차례 데뷔가 엎어지면서 결국 고향으로 돌아왔지만 그 누구보다도 무대를 향한 열정이 넘쳤던 그녀였기에 댄스 팀의 현재 상황을 모른 척할 수가 없었던 것이다. 그녀의 마음도 알겠고 현숙의 말대로 지아 역시 1년 동안 춤을 안 추고 지낸다는 건 있을 수 없어 잠시 생각에 빠졌다. 그런 그녀를 현숙이 불쌍한 눈으로 빤히 바라보았다. 그런 그녀를 지아도 빤히 바라보았다. 그러나 잠시 뒤 고개를 돌리며 말했다.

"잠은?"

포기한 듯한 지아의 말에 현숙이 함박웃음을 지으며 말했다.

"우리 아빠 집에 세 들어 살던 사람 얼마 전에 나갔다. 엄마한테

방 청소해 놓으라고 말할게."

"사람 불러. 어머니 힘드시게 하지 말고. 그런데 일단 저 사람들 실력부터 봐야겠어. 동영상 같은 거 있냐?"

지아의 말에 이번에는 현숙이 그녀를 이끌고 자리로 돌아오며 말했다.

"단장님 동영상! 동영상! 야가 함 봐야겠대요."

그녀의 말에 단장이 얼른 핸드폰을 꺼내 지아에게 동영상을 보여 줬다. 핸드폰을 받아 든 지아가 영상을 볼 동안 단원들의 시선은 지아에게 향했다. 기본기보다는 동작을 따라 하는 데 급급해 보였지만, 열정만큼은 넘쳐 보이는 모습에 한참 영상을 보던 지아가 고개를 끄덕였다.

"해 보죠 뭐! 일단 1년이구요, 도중에라도 제가 일이 잡히면 그땐 저도 어쩔 수가 없어요. 저도 돈 받고 일하는 사람이라 부르면 가야 되거든요."

지아의 말에 단장이 큰 소리로 말했다.

"하모요. 일이 먼저지요. 우짜든 가네 잘 부탁드립니다이."

단장의 말에 단원들 사이에서 박수가 터져 나왔다. 그렇게 뜻하지 않게 지아의 부산 생활이 시작되었다.

* * *

꽝!

문짝이 부서지는 소리가 나며 열리자 서류를 보고 있던 석훈이 깜짝 놀라 고개를 들었다.

"형!"

말년 휴가를 나온 현우가 시뻘게진 얼굴로 그를 불렀다.

"문짝 떨어져 나가겠다. 이 자식아!"

자신을 나무라는 석훈의 말은 신경도 안 쓰고 현우가 물었다.

"강지아 어디 갔어?"

"지아가 네 친구냐? 누나한테 강지아가 뭐냐 강지아가!"

속에서 비실비실 새어 나오는 웃음을 참으며 석훈이 말하자 현우
가 화를 내며 말했다.

"아! 진짜 형까지 이럴 거야? 강지아 어디 갔냐고!"

숨까지 씩씩거리며 말하자 더는 약 올리면 안 될 것 같아 석훈이
말했다.

"휴가 갔어."

"그 얘긴 들었어. 그러니깐 어디로 휴가 갔냐고!"

"그건 나도 몰라."

"형!"

연습실에서 만난 형석에게 들었던 말을 석훈이 토씨 하나 안 틀리
고 말하자 현우는 속이 터지기 일보 직전이었다. 그러나 그러든지 말
든지, 서류를 다시 보며 석훈이 말했다.

"정말이야. 그동안 휴가 없이 일한 사람이 한 1년 쉬겠다는데 내
가 무슨 수로 안 된다고 해? 너희도 쉬는 판국에 지아만 계속 뺑이 돌
려? 전원 제대하고 나면 컴백한대. 그러니깐 얌전히 쉬었다가 복귀

해. 까불고 다니다가 사고 치지 말고.”

무심하게 서류를 보며 말하는 석훈을 보며 현우가 말했다.

“정말 몰라?”

계속된 추궁에 화가 난 그가 소리를 쳤다.

“야! 내가 언제 거짓말하는 거 봤어? 정말 몰라! 그리고 지아가 없다고 큰일 나는 것도 아닌데 왜 이 지랄인 거야 지랄이!”

석훈의 말에 현우가 고개를 돌리며 소심하게 말했다.

“아니! 어딜 가면 간다고 말을 해야지!”

“야 차현우! 솔직히 말해서 네가 지아 남자 친구야? 아님 친남매야? 이러고 회사 휘젓고 다니는 거 좀 우습지 않냐?”

그의 말에 할 말이 없어진 현우의 목소리가 급 기어 들어가며 말했다.

“아니 있어야 할 사람이 안 보이니이깐⋯⋯. 그리고 난 지아가 없으면 안 돼. 알잖아!”

“어릴 적부터 남매랑 다름없이 지내 온 거 나는 아니깐 이해하지만 다른 사람들은 안 그래. 회사 안에선 자제해 줘. 보는 눈이 많아. 그리고 강지아 분리 불안증도 아니고 다 큰 녀석이 이러고 헤집고 다녀야겠냐?”

석훈의 말에 현우가 풀 죽은 목소리로 대답했다.

“알았어.”

석훈에게서도 원하는 대답을 못 들은 현우가 방을 나서며 소리를 질렀다.

"아씨! 강지아 도대체 어딜 간 거야!"

"조심하랬지?"

"알았어!"

꽝!

들어올 때처럼 죄 없는 문짝을 떨어져라 세게 닫으며 현우가 나가자 석훈이 웃으며 말했다.

"꼬시다 새끼야!"

석훈의 방에서 나온 현우는 씩씩거리며 연습실로 향했다.

"대표님 뭐라고 하셔?"

현우의 화난 모습에 형석이 물었다.

"형도 모른대."

"내가 그럴 거라고 했잖아. 나도 일 생기면 연락하기로 했어. 그리고 지아도 좀 쉬어야 하지 않겠냐? 줄줄이 3팀이나 컴백했어."

형석의 말이 아니더라도 지아가 쉬어야 한다는 것에는 현우도 동의했다. 하지만 이렇게 잠수를 탄 것이 현우는 마음에 들지 않았다. 강지아는 언제든지 차현우가 볼 수 있고 만질 수 있는 곳에 있어야 했다. 이렇게 감쪽같이 사라지는 건 절대 용납할 수가 없었다.

그가 이렇게 지아에게 집착하는 것에는 나름 이유가 있었다. 어릴 적, 여자 연습생 숙소에 도둑이 들었던 적이 있었다. 그땐 회사도 규모가 작을 때라 숙소도 상황이 썩 좋지 않을 때였다. 지아보다 늦게 숙소에 간다고 나선 현숙에게 도둑이 들었다는 연락을 받은 회사가 발칵 뒤집혀졌었다. 지아가 연락이 안 되었던 것이다.

설상가상으로 도둑은 누군가가 들어오면 찌를 생각이었는지, 부엌
칼을 들고 있다 거실에 던지고 나간 것이 발견이 되어 더욱 난리가 났
었다. 결국 나중에 본가에 들렀던 지아가 아무렇지 않게 숙소로 돌아
와 난리가 일단락되긴 했지만 현우는 지금도 그 생각을 하면 속이 끓
어올랐다. 그때부터 눈앞에 그녀가 있어야 했다. 하다못해 연락이라
도 되어야 했다. 석훈은 분리 불안증이라고 놀리지만 그 부분에 있어
서만큼은 현우는 진심이었다. 그런 것을 아는 지아가 연락도 안 받고
잠수를 탔으니 현우는 미칠 노릇이었다.

"형! 지아한테 문자 보내 봐. 내가 보낸 건 읽지도 않아."

그의 말에 형석이 마지못해 지아에게 메시지를 보냈다.

[잘 지내고 있지?]

[응.]

핸드폰을 보고 있었던 것인지 바로 답이 오자 현우가 계속하라고
눈짓을 했다.

[현우가 오늘 휴가 나왔어.]

[잘 놀다가 가라고 해.]

냉정하고 짧막하게 오는 답장에 현우의 눈치를 보며 그가 다시 자

판을 눌렀다.

[너 찾는데~~]
[휴가 끝나면 연락할게 그 전에 일 문제 아니면 오빠도 연락하지 마!]

지아의 단호한 대답에 더 이상 말을 걸기가 힘들어진 형석이 대답했다.

[응. 몸조심하고 잘 쉬다가 와.]

돌아오는 대답을 본 현우의 얼굴이 점점 붉어졌다.

"어떻게 이럴 수 있어 형?"

그가 보기에도 냉정한 대답에 형석이 대꾸를 못 하고 있자 현우가 믿을 수 없다는 듯이 그의 핸드폰을 가로채 몇 번을 다시 읽었다.

"지아가 미쳤나 봐, 형!"

그의 중얼거림을 들은 형석이 조용히 폰을 빼앗아 들었다. 자신의 눈에는 현우가 미친놈으로 보였지만 차마 입 밖으로는 꺼낼 수가 없었다.

"그만큼 피곤하고 힘들었다는 소리지. 잠시 쉬게 내버려 두자 현우야."

흥분하는 그를 형석이 달랬다.

"우와! 강지아가 미쳤어! 미쳤다고."

하지만 자신의 말은 듣지 않고 머리를 싸매고 소리를 지르는 현우를 남겨 둔 채 형석은 조용히 연습실을 나왔다. 그리고 누가 들을까 방음문을 두 손으로 꼭 당겨 닫았다.

* * *

한편 HURRY UP의 연습실에 들른 지아의 표정이 어두웠다. 동호회 특성상 재정이 넉넉하지 않아서인지 시설이 연습실이라고 하기에는 형편이 없었다. 그런 지아의 표정을 읽었는지 단장이 쑥스러운 듯 말했다.

"장소가 좀 그렇지예? 넓은 데를 찾다 보니깐 보증금에 돈이 많이 들어가서 시설이 쪼매 별롭니더. 쌤이 이해하이소."

계란판으로 방음 시설이라고 대충 만든 것 같은데, 소리가 밖으로 새어 나갈 것 같았다. 그리고 벽에 붙어 있는 거울도 깨진 곳을 청테이프로 붙여 놓은 게 눈에 보였다. 석훈이 처음 얻었던 연습실이 생각나 지아의 입에선 한숨이 나왔다.

"주위에서 민원 안 들어와요?"

"음악 소리는 최대한 작게 해서 연습하고요, 1층이 창고라 뛰는 건 크게 문제가 없어요."

잠깐 왔다 가는 사람에게 너무 민낯을 보여 주는 것 같아 단장의 목소리가 점점 기어 들어갔다. 잠시 연습실을 둘러보던 지아가 핸드폰을 꺼내 어디론가 전화를 걸었다.

"네! 사장님 잘 지내셨어요?"

— 강 이사가 어쩐 일이에요?

"여쭤볼 일이 있어서요. 부산에 방음 공사를 할까 하는데 아시는 분, 계시나요?"

— 부산에요? 어허이, 어쩌다가 부산까지 가셨어요?

그의 말에 지아가 웃으며 말했다.

"그렇게 됐어요. 아시는 분 계세요?"

— 있어요. 저한테 일 배워서 부산 내려간 사람이 있어요. 연결해 줄까요?

사장의 말에 지아가 반색을 표하며 말했다.

"저야 그래 주시면 감사하죠. 사장님께 일 배우신 분이면 다른 신경은 안 써도 될 것 같네요. 이왕이면 그분께 거울이랑 마룻바닥 하시는 분까지 같이 소개받았으면 해요."

— 네. 그렇게 전할게요. 그럼 강 이사 전화번호 그 친구한테 넘깁니다.

"네. 고생하세요."

조용히 옆에서 전화 통화를 듣고 있던 단장이 놀라 지아를 바라보며 말했다.

"쌤! 저희 돈 없어요."

"알아요."

"그런데 공사라니요?"

춤 배우려다 일이 커진 것 같아 단장의 목소리가 저절로 커졌다.

"제가 불편해서요. 원래 춤은 빠른 노래든 아니든, 크게 틀어 놓고 비트를 몸에 익혀 가며 춰야 늘어요. 그러려면 방음은 필수예요. 또, 가뜩이나 춤을 출 때 관절에 무리가 가는데 이런 시멘트 바닥에 장판 깔고 춤 오래 췄다가는 단원들 무릎 나가는 거 시간문제예요. 저도 제 관절은 지키고 싶어서요."

"그래도 금액이 엄청날 낀데……."

작은 공사가 아니라는 것을 아는 단장이 걱정스럽고 미안한 얼굴로 그녀를 바라보았다.

"걱정 마세요. 병원 다니는 것보단 적게 나올 거예요."

웃으며 자신을 안심시키는 지아의 모습에 단장의 속마음은 더욱 시커멓게 타들어 갔다.

* * *

지아에게 말은 들었어도 자신들의 재정 상태로는 어림없는 일이라 장난인 줄 알았던 공사가 시작되자 단원들은 당황했다. 하지만 그냥 손 놓고 볼 수만은 없어서 공사를 돕기 시작했다.

작지만 힘을 보태자 공사는 일사천리로 진행이 되었다. 그래서인지 예정보다 빨리 공사가 끝났다. 공사가 끝난 연습실을 둘러보는 단원들의 눈에도 빛이 났다. 마룻바닥에서 뛰어 보니 평소와 다른 느낌이었다.

그 모습을 바라보던 지아가 핸드폰을 꺼내 들고 자신의 플레이리

스트에 있는 음악을 몇 곡 골랐다. 그리고 블루투스로 음악을 틀었다. 갑자기 음악이 나오자 잠시 어리둥절해하던 단원들이 지아의 손짓에 하나둘 자리를 잡고 몸을 풀기 시작했다. 바라보던 지아도 슬슬 몸을 풀었다.

그동안 지아가 춤추는 모습을 본 적이 없던 단원들은 춤을 추면서 그녀를 흘깃거리기 시작했다. 단원들의 그런 눈길을 아는지 모르는지 지아는 스트레칭이 끝나자 거울을 쳐다보며 춤을 추기 시작했다.

안무의 포인트를 놓치지 않으면서 중간에 들어가는 프리 스타일의 춤에 처음에는 훔쳐보던 단원들이 시간이 지나자 아예 대놓고 쳐다보기 시작했다. 거울 속에 보이는 단원들의 표정에 지아가 씨익 웃었다. 그 모습까지 멋있어 보여 단원들은 숨을 들이켰다.

"헉!"

여기저기서 탄식이 쏟아져 나왔다. 넋 놓고 자신을 바라보는 단원들을 보며 지아가 소리쳤다.

"민정 씨! 영은 씨! 옆으로 와요!"

그녀의 부름에 얼른 두 사람이 지아 곁에 섰다. 그리고 거울을 바라보며 어느새 동작을 맞추기 시작했다. 그 뒤로 지아가 부르는 순서대로 줄을 서서 춤을 추자 어느새 대형이 맞춰졌다. 그러자 거울 속에 보이는 자신들의 모습이 마치 진짜 아이돌처럼 보이는 착각이 들 정도로 호흡이 맞는 게 신기했다.

계속 연달아 나오는 음악에도 지치지 않는 지아를 따라 춤을 추는 자신들의 모습이 더욱 신기해 보였다. 끝나지 않을 것 같던 음악이 멈추자, 그제서야 모두 마룻바닥에 주저앉았다.

"헉! 헉! 진짜 늙었는 갑다."

탄식을 쏟아 내며 단장이 앓는 소리를 했다.

"그동안 공사 때문에 쉬어서 그럴 거예요."

지아의 말에 단장이 고개를 저으며 말했다.

"아닌 것 같아예. 이건 늙어서 그런 거 맞다니깐예."

아예 바닥에 드러누우며 말하자 다들 웃었다. 그 모습을 보며 지아도 웃으며 말했다.

"쉬시면서 들으세요. 그동안 찍어 놓은 영상이나 오늘 춤추는 걸 봐서는 민정 씨와 영은 씨, 두 사람을 센터로 세우는 게 좋을 것 같아요. 다른 분들도 잘 추시지만 두 사람이 박자감이나 유연성이 좋으세요. 우리끼리 즐기는 동호회면 상관없는데 일단 지난번처럼 버스킹도 하시고 시민 축제 같은 곳에도 참여를 하시니깐 관객들의 시선도 생각해야 해서 내린 결정이니 이해해 주세요."

그녀의 말에 모두들 고개를 끄덕이며 대답했다.

"네!"

"다른 분들은 곡에 맞춰서 안무 배정을 할 테니 그렇게 알고 계시는 게 좋을 것 같아요."

"쌤이 시키는 대로 해야지예."

단장의 말에 모두가 고개를 끄덕였다.

"그럼 오늘은 여기까지 할게요. 연습하실 분들은 더 하시고 가세요."

단원들이 개별 연습 하는 것을 본 지아는 연습실 한쪽에 있는 사무실로 들어갔다. 창고였던 공간을 이번에 수리를 하며 사무실로 개조를 한 곳이었다. 현숙의 안 쓰는 노트북을 가져다 놓고 공사 후 남은 자재로 간이 책상까지 만드니 제법 사무실 티가 나는 공간이 되었다.

의자에 겉옷을 걸치고 쓰고 있던 모자를 한쪽에 벗어 둔 지아는 노트북을 켰다. 그리고 형석이 보낸 메일부터 확인을 했다. 잘 지내냐는 간단한 인사와 함께 보내온 첨부 파일을 클릭을 하자 델라와 댄스 팀의 안무 연습 영상이 재생되기 시작했다. 몇 번을 돌려 보던 지아가 형석에게 전화를 걸었다.

— 여보세요?

"오빠 나야."

— 응! 잘 지내고 있어?

"나야 잘 지내고 있지. 방금 영상 봤어."

— 그래, 어때? 수정할 곳이 있어?

"C파트 도입부가 채영이한테 좀 버거울 것 같은데, 어때?"

— 안 그래도 좀 그런 것 같더라고. 이것도 몇 번 바꾼 거야.

"그래?"

화면을 반복해서 돌려 보며 잠시 생각에 잠겼던 지아가 말했다.

"밤에 영상 보내 줄게."

— 빨리 보내 주면 나는 좋지.

"알았어. 고생해."

— 저기 지아야!

"왜?"

인사를 한 뒤 전화를 끊으려던 그녀가 형석의 부름에 되물었다.

— 다음 주에 현우 제대해.

"벌써 그렇게 됐어?"

새삼 시간이 빨리 지나갔음을 느낀 지아가 의자에 몸을 기댔다.

— 서울 한번 와야 하지 않겠어? 지난번에도 너 찾겠다고 회사 들쑤시고 다녔어. 그래도 제대하는데 얼굴은 봐야지.

형석의 말에 잠시 고민을 하던 지아가 말했다.

"제대하는 날 올라갈게."

— 알았어. 그럼 그때 보자.

"응."

전화를 끊은 지아는 의자에 몸을 더 묻었다. 그리고 깊은 한숨을 쏟아 냈다. 현우가 제대를 한다는데 서울에 안 올라가려니 시끄러울 것 같았고, 올라가려니 본인 속이 시끄러웠다. 그래도 현우에게 두고 두고 볶이느니 다녀오는 게 미래를 생각해 봤을 때 더 좋을 것 같았다.

차현우! 너 애물단지다, 정말!

* * *

수많은 취재진과 쏟아지는 플래시 세례에 지칠 법도 한데 현우는 연신 웃으며 카메라를 향해 손을 흔들었다. 한쪽에서는 그의 제대를 보기 위해 팬들이 모여 인산인해를 이루었다.

"SUN!!! I LOVE YOU!!!"

해외 팬까지 합세한 인파에 매니저와 경호원들의 보호를 받으면서 차로 이동하는 걸음이 무척이나 힘들었다. 거의 떠밀리다시피 차에 올라탄 현우는 모자를 벗어 머리를 손으로 빗어 넘겼다. 그리고 언제 건네받았는지 기억조차 없는 꽃다발을 손에 쥐고 창문을 내린 뒤 마지막까지 손을 흔들었다. 인파에서 어느 정도 멀어지자 창문을 닫은 현우는 깊은 한숨을 쉬었다.

"휴! 정신이 없네."

"고생했다."

운전을 하는 매니저의 말에 현우가 웃으며 말했다.

"앞으로 형이 더 고생할 거야."

"예전처럼만 하자. 욕심부리지 말고."

매니저의 말에 현우가 웃었다.

"예전처럼이면 너무 좋지."

뒷좌석에서 두 사람의 대화를 듣고 있던 지아가 참지 못하고 한마디 던졌다.

"참, 남자 둘이 애틋하다."

생각지도 못한 지아의 목소리가 들리자 현우가 재빨리 몸을 틀어 뒷좌석을 바라보았다. 자다 일어난 것인지 부스스한 머리를 한 지아가 하품을 하며 자신을 쳐다보고 있는 것을 확인한 현우가 소리를 질렀다.

"야! 강지아!"

"왜?"

심드렁한 지아의 대답에 현우가 안전벨트를 풀고 얼른 뒷자리로 몸을 옮겼다. 그 모습을 바라보던 매니저는 얼른 버튼을 눌러 가림막을 올렸다.

"소리는 왜 지르고 지랄이야 지랄이."

현우가 앉을 수 있게 한쪽으로 비켜나면서 지아가 그를 타박했다.

"어디 있었어?"

자리를 잡고 벨트를 맨 현우가 물었다.

"왜? 내가 어디에 있든 네가 뭔 상관이야?"

힐끗 그를 바라보며 지아가 말했다.

"강지아 계속 이럴래?"

지아의 대답에 현우가 낮게 으르렁거리며 말했다.

"내 이름이 너네 집 똥개 이름이야? 왜 자꾸 불러?"

그녀의 말에 현우는 고개를 돌려 길게 심호흡을 하며 마음을 추슬렀다.

"후! 누나 어디 있었어?"

"여행하는 중이야."

누나라는 말을 듣고서야 대답하는 지아를 바라보며 현우가 다시 물었다.

"어디?"

"발길 닿는 대로, 딱히 어디라고 정해 둔 건 없어."

의자를 젖히며 눈을 감는 그녀를 바라보며 현우도 얼른 의자를 젖혔다.

"나 제대하는 건 용케 안 까먹었네."

"전국 팔도가 들썩일 정도로 시끄러운데 까먹을 수가 있어야 말이지. 그리고 형석이 오빠가 안 오면 시끄러워질 것 같다고 해서 안 올 수가 없었어."

"나 안 보고 싶었어?"

그녀의 엉클어진 머리를 정리해 주며 현우가 물었다. 그 말에 지아가 그를 힐긋 쳐다보며 말했다.

"같이 지낸 세월이 몇 년인데 아주 안 보고 싶었다면 거짓말이지. 개미 눈곱만큼 보고 싶었어."

툴툴거리면서도 꼬박꼬박 대답을 해 주는 지아가 예뻐 현우가 이마에 쪽 입을 맞췄다.

"누가 내 이마에 허락도 없이 침 바르래?"

지아가 고개를 돌리고 크게 눈을 떠 그를 쏘아보며 말했다.

"내가 허락받아야 할 사람이야?"

"그럼? 내 거 아님 허락받아야지. 너 내 거야?"

지아의 말에 자세를 고쳐 앉은 현우가 그녀를 바라보며 물었다.

"너 내 거 아냐?"

"웃기시네. 내가 왜 네 거야?"

그녀의 대답에 기가 찬 현우가 그녀를 불렀다.

"야! 강지아! 17년 전부터 넌 내 거거든?"

지아 역시 그의 말에 기가 차다는 표정으로 말했다.

"넌 가족도 다 네 거니?"

지아의 말에 현우가 심호흡을 길게 했다.

"강지아! 계속 이럴 거야?"

"시끄러. 새벽에 올라와서 힘들어. 회사 도착하면 깨워."

단번에 그의 말을 끊은 지아가 아예 등을 돌리고 잠을 청했다. 그런 그녀의 모습을 현우는 어이없는 표정으로 바라보았다.

그날 저녁, 현우의 제대를 기념하는 회식이 있었다. 회사 식구들끼리 홍대 앞에 있는 식당을 빌려 오랜만에 제대로 된 회식을 했다. 지아도 오랜만에 술을 마셔 평소보다 취기가 빨리 올라왔다. 지아보다 술이 약한 현우는 어느새 술에 취해 흥이 잔뜩 올라 있었다.

2차를 부르짖는 현우를 석훈이 반강제로 집으로 데리고 가자 회식 자리가 끝났다. 지아는 형석을 포함한 직원 몇 명과 함께 술도 깰 겸 홍대 거리를 잠시 걷기로 했다. 거리는 사람들로 넘쳐 났다.

그렇게 얼마를 걸었을까, 시끄러운 음악 소리가 흘러나오는 곳에 사람들이 모여 있었다.

"버스킹 하나 봐."

직원 한 명이 말하며 그쪽으로 향하니 다른 직원들도 함께 그쪽으로 향했다. 형석과 지아도 느긋하게 그 뒤를 쫓았다. 버스킹인 줄 알았던 공연은 댄스 경연을 하는, 누구나 자유롭게 참여할 수 있는 인터넷 방송이었다. 다른 사람의 춤을 보고 있던 안무 팀이 슬쩍 그녀에게 다가왔다.

"나가 볼까요? 상금이 50만 원이래요."

생각보다 큰 상금에 형석이 말했다.

"아마추어들이 나가는 거 같은데 욕 안 먹을까?"

그의 말에 지아도 춤추는 사람들을 유심히 바라보았다. 춤 실력이 뛰어난 사람도 있었지만 대부분이 아마추어인 것이 티가 났다.

"그래, 이건 상도덕이 아닌 것 같아."

그녀의 말에 단원이 아쉬운 듯 무대를 바라보았다. 아쉬워하는 모습을 본 지아가 말했다.

"나가 봐!"

"네?"

방금 상도덕에 어긋난다고 했던 지아가 경연에 나가 보라고 하니 어리둥절해하며 물었다.

"나가서 만약에 1등 하면 소속 밝히고 상금은 받지 마. 1등 상금은 내가 줄게."

"정말요?"

"응. 술도 한잔했겠다, 솔직히 근질근질하잖아."

그녀의 말에 단원이 웃었다.

"오늘 현우 형이 너무 빨리 취했어요."

"나도 그렇게 생각해."

평소 회식을 하면 말 그대로 밤을 지새우며 노는 현우였다. 그렇게 한 번씩 스태프들의 스트레스를 풀어 주면 확실히 다음 일을 할 때 수

월했다. 그런 현우가 먼저 술에 취해 돌아갔으니 몸이 근질근질할 만
도 했다.

지아의 허락에 경연에 참가한 단원이 몸을 풀며 순서를 기다렸다.
그리고 잠시 뒤에 자신의 차례가 되자 페르소나의 음악에 맞춰 몸을
흔들기 시작했다. 앞에 나왔던 사람들과 확연히 차이 나는 춤 동작에
구경하던 사람들에게서 환호성이 나왔다. 그 모습을 보던 남자 한 명
이 그의 뒤에서 같이 춤을 추기 시작했다. 마치 처음부터 같이 춤을
춰 왔던 사람처럼 두 사람의 호흡이 잘 맞았다. 그 모습을 보던 형석
이 지아에게 말했다.

"어때?"

"괜찮은데? 다른 춤, 추는 것도 보자."

그녀의 말에 형석은 계속 무대를 주시했다. 가끔 이렇게 생각하지
도 못한 곳에서 좋은 인연을 만날 때가 있었다. 단원의 춤이 끝나고
터져 나온 박수갈채에 이어 같이 춤을 추던 남자의 무대가 시작되었
다. 앞에 보았던 페르소나의 빠르고 강렬한 춤 대신 느리면서도 같이
춤을 추고 싶게 하는 그의 몸짓에 형석과 지아는 빠르게 눈빛을 교환
했다.

그리고 그의 춤이 끝나자 형석이 그 남자에게로 다가갔다. 안무 팀
으로 일할 의향이 있으면 연락하라는 말과 함께 명함을 건넸다. 그 후
결국 1등을 한 단원은 아마추어가 아님을 밝히며 경연 대회는 끝이
났다. 그리고 오랜만에 마음에 드는 사람을 발견해서 굳이 술기운이
아니더라도 지아의 기분은 어느 때보다 좋았다.

＊＊＊

"아! 머리야."

잠에서 깬 현우는 깨질 듯이 아픈 머리에 정신이 없었다. 잠시 눈을 감고 누워 있는데 주방에서 소리가 들렸다. 한참을 달그락거리더니 안방으로 걸어오는 소리가 났다.

"아직 자?"

지아가 안방 문을 열며 말했다. 그 모습에 현우가 한 손으로 머리를 누르며 말했다.

"나 어제 어떻게 왔어?"

들고 온 냉수를 지아가 그에게 내밀자 현우가 받아서 단숨에 마셨다.

"석훈 오빠가 데리고 왔어. 기억 안 나?"

"응! 넌 어떻게 왔어?"

"택시 타고 왔어."

여전히 정신을 못 차리는 현우를 바라보며 지아가 말했다.

"나와! 국밥 사 왔어."

"응."

마른세수를 하며 침대에서 일어나는 현우를 보고 지아는 주방으로 향했다.

현우가 좋아하는 국밥집에 가서 아침 일찍 포장을 해 온 그녀였다. 현우가 나오는 것을 본 지아가 식탁에 앉았다. 현우도 그녀의 앞에 앉았다.

"왜 한 그릇이야?"

자신의 앞에만 국밥이 있는 것을 본 현우가 물었다.

"난 이미 먹었어. 시간이 몇 시인데."

그녀의 말에 현우는 아무 말 없이 식사를 시작했다. 그녀가 사 온 것이라 그런지 평소보다 더 맛있게 느껴졌다. 그렇게 앞으로 다가올 우울한 일은 모른 채 현우는 맛있게 식사를 했다.

* * *

며칠 뒤 거실을 서성이는 현우의 표정이 사뭇 진지했다. 회식 다음 날, 아침 식사 이후 강지아가 또 감쪽같이 사라졌기 때문이었다. 회사 직원들은 진짜 그녀가 어디에 있는지 모르는 것 같았다. 그나마 형석이 일 때문에 연락을 하고 지내는 것 같은데, 그것도 겨우 회사 일과 관련된 내용에만 답장이 오는 것 같았다.

한참을 서성이며 생각에 잠겼던 현우는 서둘러 외출 준비를 했다. 그리고 지석의 회사로 향했다. 나중에 지아에게 한 소리 듣더라도 그녀가 어디에 있는지 알아야 살 것 같았다.

회의를 마치고 회의실을 나오는 지석에게 비서가 다급히 다가왔다.

"이사님! 손님이 와 계십니다."

"손님?"

일정에 없는 손님이 자신을 기다린다는 말에 지석이 되물었다.

"네! 페르소나의 썬이라고, 매직엔터테이너 소속입니다."

비서의 말에 지석이 고개를 끄덕이며 사무실로 향했다. 지아와 함께 일하는 건 알고 있었지만, 자신을 만날 이유는 없었기에 지석은 조금 의아하긴 했다.

한편 회의에 들어갔다는 지석을 기다리며 현우는 소파에 앉아 사무실을 둘러보았다. 지석의 성격을 보여 주는, 깔끔하고 단정하게 정리된 사무실을 구경하고 있을 때 문이 열리며 지석이 들어왔다. 찻잔을 얼른 탁자 위에 내려놓은 현우가 소파에서 일어나자 지석이 성큼 걸어와 손을 내밀어 악수를 청했다.

"세계적인 월드 스타가 우리 회사에는 어쩐 일입니까?"

그녀와 많이 닮은 지석의 손을 마주 잡으며 현우가 인사를 건넸다.

"처음 뵙겠습니다. 차현우라고 합니다."

지석이 자리에 앉길 권하자 현우는 다시 소파에 앉았다. 그리고 조용히 대화하고 싶다고 비서실에 전하는 지석의 모습을 바라보았다.

"진짜 무슨 일입니까?"

지석의 질문에 현우는 침을 삼켰다. 마음이 급해서 찾아오긴 했는데 사실 그도 긴장을 하고 있었다. 그러나 크게 심호흡을 하며 마음을 다잡은 현우가 입을 뗐다.

"후! 강지아가 어디 있는지 알고 싶어서 찾아왔습니다."

"우리 지아?"

생각지도 못한 동생의 이름이 그의 입에서 나오자 지석은 좀 의외라는 표정으로 현우를 바라보았다.

"네! 이사님 동생인 강지아를 찾고 있습니다."

지아가 자신의 동생이라는 것을 알고 있는 사람이 몇 안 되는데 거기에 현우가 포함되어 있다는 사실에 지석이 의아해하며 물었다.

"김 대표 말고는 아는 사람이 없을 텐데…….."

지석의 말에 현우가 머뭇거리며 말했다.

"그게 몇 년 전에, 형이랑 둘이 싸울 때 우연히 들었습니다. 제가 알고 있다는 거 두 사람은 모릅니다."

"그래요."

그의 말에 지석이 대답했다. 그런 지석을 보며 현우가 다시 용기 내어 물었다.

"지아, 어디 있는지 아십니까?"

현우의 말에 지석이 고개를 흔들며 말했다.

"나도 모릅니다. 생활비로 제 카드 한 장 들고 사라졌어요. 쉰다고 그러던데……. 오래 같이 있어 봐서 알겠지만 좀체 말이 없는 애라. 그건 썬이 더 잘 알잖아요. 그리고 가져간 카드도 안 쓰나 봐. 나도 어디 있는지 궁금한데 사용 내역이 없어요."

"네!"

아쉬움 가득한 그의 대답에 지석의 머릿속이 빠르게 돌아갔다.

"그런데 왜 지아를 여기서 찾아요? 김 대표와 말이 다 됐으니 휴가를 갔을 텐데 굳이 썬이 나서서 찾아야 할 이유가 없을 텐데?"

그의 말에 현우는 입을 다물었다. 지석이 왜 그녀를 찾는지 물어볼 것은 생각도 안 했기 때문이었다. 잠시 머뭇거리던 현우가 말했다.

"아! 그게 제가 전역을 하고 컴백을 앞두고 있는데 지아랑 연락이 안 된다고 해서요. 당장 콘서트 준비도 해야 하는데 여러모로 마음이 급해서 찾아왔습니다."

무작정 지아를 찾으러 왔다고 하면 지석이 어떻게 나올지 몰라 현우는 콘서트를 한다고 둘러대었다. 그런 그의 말에 지석이 고개를 끄덕였다.

"우리 지아가 그만큼 쓸모 있는 사람이라는 게 오빠로서 자랑스럽네요. 그런데 썬, 지아보다 나이가 적은 거 아닌가요?"

처음부터 지아보다 나이가 어린 현우가 자꾸 동생의 이름을 함부로 부르는 것을 들은 지석은 기분이 좋지 않았다. 그래서 잠시 고민 끝에 그에게 말을 꺼낸 것이었다.

"네. 5살 어립니다."

그의 말에 크게 실수한 것이 있나 싶어 현우가 어리둥절해하며 대답했다.

"연예계 쪽은 어떤지 모르겠는데. 전 약간은 꼰대라 동생이 누나한테 이름 부르는 게 썩 좋게 들리지는 않네요."

그제야 그의 말뜻을 이해한 현우가 그에게 사과를 했다.

"아! 죄송합니다. 워낙 어릴 때부터 붙어 있어서 습관이 되어 버렸습니다. 고쳐야지 하면서도 잘 안 되네요."

미안해하는 그를 보며 지석은 잠시 생각에 잠겼다.

'어릴 때.'

그 말에 지석은 입을 다물었다. 내 동생의 사춘기 때부터 지금까지, 그 긴 시간 동안 자신은 모르는 지아의 모습을 현우는 알고 있었다. 습관이 되고도 남을 시간이었다. 어쩌면 저 모습이 흔한 남매의 모습일지도 몰랐다. 저런 기억은 자신과 쌓았어야 하는 것이었다. 동생과 자신은 그 당연한 것들을 놓치고 살아온 모양이었다.

그런 생각을 하다 다 큰 동생과 썬의 관계를 질투하는 자신을 발견하자 씁쓸했다.

"제가 좀 예민했습니다. 나이 드는 건 어쩔 수 없나 봐요."

곧장 사과를 하는 지석에게 현우가 말했다.

"아닙니다. 제가 급한 마음에 생각이 짧았습니다."

현우도 사과를 한 뒤 소파에서 일어났다.

"바쁘신데 제가 너무 많은 시간을 빼앗은 것 같습니다."

악수를 청하는 현우의 손을 맞잡으며 지석도 인사를 건넸다.

"만족스러운 대답을 못 드려서 미안합니다. 혹시 연락이 오면 찾더라고 전하겠습니다."

"아닙니다. 제가 찾아왔더라는 말씀은 말아 주십시오."

인사를 마치고 사무실을 나서는 현우의 얼굴이 붉게 달아올라 있었다. 그녀를 찾아야 한다는 생각에 무작정 지석을 찾아왔지만 뒤늦게 부끄러움이 몰려왔던 것이다. 아무런 소득 없이 회사를 나서는 현우의 어깨가 무거웠다.

＊ ＊ ＊

집에서만 시간을 보내기엔 무료했던 현우가 연습실로 향했다. 군 시절에 곡 작업은 틈틈이 했지만, 춤을 제대로 춰 본 적은 오래전 일이라 몸을 풀 생각이었다.

한참을 음악에 맞춰 연습을 하고 있을 때 같은 팀 막내인 미카엘이 연습실로 들어왔다.

"형! 안 쉬고 연습 나왔네?"

"응. 몸이 근질거려서. 넌 어쩐 일이냐?"

그를 발견한 현우가 음악을 끄고 가쁜 숨을 몰아쉬며 물었다.

"나도 몸 좀 풀려고."

그의 말에 현우가 고개를 끄덕였다.

"넌 제대 한 달 남았냐?"

"응."

현우가 소속되어 있는 페르소나 멤버 4명은 비슷한 시기에 입대를 했었다. 은호와 디오는 동반 입대를 했고, 현우와 미카엘은 각자 입대를 했었다. 그중 현우가 먼저 제대를 했고 다음이 미카엘이었다.

"혜진이가 잘해 주냐?"

"응."

군 복무 중에 결혼한 미카엘은 현우의 질문에 행복한 미소를 지으며 대답했다. 고등학교 때부터 사귄 여자 친구와 결혼을 발표했을 때는 말 그대로 난리가 났었다. 세계 최정상의 아이돌이 결혼을 한다는 것도 이슈였지만 그보다도 무려 7년을 사귀었다는 사실에 그야말로 연일 난리였다. 자신에게도 진짜 결혼하냐고 물어 오는 전우들이 있을 정도였으니 밖에선 더하면 더했지, 덜하진 않았을 것이었다.

행복함이 묻어나는 미카엘의 표정에서 답을 얻은 현우가 다시 음악을 틀었다. 그리고 두 사람은 말없이 한참을 연습에 몰두했다. 강지아를 떨쳐 내기 위해선 미친 듯이 춤이라도 춰야 할 것 같은 현우였다.

* * *

"민정 씨 팔 더 들어요!"

지아의 불호령에 민정은 재빠르게 팔을 더 들었다. 에이스인 민정이 혼이 나자 뒤에서 연습을 하던 단원들도 눈치를 보며 동작을 따라 하기 바빴다. 그렇게 한바탕 연습이 끝나자 거친 숨을 몰아쉬는 단장을 지아가 불렀다.

"단장님, 잠시만요."

"예."

왜 자신을 부르는지 의아해하며 단장이 그녀의 곁으로 갔다.

"아까 후렴구 부분 다시 춰 보시겠어요? 자 하나 둘 셋 넷!"

난데없는 지아의 말에 숨 쉴 틈도 없이 단장이 춤을 췄다. 그러자 지아가 고개를 끄덕이더니 핸드폰을 꺼내 들었다. 그리고 다시 말했다.

"한 번만 더요."

이게 뭐 하는 건가 싶으면서도 단장은 지아가 시키는 대로 춤을 추었다.

"이 동작은 단장님이 제일 잘하세요. 의외로 까다로운 동작인데 제일 잘하시는 것 같아요. 찍은 영상은 단체 방에 올려 드릴 테니깐 다들 보세요."

잘한다는 말에 단장의 입가에선 비실비실 웃음이 새어 나왔다. 남들보다 나이도 있고 덩치도 있는 편이라 연습할 때마다 신경이 쓰이고 은근히 스트레스를 받던 중이었는데, 지아의 칭찬에 단장은 그 스트레스가 날아가는 것 같았다.

단원들이 숨을 몰아쉬며 잠시 쉴 때 지아는 귀에 이어폰을 꽂았다. 그리고 나오는 음악에 맞춰 춤을 추기 시작했다. 그런 지아의 모습을 단원들이 넋을 잃고 바라보았다. 파워풀하면서도 뭔가 간질거리는 동작에 어떤 음악인지 궁금했다. 눈앞에서 보는 전문가의 춤에 항상 눈 호강을 하지만 도대체 뭐 하는 사람인지, 궁금증은 이루 말할 수 없었다.

지금도 음악은 혼자 들으며 춤을 추는 모습이 예사 모습은 아니지만 덥석 물어볼 수도 없는 일이라 생각만 하고 있었다. 그렇게 한참을 혼자서 춤을 추던 지아가 걸려 오는 전화를 받으러 나가자 단원 중에 한 사람이 말했다.

"쌤 말이다, 뭐 하는 사람 같노?"

"글쎄, 알 수가 있어야지."

단원들의 말에 단장이 말했다.

"커피숍 사장님도 말 안 해 주끼다잉, 그쟈?"

단장의 말에 말도 다른 단원이 손사래를 치며 말했다.

"거는 절대 말 안 해 주지! 아참 궁금내."

그렇게 단원들끼리 이야기를 나눌 때 지아가 연습실로 웬 남자와 들어왔다. 그리고 바닥에 쇼핑백을 잔뜩 내려놨다. 그 모습을 본 민정이 물었다.

"쌤! 그게 뭔데요?"

"모레 버스킹 때 입을 의상이에요. 이리들 와 보세요."

지아의 말에 단원들이 모여들었다. 그리고 쇼핑백 안에 들어 있던 옷을 꺼내 들었다.

"우와!"

막내 민정의 탄성이 터져 나오자 모든 사람의 시선이 그쪽으로 집중이 되었다.

"쌤 이거 진짜 완전 무대 의상인데요?"

민정이 옷을 펼쳐 들자 사람들의 입에서 감탄사가 쏟아져 나왔다. 나머지 단원들도 서둘러 옷을 꺼내 들었다.

"물론 실력도 중요하지만 아이템빨을 무시 못 하죠. 가져가서 한번 입어 보세요."

지아의 말에 모두 옷을 들고 탈의실로 향했다.

"이게 문 일이고."

"아이고야 부산 촌놈이 별거를 다 입어 보네."

그동안 HURRY UP에서 올린 영상을 보니 대부분의 의상이 비슷하게 색상만 맞춘 것들이었다. 무대에 오를 땐 모든 게 최고여야 한다고 생각하는 지아였다. 그래서 비록 가수들에게 가려진 조연이지만 무대 의상 하나도 단원들에게 허투루 입히지 않았다. 덕분에 다른 회사에서 매직의 안무 팀을 부러워한다는 말이 돌 정도였다.

한껏 들뜬 표정으로 단원들이 옷을 갈아입고 나오자 지아의 얼굴에 미소가 돌았다. 역시 옷이 날개였다. 좋아하는 단원들을 보니 지아의 기분도 덩달아 좋아졌다. 그리고 뿌듯했다. 별거 아닌 것 같아도, 작은 것 하나에 팀 분위기가 바뀌는 것이 눈에 띄니 지아는 뭐든 해 주고 싶었다. 나이는 자신보다 많아도 항상 선생님이라며 챙겨 주고, 그녀가 베푸는 작은 것에도 고마워할 줄 아는 사람들이었다. 현숙이 왜 도와주고 싶다고 했는지 이젠 알 것 같았다.

* * *

"니 완전 작정을 했네."

"뭐가?"

현숙이 내미는 커피를 받아 들며 지아가 물었다.

"완전 딴사람들 됐는데?"

분주하게 버스킹 준비를 하는 사람들을 가리키며 현숙이 말했다.

"매직 몰라? 매직."

"매직? 웃기고 있네. 빨강 매직? 파랑 매직?"

지아의 말에 현숙은 비꼬면서도 분위기가 확 달라진 단원들의 모습을 기분 좋게 바라보았다.

"네 말이 맞더라. 좋아서 하지만 일이 되어 버리니깐 스트레스가 심했는데 춤 하나만 보고 좋아하고 땀 흘리는 사람들 보니깐 나도 기분이 좋아져. 그래서 뭐든 도움이 되는 건 해 주고 싶었어. 그냥 선물이지 뭐."

"그럼 마룻바닥은?"

"그건 내 도가니 지키려고."

말은 그렇게 해도 자신이 느꼈던 것을 지아도 느꼈다는 말에 현숙은 친구를 가만히 바라보았다. 그리고 그동안 궁금했던 것을 물었다.

"우리 둘이 데뷔했으면 가요계 씹어 무스까?"

"그야 모르지. 넌 고향 내려와서 커피숍 할 줄 알았냐? 난 이러고 있을 줄 몰랐어."

"하긴 인생사 뜻대로 되는 게 어딨겠노."

"맞아."

지아와 현숙은 준비에 바쁜 그녀들을 바라보았다. 처음에는 그녀들을 도와준다고 생각했는데 사실은 두 사람이 그녀들에 기운을 받고 있었다.

준비를 끝내고 한바탕 신나게 놀 준비가 된 단원들 앞으로 나가며 지아가 엄지를 치켜들었다. 그러자 신나는 음악이 스피커를 통해 흘러나왔다.

음악 소리에 지나가던 사람들이 하나둘 발걸음을 멈추고 무대를 향해 모여들기 시작했다. 여느 때처럼 단장의 간단한 인사가 있은 뒤 무대가 시작되었다. 평소보다 더욱 절도 있는 동작과 흥겨움에 관객들도 어느새 하나가 되었다. 휘파람 소리와 환호성이 점점 커져 오자 단원들의 얼굴에서 웃음이 끊이질 않았다. 10곡이 넘는 무대가 끝나고 마무리 인사를 하자 앵콜이 쏟아져 나왔다. 그러자 갑자기 단장이 무대 아래로 내려와 지아를 이끌었다.

"쌤! 어서 오이소."

자신의 손목을 잡는 그녀의 손을 뿌리쳐 봤지만 힘이 어찌나 센지, 결국 지아는 무대 위로 끌려 올라갔다. 갑작스러운 그녀의 등장에 사람들의 시선이 집중되었다. 무대 아래에서 바라보던 현숙의 눈도 반짝였다.

잠시 무대 아래를 내려다보던 지아가 음향 담당을 불러 곡을 몇 개 일러 주었다. 곧 음악이 나오자, 지아는 손목과 발목을 풀며 단원들을 쳐다보았다. 눈빛으로 사인을 주고받은 뒤 모자를 깊게 눌러쓴 지아는 곧장 춤을 추기 시작했다.

"우와!"

좀 전과는 확연히 비교가 되는 춤사위에 무대 아래가 술렁이기 시작했다. 빛이 났다. 같은 동작을 하고 있어도 뒤에서 춤을 추는 단원들과는 동작이 확연히 달랐다. 현숙도 빛나는 친구를 바라봤다. 얼굴에 뿌듯함이 묻어났다.

번번이 엎어지는 데뷔에 현숙은 지쳐 갔다. 가수가 되겠다고 서울로 올라간 딸을 지원해 주시던 부모님도 자꾸 무산되는 데뷔에 하나

밖에 없는 딸이 부산으로 돌아오길 바라셨다. 이미 20살을 넘긴 그녀가 걸 그룹으로 데뷔하기에는 살짝 늦은 감도 있었고, 여성 듀오는 이미 한물간 트렌드가 되어 시간을 더 끌어 봤자 데뷔는 그녀가 봐도 무리인 상황이었다.

그녀가 부산으로 돌아간다고 했을 때 석훈은 그녀를 말렸었다. 하지만 오랜 생각 끝에 내린 결정이라는 것을 알게 된 석훈은 끝내 그녀를 말리지 못했다. 그렇게 고향으로 돌아와 바리스타 자격증을 따고 제2의 인생을 살고 있지만, 무대를 한시도 잊은 적이 없었다.

그래서 HURRY UP에 더욱 관심을 가졌는지 모른다. 그 옛날, 무대에 한번 서기 위해 연습하고 또 연습하던 자신의 모습이 오버랩이 안 됐다면 거짓말이었다. 그리고 시간이 지났음에도 불구하고 하고 싶은 일, 좋아하는 일을 놓지 않고 이뤄 나가는 모습이 좋아 보였다. 아마 지아도 자신과 같은 생각이었을 것이다. 오늘 무대 위에서 날개를 단 지아의 모습을 보니 행복해 보였다.

"가시나 살아 있네!"

그렇게 지아는 처음으로 무대에서 춤을 추었다.

2

늦은 밤, 인터넷에 올라온 동영상을 뒤져 보던 현우 매니저의 두 눈이 점점 커졌다.

"어, 어, 이거 누난데."

모자를 깊이 눌러써서 얼굴은 잘 안 보였지만 한눈에 지아인 것을 알아본 매니저가 현우에게 급하게 전화를 걸었다. 지아가 현우에게 행선지를 알리지 않고 여행을 간 이유가 어렴풋이 이해는 되었지만, 옆에 있는 스태프들이 본의 아니게 현우의 눈치를 보니 일단은 알려 주는 게 맞는 것 같았다.

— 왜?

심드렁하게 전화를 받는 현우에게 매니저가 소리쳤다.

"야! 차현우! 누나 찾았어."

— 뭐?

매니저의 말에 현우가 놀라서 물었다.

— 그게 무슨 말이야?

"HURRY UP이라고 댄스 동호회 영상 찾아봐. 틀림없는 지아 누나야!"

매니저의 말이 끝나기 무섭게 전화를 끊은 현우는 재빨리 동영상을 검색했다. 그러고는 영상 속에서 지아를 발견했다. 이렇게 숨어 있으면 못 찾을 거라 생각을 한 것 같았다. 하지만 결국 힌트는 강지아 본인이 주고 말았다.

"찾았다 강지아!"

화면 속에서 지아를 확인한 현우의 입에서는 웃음이 새어 나왔다.

"하하하! 조금만 기다려. 내가 간다!"

서둘러 준비를 해 집을 나서며 매니저에게 전화를 한 현우는 곧장 부산으로 향했다.

＊ ＊ ＊

한편, 이른 아침 오픈 준비를 위해 2층 홀을 청소하는 현숙의 귀에 급한 발자국 소리가 들렸다.

"자빠진다, 조심해라!"

조심성 없이 급하게 뛰는 아르바이트생, 승빈을 나무라며 현숙은 테이블을 닦았다.

"사장님! 퍼뜩 내려와 보세요."

"와?"

정리가 덜 끝난 홀을 보며 현숙이 오늘따라 부산스러운 승빈에게 눈길을 주었다. 그러자 그가 흥분을 감추지 못하고 말했다.

"썬이 왔어요, 썬이!"

"썬?"

승빈이 말하는 썬이 자신이 아는 그 썬이 맞나 싶어 물었다.

"네."

"야가 아침을 잘못 뭇나? 자다가 봉창 뚫는 소리를 다 하노."

말도 안 된다는 생각에 담담하게 말하는 현숙의 반응이 답답했는지 그가 현숙의 등을 떠밀었다.

"가서 보세요."

승빈의 성화에 못 이겨 1층으로 내려온 현숙은 정말 창가에 앉아 있는 현우를 발견했다.

'이것들이 뭔 일이 있구만.'

직감적으로 지아와 현우 둘 사이에 일이 있음을 느낀 현숙이 현우에게 다가갔다.

"손님! 아직 오픈 전인데요."

현숙의 말에 승빈은 그러면 안 된다는 표정으로 현숙을 바라보았다. 그리고 현우는 고개를 돌려 대답을 했다.

"죄송합니…… 어? 누나!"

사과를 하던 현우는 자신의 앞에 서 있는 현숙의 모습에 본인도 모르게 소리쳤다. 그녀가 왜 여기에 서 있는지 이해가 안 돼 약간 멍했다. 그 모습을 본 현숙이 친절하게 알려 주었다.

"꼬맹이! 여긴 내 가게고, 니는 오픈 전에 내 가게에 들어왔고, OK?"

"우와! 누나 반가워."

그제야 자신을 안아 오는 현우를 마주 안으며 현숙이 물었다.

"군대 잘 갔다 왔나?"

"응! 진짜 반가워."

서울 사람이 가출을 하면 가장 먼 거리인 부산으로 간다는 말이 있어 지아도 그런 줄 알았더니, 현숙이 부산 사람인 건 그동안 잊고 있었던 일이었다. 이제야 지아가 왜 부산으로 왔는지 이해가 되는 현우였다.

"어디 보자 울 꼬맹이 남자 냄새 나나."

킁킁대며 냄새를 맡는 현숙의 모습에 현우가 크게 웃음을 터트렸다.

"누나 그대로네!"

"변하면 죽어. 모리나?"

두 사람의 허물없는 모습에 옆에서 보던 매니저가 어리둥절한 표정으로 물었다.

"현우야 누구시니?"

"아! 형은 모르겠구나. 예전에 회사에서 연습생 했었어. 지아랑!"

지아가 가수로 데뷔할 뻔했다는 것을 아는 매니저가 고개를 끄덕이며 인사했다.

"선배님 반갑습니다."

"됐어요. 데뷔도 못 했는데 뭔 선배는 선배요. 일단 2층으로 갑시다. 여긴 보는 눈들이 많아서 힘들 겁니다."

현우와 매니저를 데리고 2층으로 올라가며 아직도 어안이 벙벙해져 있는 승빈에게 현숙이 부탁했다.

"미안한데 커피 2층으로 가져다주면 고맙겠다."

"네 사장님!"

"내가 사인받아 주꾸마."

윙크를 하며 말하는 현숙에게 승빈이 큰 소리로 대답했다.

"네!"

기운 찬 그의 대답을 들은 현숙은 서둘러 2층으로 올라갔다. 자리를 잡고 앉은 현우가 그녀를 보며 말했다.

"지아가 왜 부산에 왔는지 이제야 알겠네. 계속 연락하고 지냈던 거야?"

"니 또 맞을라고 지아라고 부르나?"

그녀의 말에 현우가 발끈하며 말했다.

"요즘은 안 때려. 무시하지."

현우의 대답에 그녀가 웃으며 말했다.

"하기사, 때리면 지만 아프지 뭐."

그녀의 말에 이번에는 현우가 웃었다. 그런 현우를 보며 현숙이 목소리를 깔고 물었다.

"둘이 뭔 일이고?"

"응?"

생각하지도 못한 현숙의 질문에 현우가 당황하며 물었다.

"뭔 일이라니?"

시치미 떼며 말하는 현우를 보며 현숙이 말했다.

"하나는 도망치듯이 부산 내려오고, 하나는 잡으러 오고. 뭔 일이냐고?"

"잡으러 오긴……."

말끝을 흐리는 그를 보며 현숙이 고개를 흔들며 매니저를 바라보았다. 그녀의 눈치를 알아챈 매니저가 자리에서 일어나며 말했다.

"현우야, 나 잠시 차에 다녀올게. 놓고 온 게 있어서."

그의 말에 현우가 고개를 끄덕이며 말했다.

"알았어."

1층으로 내려가던 매니저가 아르바이트생이 가져오는 커피를 받아 들고 나갔다. 그리고 승빈이 내미는 커피를 현우에게 건네며 현숙이 물었다.

"너거 둘이 아직도 그러나?"

"뭘?"

그녀의 말에 커피를 마시며 현우가 물었다.

"니 그거 모르제? 니가 지아 좋아한다는 거, 그때 회사 사람들 거진 다 알고 있었을걸? 석훈이 오빠도 알고 있을 거다."

"그게 무슨 소리야?"

모르는 척 물어보는 현우를 쳐다보며 그녀는 말을 이어 갔다.

"지아만 모르지 다 알고 있었다. 니가 좀 티를 내고 다녔어야지. 당사자인 지아는 니가 자꾸 괴롭힌다고 생각했을 수도 있는데 우리가 보기에는 왜, 그거 있잖아. 남학생이 여학생 좋아하면 괴롭히는 거. 딱 그거던데."

그녀의 말에 할 말을 잃은 현우는 커피 잔만 내려다보았다. 현우의 정곡을 찌른 현숙이 말했다.

"징하다. 몇 년째인데 아직 고백도 못 했노?"

"지아 그 바보가 눈치가 없던데."

그녀에게 거짓말은 안 통한다고 생각했는지 현우가 순순히 대답했다.

"야 이 문디야! 좋아한다고 말하면 되지 뭘 눈치?"

현숙의 말에 현우가 한숨을 쉬며 말했다.

"그게 좀 그래 누나."

"뭐가 그래?"

갑갑한 그의 말에 현숙이 되묻자 그는 선뜻 대답을 하지 못했다. 가만히 그를 바라보던 현숙이 들고 있던 커피 잔을 내려놓으며 말했다.

"나도 연애는 많이 안 해 봤지만, 지아 입장에서는 20년 가까이 남매처럼 지냈는데 하루아침에 니가 남자로 보인다는 거는 말이 안 되는 거다. 그러면 니가 지아를 좋아한다는 걸 직접적으로 표현을 해야지. 결혼한 부부도 말 안 하면 모르는 게 사랑인데 너거는 시작도 안 했는데 지아가 모든 걸 알아야 한다는 건 순 니 욕심 아이가?"

현숙의 말에 그가 대답했다.

"휴! 누나 말도 틀린 말은 아닌데 솔직히 겁난다는 게 맞는 거 같

아. 고백했다가 남매로도 못 지내면 어떡해?"

나중에 일어날 일까지 걱정하는 그에게 현숙이 말했다.

"그건 그때 가서 걱정할 문제고, 벌써부터 그런 걱정은 왜 하노? 그라고 고백도 안 할 꺼면서 기를 쓰고 찾으러 다니는 이유는 머꼬?"

그녀의 말에 현우의 머릿속은 복잡해졌다. 그 문제는 생각해 보지 않았었다. 고백을 하기는 두려우면서 그녀는 왜 찾으러 다니는 것일까? 잠시 생각에 빠진 그를 보며 현숙이 말했다.

"그라고 근데 니 스캔들 몇 번 났었잖아. 그건 뭐꼬?"

"그건 말 그대로 스캔들. 지아도 알아. 아무 사이 아니라는 거."

마치 현숙이 자신을 추궁하는 것 같아 현우는 바로 변명을 했다.

"그래? 나는 스캔들 다 믿지는 않았어도 몇 명은 니랑 잘 어울리길래 진짠갑다, 했지."

그의 말에 현숙이 고개를 끄덕이며 말했다.

"진짜 아니야."

그에 말에 현숙이 다시 물었다.

"그건 그거고, 우짤 긴데?"

"뭘?"

"하나는 도망 다니고 하나는 찾으러 다니고……. 지아야 얼굴이 안 알려져서 상관없다마는, 니는 무슨 짓을 해도 사람들이 알아볼 낀데 이러고 헤매고 다닐 끼가? 벌써 밖에 함 봐라."

그녀의 말에 창문으로 아래를 내려다본 현우의 얼굴이 어두워졌다. 조심해서 들어온다고 했는데 벌써 소문이 난 것인지 커피숍 입구에 사람들이 모여들고 있었다. 그중 몇몇은 맞은편 패스트푸드점에 들어가 카메라로 사진을 찍는 사람들도 있었다. 사진을 찍는 모습을 본 현숙이 자리에서 일어나며 말했다.

"매니저 불러라."

현우가 매니저를 부르는 모습을 보며 현숙은 재빠르게 블라인드를 내리면서 1층에 있는 승빈을 큰 소리로 불렀다.

"승빈아!"

"네."

"1층 블라인드 다 내리고 창고 문, 열어 놔라."

"네."

현숙이 하는 말을 알아들은 승빈이 재빠르게 1층 창문의 블라인드를 모두 내렸다. 그리고 직원들이 쓰레기를 버릴 때 쓰는 주방 뒤쪽 창고 문을 열어 놨다. 가게 옆 좁은 골목으로 연결되는 곳이라 일반 사람들은 잘 모르는 길이었다. 현우를 데리고 1층으로 온 현숙이 그를 창고 뒷문으로 안내했다.

"내가 이 사달이 날 줄 알았다. 니 번호 도. 거기로 내가 주소 하나 보내 줄게. 밤에 가 봐라."

"알았어. 고마워 누나!"

그녀의 말에 현우가 고개를 끄덕이며 대답했다. 그렇게 매니저와 재빠르게 커피숍을 떠나는 현우를 확인한 현숙은 블라인드를 다시 올리며 가게를 오픈했다.

한편 매니저가 미리 예약한 호텔로 온 현우는 현숙이 보내온 메시지를 확인했다. 그곳에 지아가 있다고 생각하니 벌써부터 설레었다.

언제부터 지아에게 누나 이상의 감정을 느꼈는지 그도 알 수가 없었다. 처음에는 그저 누나였다. 그땐 지금처럼 회사가 크지 않아 모두가 가족처럼 지내던 시절이었다. 사장인 석훈이 방송국을 돌며 직접 명함을 돌리고 데모 CD를 돌리던, 말 그대로 신생 기획사였다. 자신보다 먼저 들어와 연습생을 하고 있던 지아와 현숙에게는 그저 그는 어린 동생이었다.

하지만 몇 차례 데뷔가 무산되고 늦게 들어온 본인이 먼저 데뷔를 하게 되었을 때는 두 사람에게 얼마나 미안했는지 모른다. 그때부터였을까? 현숙이 고향으로 내려가 버리고 혼자 남은 지아가 현우의 눈에 들어오기 시작했다. 매순간 그녀가 어디에 있는지 눈으로 좇기 시작했다. 눈앞에 없으면 불안했다.

결정적인 사건은 여자 숙소에 도둑이 든 것이었지만, 시간이 흘러도 현우가 지아를 찾는 것은 변하지 않았다. 굳이 가지 않아도 되는 해외 공연도 고집을 피워 데리고 다녔다. 석훈이 유난이라고 난리를 쳐도 현우는 꿋꿋하게 지아를 챙겼고, 지아도 그런 현우의 행동에 아무 말 없이 따라 주었다. 그래서 현우는 지아가 자신과 같은 마음이라 생각을 했다. 그러면서도 현숙에게 말했듯이 그저 혼자만의 생각일까 두려운 마음도 있었다. 괜히 고백했다가 이도 저도 아닌 상황이 될까봐 혼자서 끙끙대고 있었던 것이다.

"휴!"

깊은 한숨을 내쉰 현우가 휴대폰 속 주소를 뚫어지게 쳐다보았다. 그리고 눈을 감고 소파에 몸을 기대었다.

* * *

늦은 밤. 연습실에선 시끄러운 음악 소리가 흘러나왔다. 거울을 보며 춤을 추는 지아의 전신은 땀에 젖어 있었다. 가쁜 숨을 몰아쉬며 춤을 추는 그녀의 눈빛은 평소와 달랐다. 다른 안무가들처럼 제대로 춤을 배워 본 적이 없는 그녀였다. 석훈이 강사를 초빙해 데뷔 준비를 할 때 필요한 아주 기초적인 것만 가르쳐 주었다. 그래서 구할 수 있는 영상은 죄다 구해 독학을 했다. 밥 먹고 자는 시간 이외에는 춤만 췄다고 해도 과언이 아니었다.

번번이 데뷔가 무산된 그녀에게 안무가를 제안한 석훈에게도 큰 모험이라는 것을 알기에 정말 미친 듯이 매달렸다. 다른 회사보다 더 멋진 안무를 내놓기 위해 정말 밤낮없이 춤을 추고 연구했다. 한바탕 격렬한 음악이 끝나자 지아는 숨을 몰아쉬며 물병을 집어 들었다.

"후후!"

물을 들이켠 지아가 바닥에 주저앉자 그제야 입구에 서 있는 사람이 눈에 들어왔다.

낯선 사람의 등장에 지아가 놀라서 바라보자 상대방이 인사를 꾸벅했다.

"안녕하세요?"

그의 인사에 지아가 다시 일어나며 대답을 했다.

"네. 안녕하세요. 그런데 누구신지?"

그녀의 말에 자신의 소개를 하지 않은 것이 생각난 남자가 말했다.

"아! 저 예전에 여기 이모들 잠시 도와주던 학생이에요."

그의 말에 군대에 갔다던 선생님인 걸 알게 된 지아가 다시 인사를 건넸다.

"아! 말씀 들었어요."

그러고 보니 짧은 머리가 눈에 들어왔다.

"휴가 나오셨나 봐요."

"네! 첫 휴가 나왔어요."

한동안 넋을 잃고 그녀가 춤추는 것을 바라보던 준구가 대답했다. 그리고 무례를 무릅쓰고 지아에게 악수를 청했다.

"정말 뵙고 싶었어요."

정말 보고 싶었다는 그의 말이 멋쩍었지만 그가 내민 손을 마주 잡으며 지아가 물었다.

"저를요?"

"네."

그의 대답에 지아가 의아하다는 표정으로 바라보았다.

"단장 이모랑 통화했는데 진짜 멋있는 선생님 오셨다고 자랑하시던데요."

"아! 아니에요."

지아의 말에 그가 아니라는 표정으로 말했다.

"이모들 영상 봤는데 갑자기 실력이 훅 올라가서 놀랐어요."

거듭된 그의 칭찬에 지아가 머리를 긁적였다. 그때 준구가 그녀의 눈치를 보다 말했다.

"저, 저도 좀 가르쳐 주세요."

그의 말에 놀란 지아가 되물었다.

"네?"

한눈에도 보통 실력이 아닌 것을 눈치챈 준구가 다짜고짜 그녀에게 부탁했다.

"아니 제가 뭘 가르쳐 드려요?"

"저도 동아리에서 배운 게 전부라, 이모님들 가르쳐 드리는 게 아니고 같이 배우는 정도예요. 선생님 하시는 거 보니 제대하고 명함도 못 내밀겠어요. 제대하면 이모님들한테 오히려 제가 배워야 할 것 같아요."

선생님이라 부르며 살갑게 구는 준구를 지아가 빤히 바라봤다.

"휴가 나올 때만 좀 부탁드릴게요."

입대하고도 궁금해서 영상을 꾸준히 찾아본 준구였다. 훈련소에 들어갈 때까지만 해도 선생님을 구하지 못해 단장이 애먹던 것이 마음에 걸렸던 것이다. 한동안 뜸했던 영상이 올라온 것을 발견한 준구는 갑자기 훅 상승된 단원들의 춤 실력에 많이 놀랐다. 그래서 휴가를 나오자마자 바로 단장에게 연락을 했다. 그런데 단장이 지아를 침이 마르도록 칭찬을 해 직접 눈으로 확인하고 싶었다.

그래서 늦은 밤 실례임을 알면서도 연습실을 찾아왔던 것이다. 달라진 연습실에 놀라기도 전에 문밖에서 보게 된 지아의 춤 실력에 준구는 한동안 넋을 잃고 바라보았다. 그리고 무조건 지아에게 춤을 배워야겠다는 생각이 들었다. 학교 동아리 선배들도 잘 추지만 지아는 그들과 다른 프로의 냄새가 나서 무턱대고 그녀에게 춤을 가르쳐 줄 것을 부탁했다.

잠시 도와주기로 한 것이었는데 일이 커지는 것 같아 지아의 마음이 불편했다. 그러나 기대에 가득 찬 그의 표정과 자신이 이곳을 떠났을 때의 뒷일을 생각하면 준구의 말도 틀린 것 같지 않았다. 단원들보다 그가 실력이 더 늘어야 하는 것이 맞았다.

생각에 잠긴 그녀를 바라보는 준구의 속이 바짝 타들어 갔다. 이런 기회는 흔치 않아 놓치고 싶지 않았기 때문이었다. 잠시 생각에 잠겼던 지아가 물었다.

"언제 복귀해요?"

"일주일 나왔어요."

그녀의 질문에 준구는 총알같이 대답했다.

"그럼 시간 될 때 연습실 나와요. 난 거의 연습실에 있으니깐요."

"네 감사합니다."

꾸벅 인사를 하는 준구를 보며 지아가 말했다.

"그럼 낼 봐요. 나도 이제 들어가려던 참이라 오늘부터는 힘들겠어요."

"네 감사합니다."

다시 한번 더 인사를 하는 준구와 함께 지아는 연습실을 나왔다. 그리고 자신을 바라보는 사람이 있는 줄 꿈에도 모르고 집으로 향했다.

* * *

델라의 컴백 첫 방송이 있는 날, 회사는 이른 아침부터 분주하게 움직였다. 음원과 뮤직비디오가 공개되자 각종 차트와 뮤직비디오 조회 수가 폭발적인 반응을 보였다. 그런 가운데 첫 음악 방송이라 멤버들과 전 스태프들이 긴장 속에서 준비를 하고 있었다. 그런 스태프들 사이로 현우가 나타났다.

"준비 잘돼 가?"

그의 질문에 델라의 매니저가 고개를 끄덕이며 말했다.

"웅! 그런데 정신없다. 매번 하는 일인데도 애들보다 내가 왜 떨리냐?"

그의 말에 현우가 어깨동무를 하며 말했다.

"잘하면서 왜 그래 형! 참, 오늘 누나 와?"

소속 가수의 컴백 첫 무대는 꼭 현장에서 지켜보는 것을 원칙으로 하는 지아라서 현우는 슬쩍 물었다.

"웅. 누나 출입증 받아 놔야 해."

일에 있어선 철저한 그녀가 예상대로 첫 방송을 보러 온다는 말에 현우의 입꼬리가 올라갔다. 지난번 연습실에서 나온 그녀를 멀리서만 바라보고 돌아온 현우는 그 후로 부산에 내려가지 않았다. 그가 부산에 간 것을 어떻게 알게 된 것인지 기자가 따라붙었다는 것을 알게 되었던 것이다. 거의 한 달 만에 그녀를 볼 수 있다는 사실에 현우는 기분이 좋았다. 방송국으로 모두가 출발하는 모습을 본 현우는 휴게실

의자에 앉아 눈을 감았다.

그렇게 얼마나 시간이 흘렀을까, 누군가 휴게실로 걸어오는 발자국 소리에 그가 눈을 떴다.

"이 시간에 네가 웬일이냐?"

바이크 복장을 한 지아가 휴게실로 들어오면서 물었다.

"애들 컴백했잖아."

머신에서 커피를 내리며 지아가 말했다.

"언제부터 애들 챙겼다고."

그녀의 말에 현우가 발끈하며 말했다.

"내가 누나처럼 현장에 안 가서 그렇지. 애들 컴백하면 꼬박꼬박 화환에, 도시락 조공은 해."

그의 말에 지아가 말했다.

"그래? 그랬었나?"

몰랐다는 듯 그녀가 약 올리며 말하자 현우의 얼굴이 일그러졌다.

커피를 두 잔 내린 지아가 한 잔을 그에게 건네자, 현우가 잔을 받아 들며 옆으로 비켜 앉았다. 그의 옆에 지아가 털썩 주저앉아 그의 어깨에 머리를 대었다.

"잘 지냈냐?"

그녀가 편하게 기댈 수 있게 자세를 고쳐 앉으며 현우가 물었다.

"응. 잘 지냈어. 너는 사고 안 쳤냐?"

"내가 사고 치는 사람이냐?"

헬멧에 눌려 눈을 찌르는 앞머리를 쓸어 올려 주며 그가 대답했다.

"형석이 오빠가 너 망나니처럼 회사 뒤집고 다닌다고 하길래, 사고 친 줄 알았지."

"아냐! 착하게 있었어."

속으로 형석을 욕하면서 그가 온화한 목소리로 대답했다.

"어쩐 일이래?"

그의 대답에 믿을 수 없다는 표정으로 지아가 그를 올려다보았다.

그런 그녀의 사랑스러운 모습에 현우는 본인도 모르게 지아에게 입술을 맞췄다. 지아도 내려오는 그의 입술을 미처 피하지 못하고 입술을 받아들였다. 살짝 입을 맞추던 그가 혀를 밀고 들어오자 당황한 지아가 한 손으로 그를 밀어 냈다.

"미쳤구나!"

어깨에 기대어 있던 지아가 자세를 고쳐 앉으며 그에게 소리를 쳤다. 아랑곳없이 현우는 커피를 마시며 말했다.

"내 거에 침 발랐다 왜?"

그의 말에 지아는 옆에 있던 쿠션을 집어 던졌다.

"누가 네 거야! 죽을래?"

화를 내는 그녀는 아랑곳없이 현우가 말했다.

"애들 사전 녹화 보려면 지금 가야 되는 거 아냐?"

그의 말에 시계를 쳐다본 지아가 자리에서 일어나며 경고했다.

"일단 다녀와서 봐. 너 죽었어."

"이따 보자는 사람치곤 무서운 사람 없더라! 다녀와."

그의 말에 다시 쿠션을 집어 던진 지아는 씩씩거리며 휴게실을 나왔다. 그러고는 슬며시 자신의 입술을 만졌다.

　오늘 잡힌 두 군데 음악 방송을 끝내고 돌아온 지아는 화가 머리끝까지 차오르는 것을 참으며 연습실로 향했다. 그 뒤를 델라의 모든 스태프들이 따라 들어왔다. 그리고 그녀의 눈치를 살폈다. 거울에 비치는 지아의 표정에 모두가 얼어붙었다. 뒤따라오던 석훈이 지아의 얼굴을 보고 조용히 문을 닫고 자리를 비켜 주었다.

　"니들 미쳤지?"

　나지막한 그녀의 목소리에 사람들의 고개가 땅으로 떨어졌다.

　"방송이 니들 놀이터야? 팬들이 그런 모습 보려고 컴백 기다린 줄 아냐고?"

　그녀의 말에 고개는 점점 더 아래로 떨어졌다.

　"야! 넌 뭐 했어?"

　매니저를 바라보는 그녀의 눈에 살기가 올라왔다. 평소 직원들에게 꼬박꼬박 이름을 부르는 그녀가 야라고 부른다는 것은 진짜 화가 많이 났다는 소리였다.

　"애들끼리 이 지경이 되도록 뭐 했냐고!"

　"죄송합니다."

　매니저의 어깨를 밀치며 그녀가 묻자 그가 대답했다. 좀처럼 볼 수 없는 그녀의 화난 모습에 현우가 그녀를 말렸다.

　"진정해 누나."

　"넌 빠져. 지금은 이사로서 하는 말이야."

그녀의 말에 현우는 말리는 것을 포기하고 뒤로 물러났다.

"너희 데뷔 몇 년 차야? 몇 년 차냐고!"

그녀의 질문에 리더인 수영이 기어 들어가는 목소리로 말했다.

"5년 됐습니다."

"5년이나 됐으면서 무대에서 그따위로 해?"

"죄송합니다."

수영을 바라보던 지아는 안무 팀의 미영을 바라보았다.

"미영 씨! 일 그만두고 싶어요?"

그녀의 말에 미영이 고개를 흔들었다.

"밖에서 지지고 볶고 싸워도 무대에 올라가면 그 순간은 프로가 돼야 하는 거 아닌가? 내 말 틀려요?"

"죄송합니다."

"내가 누차 이야기하지? 한 팀이고 매직이라는 회사의 직원이라고, 그런데 오늘 같은 일이 벌어지는 게 말이 돼?"

현우와의 일을 뒤로하고 방송국으로 갔던 지아의 눈에 믿을 수 없는 장면이 포착되었다. 음악 방송 특성상 하게 되는 사전 녹화를 바라보다, 미영과 델라 멤버인 채영 사이에 묘한 기류가 흐르는 것을 발견했다. 이건 안무를 실수했다고 하기에는 그렇고, 안무 중간에 서로 살짝 몸을 부딪혔는데 실수가 아닌 고의라는 느낌이 강하게 들었다.

우여곡절 끝에 첫 방송을 끝내고 다른 스케줄로 이동할 때 지아도 확인차 함께 움직였다. 본인이 잘못 본 것이길 바라며 무대를 보았는데, 그녀의 느낌대로 실수가 아니었다. 더군다나 이번에는 두 사람 모두 무대에서 넘어졌던 것이다. 심지어 생방송이었다.

그 모습을 본 지아는 화가 머리끝까지 솟구치는 것을 느꼈다.

"이 자리에 서고 싶어서 오늘도 죽어라 연습하는 연습생들 보기 부끄럽지 않니?"

"죄송합니다."

그녀의 말에 채영이 고개를 숙이며 대답했다.

"미영 씨! 우리가 하는 일이 뭐예요? 안무 팀이라고 회사에서 차별 대우한 거 있어요? 부단장, 차별 대우했어?"

"아닙니다."

미영과 형석이 대답을 하자 지아가 말을 이었다.

"두 사람 때문에 이 사달이 났는데 어쩔 거예요? 어쩔 거냐구!"

자신의 말에 대답 못 하고 있는 사람들을 쳐다보며 지아가 말을 이었다.

"똑똑히 들어. 난 지금 무대에서 실수를 한 거에 화가 난 게 아니야. 실수는 누구나 할 수 있어. 난 두 사람이 서로 가지고 있는 적개심이 화면에 고스란히 드러났다는 게 화가 나는 거야. 그런 모습 보자고 몇 달 동안 팬들이 컴백을 기다리고 있었겠냐고!"

지아의 계속되는 다그침에 결국 채영이 눈물을 보였다.

"채영이 제대로 들어! 안무 팀 네 아래 아니야. 내가 누누이 이야기했지. 무대에 올라가는 그 순간은 모두가 한 팀이라고!"

"네."

그녀의 불호령에 채영이 울면서 대답했다.

"네 무대를 누구보다 빛날 수 있게 도와주는 파트너라고 그동안 계속 이야기했어. 맞지?"

"네."

"몸싸움을 하든 말싸움을 하든 무조건 풀어! 그게 싫으면 아예 서로 티 안 나게 무시해. 내일 또 이런 분위기이면 그땐 나도 가만히 있지는 않을 거야. 두 사람 모두 알아들었어?"

"네."

"네."

두 사람의 대답을 들은 지아가 연습실을 빠져나가자 채영은 자리에 주저앉아 울었다. 그리고 형석은 미영을 다독이며 데리고 나갔다.

사무실로 올라온 지아는 현우가 내미는 물 잔을 받아 들어 단숨에 마셨다.

"진정 좀 돼?"

"이것들이 미쳤지!"

화를 주체 못 하는 지아의 등을 현우가 쓸어내렸다.

"석훈 오빠는 뭐래?"

의자에 앉으며 그녀가 묻자 현우가 대답했다.

"안무 팀이 아파서, 급하게 교체가 돼서 일어난 실수로 발표하기로 했어."

워낙 화면에 크게 잡혔고 넘어진 미영의 발을 피할 수 있었음에도 채영이 밟고 지나간 것이 그대로 방송이 되었다. 어떤 방식으로든 이

사건이 이슈가 되었을 때 내놓을 자료는 준비가 되어 있어야 했다. 그의 말에 지아가 고개를 끄덕이며 눈을 감았다.

"한잔할까?"

속상해하는 그녀에게 현우가 물었다.

"어디서?"

"너네 집이나 우리 집."

그의 말에 지아가 대답했다.

"오늘 와서 우리 집에는 아무것도 없어."

"우리 집 가자 그럼."

"오케이."

눈을 감았던 지아가 사무실을 나서자 현우도 그녀의 뒤를 따랐다.

* * *

현우의 차가 주차장으로 들어가자 태원은 빠르게 카메라 셔터를 눌렀다. 뒤이어 들어오는 오랜만에 보는 바이크도 빠르게 카메라에 담았다. 두 대가 주차장으로 들어가는 것을 확인한 그는 차에 있던 음료수 한 병을 들고 경비실로 향했다.

"안녕하십니까?"

인사를 하며 들어오는 그를 경비가 쳐다봤다.

"썬이 들어왔죠?"

"알면서 왜 물어?"

경비의 퉁명한 대답에 태원이 음료수를 책상에 내려놓으며 말했다.

"아이고! 형님 좀, 예뻐해 주세요."

태원의 말에 경비가 그를 힐끗 쳐다봤다. 그가 근무하는 빌라가 워낙에 유명한 사람들이 많이 살아서 기자나 팬들이 진을 치고 있는 경우가 허다했다. 그중에 태원은 다른 사람들보다 더 집요한 구석이 있었다. 자칫 입 한번 잘못 놀리면 그길로 직장을 잃을 수가 있어 항상 조심하지만, 태원에게는 더욱 조심하는 그였다.

"그런데 뒤따라 들어가는 바이크는 엄청 비싸 보이네요?"

한동안 보이지 않던 바이크가 다시 보이자 태원이 물었다. 썬의 차와 함께 들어오는 것을 몇 번 본 적이 있어서 궁금했다.

"바이크? 오토바이?"

"네."

그의 말에 평소 지아에게 좋은 감정이었던 경비가 태원에게는 조심해야 한다고 다짐했던 사실을 까맣게 잊고 신이 나 말을 했다.

"그 할린가 뭔가 하는 건데 오지게 비싸다네? 찻값이랑 맞먹는다던데."

"그렇죠? 어쩐지 비싸 보이더라. 근데 여자가 주인인가 봐요?"

태원이 볼 때마다 느꼈지만 바이크 주인이 여자라는 느낌이 강했다.

"오토바이 주인? 썬이 회사 이사님이야. 사람 참 좋아. 착하고 우리 같은 사람한테 함부로 안 하고 때 되면 선물도 챙겨 주시고 그래."

매직엔터테이너에 여자 이사가 있다는 소리를 못 들어 본 태원이 의아해하며 되물었다.

"여자 이사가 있다는 말 못 들었는데?"

그의 말에 경비는 당치도 않다는 표정으로 말했다.

"아니야. 여기에 사는 회사 사람들이 몇 명 있는데 이사님이라고 하던데? 썬이랑 몇 명은 누나라고 부르고 나머지는 단장님 아니면 이사님이라고 불러."

"네. 그렇군요."

새롭게 알게 된 사실에 태원은 빠르게 머리를 굴렸다. 썬보다 이사라는 여자의 뒤를 캐면 더 큰 것이 터질 수도 있겠다는 생각이 들었다. 빠르게 계산을 마친 태원은 자리에서 일어났다.

"그럼 가 볼게요. 고생하세요. 형님."

태원이 나가는 모습을 본 경비는 다시 제 할 일을 시작했다.

* * *

소파에 누워 있는 지아를 바라보며 현우는 빠르게 준비를 마쳤다. 쟁반을 들고 소파로 향하자 누워 있던 그녀가 부스스한 머리로 일어나 앉았다. 그리고 현우가 가져온 맥주 캔을 땄다.

"기분 좀 어때? 풀렸어?"

"내가 풀고 말고 할 게 어디 있어?"

현우의 말에 대답을 한 지아가 맥주를 한 모금 넘겼다. 시원한 맥주가 기도를 적시며 내려가자 안주로 내온 과자를 집으며 말했다.

"지들 손해인 거 몰라서 그러는 거야."

그녀의 말에 현우가 고개를 끄덕였다. 지아의 옆에 앉은 현우도 맥주 캔을 입으로 가져갔다. 그러면서 한 손으로 그녀의 앞머리를 정리해 줬다.

　"우린 무대에 한 번 서는 게 진짜 절실해서 그저 잘해야겠다는 생각뿐이었는데. 요즘 애들은 뭐가 문제인지 모르겠어."

　현우의 말에 지아가 고개를 끄덕이며 말했다.

　"데뷔하려고 죽어라 연습하던 거 생각나네."

　"그때 현숙이 누나랑 진짜 열심히 했어. 너."

　"야! 현숙이만 누나냐? 또 너라고 불렀어!"

　그녀의 반응에 현우가 웃으며 말했다.

　"유난히 호칭에 신경 쓰는 거 알아?"

　"그니깐 왜 나한테만 막 대하냐고?"

　자신을 째려보는 모습이 귀여워 현우가 그녀의 팔을 잡아당겼다.

　"어릴 때부터 그렇게 불렀는데 어떡해? 그럼 그때 못 하게 했어야지."

　은근슬쩍 껴안는 현우를 밀치며 지아가 말했다.

　"그때도 말했거든!"

　지아의 반응에 현우가 손을 거두며 말했다.

　"내일 갈 거야?"

　"오후에, 내일 잡힌 방송까지 보고 갈 거야. 안심이 안 돼."

　두 번째 캔을 들며 지아가 말하자 현우가 고개를 끄덕였다. 누구보다 완벽한 무대를 추구하는 그녀이기에 이대로 부산으로 가지 않을 것이었다. 몇 시간이라도 더 볼 수 있다는 생각에 현우는 기분이 좋았다.

"어디로 가?"

"발길 닿는 대로."

시선을 피하며 그녀가 대답하자 현우가 다시 물었다.

"언제 돌아올 건데?"

"나 1년 휴가 중에 8개월 남았다."

그녀의 대답을 들으며 맥주 캔을 바라보던 현우가 말했다.

"내가 너 찾으면 아무 때라도 돌아올래?"

그의 말에 맥주를 마시던 지아가 현우를 바라보았다.

"네가 날 찾아?"

현우가 이미 본인이 있는 곳을 안다는 사실을 모르는 지아가 물었다.

"응. 내가 너 있는 곳 찾으면 두말없이 돌아오는 거다."

자신만만한 현우가 이상했지만 자신이 있는 곳을 알 리가 없다는 확신이 선 지아가 말했다.

"그런데 왜 날 찾아? 딱히 찾을 이유도 없잖아!"

그녀의 말에 현우가 아무 말 없이 지아를 바라보았다. 그런 현우의 눈빛이 부담스러워 지아는 고개를 돌리며 말했다.

"알았어. 한번 찾아보든지."

자신의 대답에 알 수 없는 미소를 짓는 현우를 보며 지아는 마시던 맥주를 비웠다.

3

델라의 일을 마무리 짓고 부산으로 내려온 지아는 평소와 다름없는 하루를 보내고 있었다. 오전 한가한 시간, 모처럼 가게에서 커피를 마시는 모습을 본 현숙이 청소를 하다 말고 그녀의 곁에 앉았다.

"팔자 좋다이."

"응. 팔자 좋아."

그녀의 대답에 현숙이 앞뒤 자르고 물었다.

"뭐꼬?"

"뭐가?"

"델라 걔들 말이야."

지아가 서울에 올라가고 나서 현숙도 TV를 봐서 궁금했었다. 하지만 지아가 부산으로 돌아온 뒤엔 좀처럼 얼굴을 볼 수가 없어 참고 있었던 것이다.

"기사 못 봤어? 안무 팀 실수야."

아니나 다를까 방송을 본 팬들과 언론은 생방송에서 벌어진 일로 잠시 시끄러웠다. 그때 언론 보도 자료로 냈던 내용을 지아가 그녀에게 말했다. 지아의 대답에 멈췄던 청소를 다시 하기 시작하며 현숙이 말했다.

"니 내가 뭐 하던 사람인지 잊은 모양인데, 나도 나름 보는 눈 있거든!"

그녀의 말에 지아가 고개를 끄덕였다. 그래, 눈치 백 단인 현숙을 속일 수가 없지!

"너의 예상이 아마 빙고일걸?"

그녀의 대답에 현숙이 냉큼 되물었다.

"그래? 큰 아가? 작은 아가?"

"둘 다."

그녀의 말에 현숙이 웃으며 말했다.

"그래 내 그럴 줄 알았다. 아오! 궁금해 미치는 줄 알았네."

"풉!"

현숙의 말에 지아가 참지 못하고 웃었다. 예전에도 궁금한 것은 지구 끝까지 따라가서라도 알아내야만 하는 그녀였다. 시간이 지났음에도 변하지 않은 그녀를 보며 저도 모르게 웃음이 나왔다.

"웃지 마라! 가시나야. 생겨 먹은 게 이런 걸 우짜노. 아버지가 이래 낳아 놨다."

지아가 웃는 의미를 아는 현숙이 저도 멋쩍은 웃음을 지으며 말했다.

"맞아! 그래야 김현숙이지."

놀리는 듯한 지아의 말에 현숙은 대꾸 없이 청소를 마무리하고 가게를 오픈했다. 그러자 남자 손님이 기다렸다는 듯이 가게 안으로 들어왔다. 카운터에서 커피를 주문한 남자는 지아 옆자리에 앉았다. 그 모습을 물끄러미 보던 지아는 문자가 오는 소리에 핸드폰을 꺼내 들었다.

[선생님 저 내일 복귀해요. 오늘은 아침부터 연습하고 싶은데 가능할까요?]

준구의 문자에 지아는 빠르게 답을 했다.

[네, 오세요. 연습실로 갈게요.]

마시던 커피를 단숨에 비운 지아는 자리에서 일어나며 말했다.

"현숙아! 나, 간다."

"벌써?"

주방에서 고개를 빼꼼 내밀며 그녀가 물었다.

"응! 준구 씨 온다고 연락 왔어."

"그래, 고생해라!"

현숙과 인사를 하고 빠르게 가게를 빠져나가는 지아를 방금 들어온 남자 손님이 아쉽다는 표정으로 바라보았다.

현숙의 가게에서 연습실로 온 지아는 자신을 기다리고 있는 준구를 만났다.

"제가 귀찮게 하는 건 아니지요?"

미안해하는 준구를 보며 지아가 말했다.

"아니에요."

서둘러 연습실로 들어와 몸을 푼 두 사람은 거울을 보며 연습에 들어갔다. 동아리에서 배운 게 전부라고 했지만 제법 기본기가 탄탄한 준구는 곧잘 따라왔다. 그렇게 몇 곡을 연달아 연습을 하고 잠시 쉬는 시간일 때 지아가 물었다.

"춤은 계속할 거예요?"

"아직은 잘 모르겠어요. 재미도 있고 계속하고 싶은데 솔직히 지방은 서울보다 기회가 적은 게 사실이잖아요."

그의 말에 지아가 고개를 끄덕였다. 부정하긴 싫지만 서울에 거의 모든 기회가 몰려 있다고 봐도 무방했다.

"부산에는 아카데미가 없어요?"

그녀의 질문에 잠시 생각을 하던 준구가 대답했다.

"아예 없는 건 아닌데 서울처럼 유명한 강사님은 드물죠. 다들 서울로 올라가시니깐요."

"그렇구나."

준구의 열정과 노력이 아깝다고 느낀 지아가 말했다.

"혹시나 제대하고 춤을 계속 추고 싶으면 연락 줘요."

그녀의 말에 준구가 고개를 숙이며 인사를 했다.

"그렇게만 되면 감사하죠."

"그런 말 말아요. 준구 씨가 잘하니깐 하는 말이에요."

다시 연습을 시작하는 준구를 바라보는 지아는 머릿속은 새로운 일을 설계하느라 바빴다.

* * *

준구도 복귀하고, 연습과 버스킹에 빠져 살던 지아는 찾으러 온다던 현우가 한 달이 지나도록 아무런 소식이 없자 서운했다. 못 찾을 거라는 생각을 했어도 내심 그가 자신을 찾지 않을까 약간의 기대도 했었다. 하지만 휴가가 맞나 싶을 정도로 바쁘게 돌아가는 일상에 그런 생각들은 차츰 잊혀 갔다.

토요일 오후, 남포동에서 버스킹이 열리는 날이었다. 단원들과 지아는 준비로 분주했다. 음향 확인을 하며 무대 체크를 하고 있을 때 고등학생으로 보이는 남학생 두 명이 쭈뼛거리며 그녀에게 다가왔다.

"저……."

옆에서 들리는 소리에 무대를 바라보며 점검 중이던 지아가 고개를 돌렸다.

"무슨 일인가요?"

그녀를 보며 쑥스러운 듯 남학생이 말을 걸었다.

"팬인데요, 사인 한 장만 부탁드릴게요."

"나?"

뜬금없는 상황이 이해가 되지 않은 지아가 물었다.

"네, 선생님요."

"날 어떻게 알아요? 그리고 나 사인 없는데."

학생이 내미는 종이를 얼떨결에 받아 든 지아가 당황해 하며 말했다.

"그냥 이름이라도 써 주세요. 페르소나 영상에 선생님 나와요."

남학생의 말에 지아가 놀라며 물었다.

"내가?"

"네! 안무 영상 보면 가끔 나와요. 커버 영상 찍으려고 돌려 보다가 선생님 팬 됐어요."

학생의 말을 들으며 사인을 해 준 지아의 머릿속은 복잡했다. 회사에서 영상을 올릴 땐 그녀의 얼굴을 희미하게 처리한다. 그리고 HURRY UP에서 올리는 영상도 처음 한 번을 제외하고는 그녀는 모조리 편집이 되었었다. 일단은 공연이 우선이라 학생들을 돌려보낸 지아는 다시 무대에 집중했다.

늦은 밤 모니터를 뚫어져라 쳐다보는 지아의 얼굴에는 피로가 가득했다. 회사와 HURRY UP, 두 군데에서 올려놓은 영상을 샅샅이 뒤져 보아도 자신의 얼굴이 제대로 나온 영상은 없었기 때문이었다. 도대체 그 학생들이 어디서 그녀를 봤는지 알 수가 없어 답답했다. 피곤이 몰려오는 것을 느낀 지아는 노트북을 옆으로 내려놓고 침대에 누웠다.

"하! 미치겠네."

이불을 머리까지 뒤집어쓰고 몸부림을 치던 지아가 갑자기 핸드폰을 들어 시간을 확인했다. 그러고는 지석에게 전화를 걸었다.

— 여보세요!

"오빠, 나!"

— 이 시간에 어쩐 일이야?

지아의 전화에 시간을 확인하며 지석이 물었다.

"잘 지내지?"

— 무슨 일이야?

고작 안부를 물으려 전화를 하지 않는다는 것을 아는 지석이 물었다.

"그게 일이 좀 생겼어."

— 일?

일이 생겼다는 말에 지석이 놀라며 물었다. 그러자 지아는 그에게 낮에 있었던 일을 말했다. 자초지종을 들은 지석이 말했다.

— 그런데 얼굴이 알려지는 게 큰일이야?

"오빠! 난 싫다고."

지석의 말에 지아가 큰 소리로 말했다.

"나는 지금처럼 편하게 살고 싶어. 내가 연예인은 아니잖아."

— 그런 생각을 가진 애가 어떻게 데뷔할 생각을 했니?

"데뷔했으면 또 달라졌겠지. 암튼 나는 몇 시간을 들여다봐도 못 찾겠어. 오빠가 좀 알아봐 줘."

동생의 말에 지석이 대답했다.

— 알았어! 찾아보긴 할 건데 이건 엄연히 사적인 부탁이다.

"알았어. 내가 나중에 보답할게."

— 나 말고, 직원들.

"알았다고!"

난생처음 하는 부탁에 지석이 깐깐하게 나오자 지아는 저도 모르게 소리를 질렀다. 짜증이 섞인 그녀의 목소리에 지석은 웃으며 말했다.

— 그래 연락할게.

"고마워."

지석에게 인사를 건넨 그녀는 다시 노트북 앞에 앉아 화면을 뚫어 져라 쳐다봤다.

* * *

델라 때문에 한바탕 시끄러웠던 회사가 어느 정도 조용해지자 현 우는 석훈을 찾아갔다. 지석에게 콘서트 때문에 지아를 찾는다는 변 명을 했었는데, 며칠 생각해 보니 진짜 콘서트를 해야겠다는 생각이 들었다. 그러면 일을 핑계 대서라도 그녀를 돌아오게 할 수 있지 않을 까 하는 생각이 문득 들었던 것이다. 거기에다 자신도 군 생활로 2년 가까이 공백기를 가졌으니, 슬슬 몸이 근질거리기도 했다.

"형!"

"왜?"

사무실에서 일을 하던 석훈이 고개를 들어 현우를 바라보았다.

"슬슬 콘서트 준비해야 하지 않겠어?"

"더 안 쉬고?"

현우의 말에 석훈이 하던 일을 멈추고 되물었다.

"어차피 준비하려면 몇 달 잡아야 하고 신곡 준비도 해야 하니 빠른 것은 아니라고 봐."

그의 말에 석훈이 고개를 끄덕였다. 장소 섭외부터 지금 당장 준비해도 시간이 꽤 걸리는 건 사실이기 때문이다.

"네가 워커 홀릭인 줄은 모르고 사람들은 내가 부려 먹는 줄 알아. 나만 나쁜 놈 된다고."

현우를 너무 부려 먹는 거 아니냐는 일부 팬들의 원성을 아는 석훈의 말에 그가 웃었다.

"그 정도로 상처 입을 형이 아니잖아."

"짜식 말이나 못 하면! 아무튼 알았어."

현우가 일을 하겠다고 선언했으니 그의 마음이 바빠지기 시작했다.

"김 실장 들어오라고 해."

기획 팀 김 실장을 찾는 보습을 본 현우는 자리에서 일어나 사무실을 나왔다.

이제 슬슬 강지아를 만나러 갈 때가 되었다.

* * *

커피를 마시며 느긋한 시간을 보내던 지아는 카운터에서 바쁘게 움직이는 현숙을 바라보았다. 한때 그 누구보다 노래에 대한 열정이 가득한 친구였는데, 지금은 전혀 다른 삶에서 저렇게 치열하게 살아가는 모습을 보니 사람은 정말 한 치 앞을 알 수가 없구나 하는 생각이 들었다. 더 나이가 들기 전에 두 사람만을 위한 이벤트를 해도 좋을 것 같다는 생각이 들었다.

"현숙아!"

"왜?"

지아의 부름에 그녀가 대답했다.

"음반 하나 낼까?"

"니?"

"아니."

지아의 대답에 현숙이 카운터에서 나와 그녀의 앞에 앉았다.

"그게 무슨 소리고? 니가 안 내면 누가?"

"우리!"

그녀의 말에 놀란 현숙이 큰 소리로 말했다.

"우리? 니 혼자가 아니고 우리?"

본인의 목소리가 크다고 느꼈는지 현숙이 다시 목소리를 낮춰 물어보았다.

"이게 놀더니 미쳤나? 이 나이에 데뷔할 거도 아니고 뭔 앨범?"

그녀의 말에 지아가 웃으며 대답했다.

"누가 데뷔하재? 기념 음반이라는 것도 있거든? 석훈 오빠한테 부탁해서 하나 만들자."

그녀의 말에 현숙이 지아의 아이스커피를 들고 쭉 마셨다. 어지간히 놀란 모양이었다.

"난 또! 놀랐잖아 가시나야! 기념 앨범 좋지. 근데 석훈이 오빠가 해 주겠나? 돈 많이 들 낀데."

"야! 돈 걱정은 말고. 하나 낼래? 우리 둘, 고생만 하고 끝났잖아!"

"우와 이제 부자다 이기가?"

현숙의 말에 지아가 웃으며 대답했다.

"응! 이제 그 정도 능력은 돼."

말은 그렇게 했어도 현숙은 어릴 때부터 지아가 상당한 부잣집 딸인 것을 알고 있었다. 대충 막 입는 것 같아도 걸치는 옷마다 비싼 브랜드였고, 한 번씩 옷이나 반찬을 해다 주시는 분이 집에서 일을 봐주시는 분이라고 할 때 현숙은 짐작을 했었다. 하지만 지아가 전혀 내색을 하지 않는데, 본인이 굳이 먼저 나서서 말할 필요가 없다는 생각에 그동안 아무 말 하지 않고 지내 왔다.

"알았다. 하나 내자!"

자신의 제안이 싫지 않은지 현숙이 흔쾌히 대답하자 그녀의 얼굴에 환한 미소가 지어졌다. 그런 지아를 바라보던 현숙이 가게 문을 열고 들어오는 남자를 바라보았다. 요 며칠째 가게에 나타나서 한동안 하는 일 없이 시간을 때우고 가는 것이 영 수상했다. 대학생처럼 공부를 하는 것도 아니고 그렇다고 사람을 만나는 것도 아닌데 종일 드나드는 사람들을 감시하듯이 바라보고 있고, 지아가 들어오면 힐끔거리며 그녀를 바라보는 것이 신경이 쓰였다.

"야!"

나지막이 자신을 부르는 소리에 지아가 그녀를 의아하게 바라보았다.

"니 저 사람 아나?"

"왜? 누구?"

현숙이 턱으로 가리키는 곳을 바라보자 웬 남자가 고개를 돌리는 것이 보였다.

"아니! 왜?"

"니 서울 갔다 오고 나서 계속 오는데 뭔가 께름직해서."

"그래?"

"어! 커피 한 잔만 시켜 놓고 몇 시간째 저러고 있는 게 며칠 됐다."

그녀의 말에 지아가 다시 고개를 돌려 남자를 바라보자 이번에는 남자가 아예 자리에서 일어나 가게를 나가 버렸다. 그 때문에 얼굴을 제대로 보지 못한 지아가 고개를 흔들었다.

"자세히 못 봐서 모르겠어."

남자가 나간 문을 바라보던 현숙이 고개를 흔들었다.

"아이다. 뭔가 냄새가 나는데."

현숙의 말에 그녀는 다시 문을 바라보았다.

한편 문밖으로 나온 태원의 등에 식은땀이 났다. 카페 사장이 며칠 자신을 주시하는 것은 알았지만 대놓고 지아에게 말할 줄은 몰랐던 것이다. 썬보다 지아 쪽을 따라다니는 것이 더 큰 수확이 있을 줄 알았는데 며칠째 허탕이라 태원도 약간 초조해지던 차였다.

매일의 생활 패턴이 거의 정확했다. 늦은 아침에 연습실로 향하면 거의 온종일 거기서 머물렀다. 그러다 시간이 남으면 커피숍에 들렀다. 그 커피숍이 썬의 팬들의 목격담에서 올라온 곳과 같은 장소라 은근 기대를 했었는데 우연의 일치로 장소만 같았는지, 그 뒤로 썬의 모습은 보이지 않았다. 매직엔터테이너 이사라는 경비의 말에 무작정 그녀를 따라 부산으로 왔는데 헛다리를 짚은 건가 싶어 그의 속이 서서히 타들어 갔다.

* * *

연습실에서 단원들의 연습을 바라보던 지아는 울리는 핸드폰에 석훈의 이름이 뜨자 사무실로 들어갔다. 그동안 정말 전화 한 통 없던 석훈이라 바로 전화를 받았다.

"여보세요."

— 잘 지냈어?

"응! 오빠?"

— 나야 항상 잘 지내지.

"어쩐 일이야?"

— 매정하긴. 꼭 일이 있어야 전화하냐?

쌀쌀맞은 그녀의 말에 석훈이 서운해하며 말하자 지아의 칼 대답이 돌아왔다.

"끊어!"

— 야! 야! 끊지 마!

정말 전화를 끊을 것처럼 지아가 대답하자 석훈이 다급히 그녀를 불렀다.

"그러니깐 용건부터 말해."

— 아유! 이 자식! 농담도 못 해? 현우가 연말쯤 콘서트 한다고 일정 잡아 달라고 하더라.

매몰차게 전화를 끊으려는 그녀의 반응에 석훈이 다급히 말했다.

"콘서트?"

— 콘서트에서 신곡 발표할 거래. 장소 섭외 들어갔어.

"걘 뭐가 바쁘대? 좀 쉬지."

아직 휴가도 남았고, 부산 생활이 마음에 든 지아가 약간의 짜증이 섞인 말투로 물었다.

— 그러게. 좀 쉬나 했더니. 돈 벌어 준다는데 일해야지.

"그래서?"

— 와야지, 일 잡혔으니.

"장소 섭외되면 연락 줘."

— 알았어.

생각보다 일이 빨리 잡히자 지아의 머릿속이 복잡해졌다. 그래도 공연장이 섭외되는 것이 가장 큰 문제이기에 시간이 있다고 생각한 지아는 다시 연습실로 돌아갔다.

　콘서트를 열기로 결정이 되자 현우의 하루가 바빠졌다. 석훈과 약속한 대로 신곡도 준비해야 하는 상황이라 거의 매일 작업실에 갇혀 살았다. 이번에는 게스트 없이 온전히 본인이 무대를 채우고 싶어 그만큼 준비해야 할 것도 많았다. 군 시절 틈틈이 만들어 놓은 곡이 마음에 들지 않아 한참 다듬고 있을 때 매니저가 작업실로 들어왔다.

　"전화 왜 안 받아?"

　"전화?"

　그의 말에 핸드폰을 확인한 현우가 말했다.

　"몰랐어. 무슨 일이야?"

　"대표님이 회의하자고 해."

　"회의?"

　"응. 다들 모였어. 너만 내려오면 돼."

　그의 말에 자리에서 일어난 현우가 회의실로 가자 이미 모든 스태프들의 회의가 한창이었다. 그 속에 지아가 없는 것을 확인한 그가 석훈을 바라보자 눈치를 챈 그가 얼른 말했다.

　"공연장 잡히면 온다고 했어."

　"알았어."

　석훈의 대답을 들은 현우가 자리에 앉자 회의는 다시 시작되었다.

마라톤 같은 긴 회의가 끝나자 이제는 미지근해진 아이스커피를 마시며 현우가 핸드폰을 꺼내 들었다. 그리고 긴 망설임 끝에 지아의 번호를 눌렀다.

— 여보세요!

얼마의 신호음 뒤에 그녀의 목소리가 들리자 현우는 자세를 고쳐 앉으며 말했다.

"흠흠! 잘 지냈어?"

— 응! 어쩐 일이냐?

"형이랑 통화했다며. 나 일해."

— 알아. 그래서?

지아의 담담한 말투에 저도 모르게 서서히 화가 올라오는 현우였다.

"야! 나 일하면 서울 와야 하는 거 아냐?"

— …….

자신의 말에도 아무런 대답이 없자 현우가 큰 소리로 그녀를 불렀다.

"야! 강지아!"

그러자 그녀가 아예 전화를 끊어 버렸다. 잠시 어이없다는 표정으로 핸드폰을 바라보던 현우가 다시 그녀에게 전화를 걸었다.

— 여보세요!

다시 무덤덤하게 전화를 받는 그녀의 목소리에 현우는 다시 소리를 질렀다.

"강지아! 정말 이럴 거야?"

그러자 잠시 숨 고르는 소리가 나는 듯싶더니 전화기 너머에서 사자후가 들려왔다.

— 야! 이 시끼야! 내가 이름 부르지 말라고 했지! 나이도 한두 살 차이가 나는 것도 아닌데 왜 자꾸 이름 불러? 내가 옆집 똥개냐고 했지? 치사해서 내가 이런 말까지는 안 하려고 했는데, 회사에서도 내가 이사야! 그리고 어디다 대고 자꾸 소리 질러 이 씨끼야!

속사포처럼 쏟아지는 지아의 말을 듣고 있던 현우가 말했다.

"미안. 실수했어."

— …….

현우가 빠르게 사과를 하자 지아는 할 말이 없었다. 역시 인정 하나는 빠른 녀석이었지, 저 녀석이. 그의 사과로 다시 목소리가 차분해진 지아가 물었다.

— 그런데 내가 꼭 가야 해? 기존 곡은 형석이 오빠가 동선 체크만 하면 되는데.

"신곡 나와. 준비할 게 많아."

현우의 말에 지아의 머릿속이 다시 복잡해져 갔다.

— 알았어.

"언제 올 거야?"

— 아직 급한 거 아니잖아. 때 되면 갈게.

"아니 바로 와."

어린아이가 떼를 쓰듯 졸라 대는 현우에게 지아가 소리쳤다.

— 이런 미친놈이! 내가 알아서 해!

"찾으러 간다!"

— 웃겨! 여태도 못 찾았는데 네가 날 어떻게 찾아!

현우의 말에 지아가 소리 지르며 물었다. 그런 지아의 반응에 현우가 재미있다는 듯이 웃으며 말했다.

"내가 찾으면?"

— 그래, 네가 찾으면 내가 곧장 서울 간다.

"좋았어. 딱 기다려."

지난번에도 찾으러 온다고 하고선 여태 아무 일도 없었던 터라 지아는 담백하게 대답했다.

— 그럼, 그때 보자.

입가에 미소를 띤 채 전화를 끊은 현우는 서둘러 다시 작업실로 향했다.

* * *

1년은 푹 쉴 줄 알았던 지아는 갑자기 일이 잡히는 바람에 마음이 급해졌다. 신경 안 쓰는 척 말을 하긴 했지만, 그래도 제대 후 처음 하는 단독 콘서트인데 그냥 모른 척하기가 힘들었다. 더군다나 안무 팀을 모른 척하는 것도 양심에 걸리는 일이라 그녀의 마음이 바빠졌다. 지아는 일단 형석에게 전화를 걸었다.

— 여보세요?

"오빠! 바빠?"

— 아니 안 그래도 전화하려고 했어. 대표님 전화 왔었니?

"응. 현우까지 전화 왔었어."

그럼 그렇지 하는 생각으로 그가 물었다.

— 그럼 언제 올 거야?

"안 그래도 그것 때문에 전화했어. 주변에 춤추는 사람 한 명 구할 수 있을까?"

— 사람?

뜬금없는 그녀의 말에 형석이 물었다.

"응. 좀 추는 사람으로."

— 갑자기 왜?

"그건 나중에 설명해 줄게. 근무지는 부산이고 한 8~9개월 정도 숙소 제공에 월급은 일단 최저 시급, 많아야 일주일에 3일 정도 근무에 월급은 6일 치 지급, 연습실은 무한정 사용 가능하고. 이쪽 일에 지장만 안 주면 투잡 가능하고."

근무 조건을 줄줄이 읊는 지아의 말이 끝나자 형석이 물었다.

— 부산? 너 부산에 있어?

"응. 현우한테는 말하지 말고."

— 알았어.

그녀의 성격을 아는 형석이라 바로 대답을 했다.

"조만간 서울 갈 것 같아. 그때 봐."

— 그래. 몸조심하고 최대한 빨리 알아볼게.

"고마워."

형석과 전화를 끊은 지아는 연습실로 향했다.

* * *

며칠 뒤 인터넷을 검색하던 현우는 기사 하나를 접했다.

「썬! 신인 배우 감설아와 사랑에 빠지다」

기사를 본 현우는 화가 머리 꼭대기까지 차올랐다. 지아를 데려오
기 위해서 휴식도 마다하고 잡은 기회였는데 이런 스캔들이 터지니
기가 찰 노릇이었다. 이건 저쪽 소속사에서 작정하고 낸 기사 같았다.
소속 연예인을 띄우려고 가끔 노이즈 마케팅을 하는 경우가 있었다.
이번에도 그런 경우였다. 하지만 이번만큼은 현우도 참을 수가 없었
다. 서둘러 회사로 향한 현우는 석훈에게 찾아갔다.

"형!"

"알아!"

문을 열고 들어오는 그를 바라보며 석훈이 대답했다. 그도 이미 기
사를 봤다. 상대 소속사에서 아무런 언질이 없어 석훈도 당황해 하던
차였다.

"이번에는 못 참아!"

"알았어!"

석훈이 여기저기 전화를 하며 지시를 내릴 때 현우는 지아에게 전

화를 걸었다.

— 여보세요.

다행히 그녀가 전화를 받았다. 현우는 다짜고짜 변명부터 했다.

"나 아냐!"

— 응!

무덤덤한 그녀의 반응에 현우가 다시 말했다.

"김설안가 그 애하고, 아니라고."

— 알았다고.

감정이 섞이지 않은 그녀의 대답에 애가 탄 현우가 다시 말했다.

"진짜라고! 강지아!"

— 야! 이 자식아! 알았다고 몇 번을 말해! 그리고 네가 스캔들 난
게 나랑 뭔 상관인데 전화해서 변명하고 그래!

그녀의 말에 현우가 풀 죽은 목소리로 말했다.

"아니, 네가 오해할까 봐서."

— 오해 안 하니깐 끊어!

말을 끝낸 지아가 먼저 전화를 끊었다. 끊어진 전화를 멍하니 바라
보는 현우를 석훈이 쳐다보더니 사무실을 빠져나갔다. 또 뭔 지랄을
할지 모르니 피하는 게 상책이었다.

* * *

현우의 연애사도 알았고 그동안 스캔들도 모두 알고 있었지만 그

때마다 지아는 묘한 기분이었다. 그녀 역시도 혼자 지내지는 않았지만 본인이 연애를 하는 것과 현우가 연애를 하는 것을 바라보는 것은 달랐다. 남동생이 연애를 하면 이런 기분일까 하는 생각도 했었다. 딱 꼬집어서 설명은 할 수 없어도 그리 기분 좋은 일은 아니었다.

오늘 아침 눈을 뜨고 기사를 접했을 때 지아는 기분이 가라앉는 것을 느꼈다. 그런데 현우의 전화를 받으니 더욱 기분이 묘했다. 마치 바람을 피운 남자 친구가 변명하는 느낌이었다. 아무렇지 않은 듯 쏘아 주고 전화를 끊었지만, 평소와 다른 이 기분을 어떻게 설명을 해야 할지 모르겠는 지아였다.

"현우 스캔들 났더만."

"응."

아니나 다를까 커피숍에 들어서자 현숙이 말을 꺼냈다.

"아예 쌩 신인이던데."

"그러게. 예쁘더만."

아무렇지 않게 대답하며 의자에 앉는 그녀를 보며 현숙이 물었다.

"니 괜안나?"

"안 괜찮을 게 뭐 있어?"

"하긴! 너거 둘이 사귀는 것도 아니고 스캔들이 한두 번 났어야지."

그녀의 말에 지아는 대꾸 없이 커피를 마셨다.

"진짜 괜찮제?"

현숙이 떠보듯 다시 묻자 지아가 화난 목소리로 말했다.

"야! 김현숙! 이것들이 쌍으로 난리야!"

"왜? 현우 전화 왔더나?"

"그래, 전화 왔더라! 절대 아니라고 변명하는데 왜 아침부터 전화해서 난리냐고! 현숙이 네 말대로 사귀는 것도 아닌데!"

그녀의 말에 현숙이 속으로 웃었다. 두 사람만 모르는 사랑싸움을 어이할꼬! 속으로 웃음을 삼킨 현숙이 말했다.

"니는 몰라도 현우는 니가 신경 쓰였구만!"

"야! 김현숙! 자꾸 쓸데없는 소리 할래? 걔랑 나랑 몇 년을 알고 지냈냐?"

진심으로 화를 내는 지아를 보고 현숙은 그만 장난쳐야겠다는 생각이 들었다.

"알았다. 그만할게. 가시나 승질머리하고는."

창고로 들어가는 현숙을 보며 지아는 아이스커피를 쪽 빨아들였다. 현숙의 말대로 스캔들이 한두 번 난 것도 아닌데 왜 이리 속이 쓰린지 모르겠다. 오늘따라 커피가 너무 쓰다!

* * *

한편 평소와 다르게 강력하게 나오는 현우의 반응에 기사를 쓴 기자가 난감해졌다. 인터넷에서 떠도는 모든 허위 사실을 고소를 하겠다고 현우의 회사에서 입장문을 발표했기 때문이었다. 보통은 양쪽에서 아니라는 기사를 내고 끝을 내는데, 이번에는 현우의 소속사에서

107

강경하게 나오고 있었다. 그래서 김설아의 소속사에서 제보한 내용을 바탕으로 기사를 썼던 기자가 참지 못하고 폭로 기사를 썼다. 자칫하면 본인이 모든 것을 뒤집어쓸 수도 있는 상황이 되었기 때문이었다.

스캔들 기사가 터지고 바로 다음 날 정정 기사와 함께 김설아가 노이즈 마케팅에 현우를 이용하려고 했다는 것까지 밝혀지자 대중은 또 한 번 흥분했다. 발 빠른 기자가 다시 기사를 터트려 준 덕분에 현우의 스캔들은 3일도 되지 않아 해프닝으로 끝났다.

그 기사를 인터넷으로 보던 지아는 노트북을 덮고 침대에 누웠다. 안심이 되었다. 그냥 스캔들이라는 것을 이미 알고 있었다. 그런데 기사를 보자 화가 치밀었다. 그리고 지금은 웃음이 났다. 이걸 어떻게 설명해야 할지 본인도 모르겠다. 그렇게 누워 멍하니 천장을 바라볼 때 전화가 걸려 왔다.

— 뭐 해?

"자려고."

풀 죽은 현우였다.

— 기사 봤어?

"응! 이번에는 세게 나갔던데?"

— 더 이상은 참고 넘어가기 싫어서…….

"잘했네."

그녀의 말에 현우가 물었다.

— 정말 괜찮지?

"응, 그런데 왜 자꾸 신경을 써? 우리 사이가 뭐라고? 그리고 이런 일 한두 번이니?"

그녀의 대답에 현우는 기운이 빠지는 것을 느꼈다. 정말 아무렇지도 않다는 그녀의 반응에 현우는 애가 탔다.

— 알았어, 쉬어!

자신이 듣기에도 기운 빠진 목소리로 대답하는 현우의 전화를 끊고 지아는 이불을 뒤집어썼다. 하지만 잠은 오지 않고 머릿속은 더욱 복잡해져 갔다. 그의 기사 하나에 울고 웃는 자신이 웃겼다. 그리고 겁이 났다.

몇 년 전 콘서트 중에 현우가 다치는 일이 있었다. 그때 지아는 알게 되었다. 현우가 그저 오랜 시간을 함께한 동생이 아니라는 사실을……. 그리고 그가 자신에게 보여 주는 행동이 누나가 아니라 연인에게 하는 행동이라는 것도 부정하고 싶었다. 하지만 방금 걸려 온 그의 전화에 지아는 더 이상 부정하기 싫었다. 차현우는 이미 그녀에게 남자였다.

* * *

지아와 통화 후 며칠을 고민하던 현우는 그녀와 부딪쳐 보기로 마음의 결정을 내렸다. 현숙의 말대로 거절당하더라도 고백하는 것이 맞는 것 같았다. 군 복무 중에도 수없이 생각하고 고민하던 일이었다. 언제부터 이런 감정이었는지 딱히 알 수는 없다. 하지만 정확한 건 더 이상은 이 감정을 숨기고 살 수만은 없다는 것이었다. 이젠 머릿속으로 계산은 그만할 때가 되었다.

이제 강지아, 그녀를 모시러 갈 때가 되었다.

마음의 결정을 내린 현우는 당장 매니저에게 전화를 했다. 그리고 그녀가 있는 부산을 향해 출발했다.

"고마워. 형."

"뭐가?"

현우의 말에 매니저가 되물었다.

"개인적인 일인데 같이 움직여 줘서."

진심으로 현우가 고마워하며 말하자 매니저는 별거 아니라는 말투로 이야기했다.

"괜찮아. 덕분에 부산 구경하는 거지. 그리고 혹시 일이 생겨도 내가 옆에 있는 게 더 나아."

그의 말에 현우가 고개를 끄덕였다.

"누나 만나러 가는 거야?"

"응."

"누나는 알고 있고?"

"아니 몰라. 그냥 쳐들어가는 거야."

"팽당하면 어쩌려고."

매니저의 말에 현우가 그를 바라보았다.

"왜 쳐다봐?"

자신을 빤히 바라보는 것을 백미러로 본 그가 실수했나 싶어 물어보려고 할 때 현우가 먼저 질문을 던졌다.

"형도 알았어?"

"뭘?"

"아니다."

질문을 던져 놓고 말을 얼버무리는 현우를 본 눈치 빠른 매니저가 입을 열었다.

"너랑 누나만 몰랐지 주변 사람들은 다 알걸."

그의 말에 현우가 다시 그를 바라보았다.

"남매는 아닌 그 뭔가 복잡미묘한 감정이 흐른다는 거. 그게 본인들은 모를 수 있어. 아마 대표님도 눈치채고 계실 거야."

그의 말에 현우가 얼굴을 쓸어내렸다. 다들 본인이 그녀를 좋아한다는 것을 알고 있는데, 본인만 잘 숨기고 있다고 생각하고 있었다니 멍청해도 이렇게 멍청할 수가 없었다.

"그래서 고백하러 가는 거야?"

매니저의 질문에 현우가 고개를 끄덕였다.

"잘했어. 어떻게든 결론은 나야 할 문제야."

"형!"

"알았어! 입 다물어 줄게. 잘되든 안되든 나중에 네 입으로 이야기해."

"고마워."

그 뒤로 부산에 도착할 때까지 차 안은 침묵만 가득했다.

한참을 달려 자정이 다 되어서야 지아가 있는 곳에 도착한 현우는 크게 심호흡을 했다.

"여기서 기다릴게. 다녀와."

"알았어."

다시 한번 더 심호흡을 한 현우가 주변을 한 번 둘러본 뒤 서둘러 건물 안으로 들어갔다. 주차할 때 봐 뒀던 2층으로 올라가자 복도에 희미한 음악 소리가 났다. 자세히 들으니 페르소나의 곡이었다.

서둘러 연습실로 간 현우는 창문으로 보이는 지아를 바라봤다. 빠른 비트에 맞춰 춤을 추는 그녀의 얼굴은 그 어느 때보다 행복해 보였다. 땀으로 젖은 앞머리와 셔츠를 보니 춤을 추기 시작한 지 꽤 오래된 듯했다. 한참을 그렇게 그녀가 춤추는 모습을 바라보는데 음악이 바뀌면서 느린 곡이 나왔다. 페르소나의 곡 중, 남녀 파트너가 같이 호흡을 맞춰야 하는 약간은 끈적한 곡이었다. 숨을 고르며 물을 마시는 지아를 바라보며 현우가 연습실 문을 열었다.

문이 열리는 소리에 물을 마시던 지아가 놀란 눈으로 그를 바라보았다. 아랑곳 않고 음악에 맞춰 현우가 춤을 추기 시작하자 잠시 명해 있던 그녀도 물병을 내려놓고 같이 춤을 추기 시작했다. 그동안 수많은 무대에 오르며, 춤과 노래를 부를 때 항상 행복하다 느끼는 현우였다. 하지만 사실 그는 무대 위에서 춤을 추는 것보다 비록 연습이지만, 그녀의 눈빛과 호흡을 맞추는 것이 더욱 행복했다. 안무 중 스치는 손길과 부딪히는 몸에서 알 수 없는 긴장감이 돌기 시작했다. 평소보다 힘주어 허리를 감싸는 현우의 손길에 지아가 놀라 그를 바라보았다. 눈앞에 현우가 있다는 것도 놀랄 일인데 춤을 출 때 느껴지는 그의 손길이 평소와 달라 지아가 놀라며 말했다.

"미쳤어?"

"뭐가?"

그녀의 머리카락에 얼굴을 묻으며 현우가 대답하자 지아가 그를 밀쳤다. 하지만 안무대로 다시 그녀를 잡아당기자 지아가 물었다.

"어떻게 알았어?"

"내가 찾아낸다고 했지?"

대답을 한 현우가 고개를 숙여 지아의 입술에 가볍게 입맞춤을 했다.

"너 죽을……."

눈을 크게 뜨고 자신에게 소리를 지르는 지아의 뒷덜미를 잡은 현우는 그대로 지아에게 키스를 했다.

"읍! 읍!"

자신의 입안을 부드럽게 가르며 들어오는 현우의 혀에 놀란 지아가 한 손으로 그를 밀어 내려고 하자 현우는 그녀를 더욱 세게 끌어안았다. 여전히 입속을 헤매고 다니는 그의 혀와 자신을 강하게 안고 있는 그의 팔을 느끼며 반항하던 지아의 힘이 점점 약해져 갔다. 그녀의 몸에 힘이 빠지는 것을 느낀 현우가 잠시 입술을 뗐다. 그리고 지아를 내려다보았다. 부끄러움과 당황스러움이 섞여 있는 그녀의 얼굴을 바라본 현우가 그녀를 품에 다시 안았다.

"너 미쳤구나!"

숨을 몰아쉬며 지아가 말하자 현우는 다시 그녀에게 가볍게 입 맞추며 말했다.

"몰랐어? 나 강지아한테 미친 지 꽤 됐어. 너만 모르고 있던데, 내가 너한테 미쳐 있다는 거."

그의 말을 들은 지아가 품 안에서 벗어나려 하자 현우가 다시 그녀를 힘껏 안았다. 그리고 그녀의 머리에 얼굴을 묻었다.

"장난하지 마."

"장난 아니야."

장난이 아니라는 말에 지아가 힘껏 그를 밀어냈다. 이번에는 현우도 순순히 물러나 주었다.

"네가 왜 이러는지 모르겠어. 그동안 우린 남매였다고."

떨리는 마음을 들키지 않으려고 최대한 차분한 목소리를 내며 지아가 말했다. 그러면서 한쪽 바닥에 있는 물병을 집어 단숨에 물을 비웠다. 그 모습을 보던 현우는 바닥에 앉았다.

"이제 남매 안 하고 연인 하면 돼."

단호하게 말하는 그를 바라보며 당황한 지아가 말했다.

"누구 마음대로?"

"갑자기 휴가 내고, 부산 왜 왔어?"

웃음기를 뺀 채 현우가 그녀를 바라보며 물었다.

"쉬고 싶어서."

그의 눈길을 피하며 지아가 대답했다.

"언제는 안 쉬었어? 다른 사람들처럼 휴일에 꼬박꼬박 쉴 수 있는 직업은 아니지만 그렇다고 하루도 안 빼놓고 미친 듯이 일하는 직업도 아니잖아. 그런데 왜 갑자기 쉬어야겠다고 생각한 거야?"

"쉬고 싶은 데도 이유가 있어야 하니? 다른 직원들도 쓰는 연차 몰아서 쉬겠다는데 그게 무슨 문제야!"

마땅한 변명거리를 못 찾은 지아가 신경질적으로 대답하자 그 모습을 본 현우는 속으로 웃었다. 혹시나 하는 마음으로 찔러 본 거였는데 돌아오는 지아의 반응이 확신을 주었다. 그래서 더욱 몰아붙였다.

"알았어. 근데 그 연차를 왜 하필 내가 제대할 때 쓰냐고. 내가 군대에 있을 때 써도 되는 연차였잖아."

"내 맘이야."

앉아 있는 그를 내려다보며 지아가 말했다.

"그러면서 제대하는 날은 왜 왔어?"

바닥에 앉아 있던 현우가 일어나며 물었다.

"안 가면 네가 날 가만뒀겠니?"

"별 사이도 아닌데 내가 난리 치든 말든 뭔 상관이야."

자신에게 가까이 다가오는 현우에게서 멀어지며 지아가 말했다.

"그러게. 안 가도 되는 거였네."

그런 지아를 따라가며 현우가 물었다.

"그러게 왜 왔어? 우리 친누나도 안 왔는데 강지아는 왜 날 데리러 왔을까?"

그에게서 멀어지기 위해 뒷걸음을 치던 지아의 등에 벽이 느껴졌다. 몸을 비틀어 그에게서 피하려는 순간 현우가 양손으로 벽을 짚어 그녀를 가두었다.

"말해 봐. 친누나도 안 나왔는데 강지아는 왜 나왔는지."

"너한테 한 소리 듣기 싫어서."

"진짜 그게 다야?"

"응."

대답을 하며 고개를 돌리는 지아의 얼굴을 현우가 다시 자신을 바라보게 만들었다.

"이럴 때 보면 완전 아기야, 강지아!"

입술이 닿을 듯 고개를 숙여 말하는 현우 때문에 지아의 가슴은 터질 듯 두근거렸다. 그리고 이런 상황이 감당이 안 되었다. 진짜 그가 찾아올 줄 몰랐고 또, 이런 대화를 하게 될 줄 몰랐던 것이다.

"나는 매일 널 못 본다는 사실에 얼마나 마음 아팠는지 알아? 어떻게든 좀 더 같이 있고 싶어서 해외 공연 갈 때마다 석훈이 형이랑 싸워서 널 데려갔어."

그저 무대에 대한 욕심에 자신을 데리고 다닌 줄 알았던 지아가 놀란 눈으로 그를 바라봤다.

그런 그녀의 눈을 바라보며 현우가 말을 이어 갔다.

"휴가 나왔을 때 너 바빠서 많이 못 보고 들어가면 한동안 우울했어."

그가 하는 말을 믿고 싶지 않아서, 그리고 인정하고 싶지 않아 지아는 정말 모르겠다는 듯 말했다.

"휴! 모르겠다."

작은 소리로 지아가 말하며 그의 눈을 피했다. 그런 그녀의 행동에 현우는 그녀를 사랑하는 마음이 혼자만의 감정이 아니라는 생각이 들었다.

"아냐! 넌 알고 있어. 알면서 도망쳤잖아. 무서워?"

"……."

대답 없는 그녀를 바라보며 그가 말했다.

"나만큼 무서울까? 잘못하면 다른 사람들 말처럼 우린 남매로도 못 지내. 그걸 알면서도 너에게 내 마음을 밝히는 게 쉬울 것 같아?"

무섭다는 현우를 지아가 바라보았다. 일렁이는 눈빛으로 자신을 보는 현우를 바라볼 자신이 없어져 다시 고개를 돌리자, 현우가 지아의 한 손을 자신의 가슴에 갖다 대었다. 자신의 손바닥 아래에서 세차게 뛰는 그의 심장을 느낀 그녀가 현우를 다시 바라보았다.

"나만큼 무서워?"

재차 묻는 그를 말없이 바라보던 지아가 마음을 정리했다. 이제는 이 어정쩡한 관계를 끝내야 할 시점이 온 것 같았다. 그동안 자신에게 직진하던 그의 마음을 애써 모른 척했다. 남매라고 선을 긋고 있었는지도 모른다. 하지만 자신만큼 두려움을 가지고 달려와 준 그에게 이제는 자신의 마음을 다 말해 줘야 할 것 같았다. 아니, 이제 스스로가 현우에 대한 마음을 확실히 인정해야 했다. 마음을 결정한 지아가 두 손을 들어 현우의 얼굴을 감싸며 말했다.

"무서워! 나도 예전처럼 돌아가지 못할까 봐."

그녀의 말에 현우가 떨리는 목소리로 대답했다.

"이제 못 돌아가, 우리."

현우의 말이 끝나자 지아가 그에게 입을 맞췄다. 그러자 현우가 허리를 양손으로 끌어안으며 그녀의 입술을 두드렸다. 살포시 그녀의 입술이 열리자 그의 혀가 거침없이 그녀의 입속으로 들어갔다. 부드럽게 치아를 쓰다듬던 혀가 빠지고 어느새 깊게 자신의 혀를 빨아들이는 현우 때문에 지아는 정신을 차릴 수가 없었다. 다리에 힘이 빠져 주저앉으려고 하자 현우가 한쪽 다리를 그녀의 다리 사이로 밀어 넣으며 지아를 지탱했다.

그런데 그 자세가 서로에게 더욱 자극이 되어 키스는 더 깊어졌다. 그렇게 그와의 키스에 몰두해 있을 때 지아의 귀에 자신의 핸드폰 소리가 들렸다. 그 소리를 현우도 들은 것인지 그녀에게서 입을 떼고 숨을 골랐다. 그러면서 그녀의 머리를 정리해 주었다. 그녀가 키스의 여운에 다리에 힘이 풀려 걸을 수가 없어 바닥에 앉자 그 모습을 본 현우가 핸드폰을 지아에게 가져다주었다. 잠시 끊겼던 전화가 다시 울리자 숨을 고른 지아가 전화를 받았다.

"여보세요."

― 잘 지냈어?

"응! 오빠."

약간 잠긴 그녀의 목소리에 지석이 놀라며 물었다.

― 너 어디 아파? 목소리가 왜 그래?

그의 말에 조금 전의 키스가 생각난 지아는 얼굴을 빨갛게 물들이며 대답했다.

"아냐! 연습하고 있었어. 물 먹어야지."

― 그래? 그럼 다행이고.

그녀의 대화를 듣던 현우가 새 물병을 따서 그녀에게 건넸다. 현우가 건네준 물을 시원하게 한 모금 마신 그녀가 물었다.

"무슨 일이야?"

— 네가 지난번에 부탁한 거 찾아냈어.

"그래? 어디야?"

지난번 지석에게 부탁한 일이 해결됐다는 말에 지아가 눈을 반짝이며 물었다.

— 그거 썬이 올린 영상에 있던데.

"썬?"

그녀의 대화에서 자신의 이름이 나오자 현우도 놀라며 그녀를 바라보았다.

— 많이도 안 나와. 그걸 보고 널 알아봤다는 것도 신기하다.

오빠의 말에 지아가 현우를 바라보며 말했다.

"그 정도야?"

— 안무 영상 중간에 몇 장면 나오긴 하는데. 우리 같은 사람은 그냥 지나칠 정도인데, 여러 번 돌려 보지 않으면 몰라. 그 사람이 대단한 거지.

"오빠 링크 가지고 있어?"

— 그래, 보내 줄게. 크게 신경 안 써도 될 것 같아. 네가 예민한 거야.

"알았어. 오빠. 고마워."

전화를 끊은 지아를 보며 현우가 물었다.

"무슨 일이길래, 내 이름이 나와?"

"누가 날 알아보더라고."

오빠가 보내 준 링크를 클릭하며 지아가 있었던 일을 간단하게 이야기했다. 그러자 현우도 그녀의 곁에 앉아 화면을 바라보았다. 3집 타이틀 곡 안무 연습 영상에 잠시 그녀가 잡혔다. 그리고 멤버들이 연습하는 모습을 뒤에서 바라보는 장면이 거울에 비쳤다. 그 장면은 앞 장면보다 꽤나 길게 나왔지만 지석의 말대로 얼굴을 알아볼 수 있는 정도는 아니었다.

"지워!"

그녀의 말에 현우가 고개를 끄덕였다.

"알았어. 그런데 데뷔하려고 연습생 생활까지 했던 사람이 화면에 나오는 걸 왜 싫어하는 거야?"

자신의 핸드폰으로 영상을 지우며 현우가 물었다.

"지금은 연예인이 아니잖아. 조용히 사는 게 좋아."

그가 영상을 지우는 것을 확인한 지아가 일어나려고 하자 현우가 그녀를 잡아당겼다. 그러고는 재빨리 그녀의 입술을 훔쳤다.

"형님, 타이밍 못 맞추시네."

그의 말에 얼굴이 붉어진 지아가 고개를 돌렸다. 그러자 새빨개진 귀가 현우의 눈앞에 나타났다. 그 귀를 현우가 혀끝으로 쓸어내리자 지아의 몸이 떨렸다. 입술로 귓불을 물자 그녀의 입에서 작은 신음 소리가 났다.

"아!"

그녀의 귓가에서 낮은 목소리로 현우는 예전부터 궁금했던 것을 물었다.

"그 자식, 누구야?"

"누구?"

그의 말에 지아가 되물었다.

"밤늦게까지 같이 연습하던 놈!"

그의 말에 지아는 잠시 생각에 잠겼다. 하지만 귓불을 애무해 오는 그의 입술 때문에 길게 생각을 할 수가 없었다. 자신도 모르게 연신 신음 소리가 터져 나왔다.

"흐응!"

신음 소리를 들은 현우가 그녀를 서서히 바닥으로 밀 때 이번에는 그의 핸드폰이 울렸다. 슬쩍 액정을 내려다보니 매니저의 이름이었다. 아쉬운 마음에 지아를 놓아준 현우가 전화를 받았다. 그런 현우를 보며 지아도 몸을 일으켰다.

"응, 형! 무슨 일이야?"

— 기자가 붙었어. 누나한테 말하고 너만 나와.

그의 말에 현우가 지아를 바라보았다. 전화기 너머로 매니저의 말을 들은 지아가 다급히 일어났다.

"누군데?"

— 최 기자.

그의 말에 현우도 자리에서 일어났다. 그런 현우의 옷매무새를 지아가 만져 줬다.

— 일단 나와. 바로 올라가면 이상하게 생각할 것 같아서 숙소 잡아 놨어. 누나는 나중에 그쪽으로 오든지.

"알았어."

그와 전화를 끊은 현우가 말했다.

"기자가 붙었대."

"들었어."

"오늘 참 여러 분이 방해하시네."

현우의 말에 지아가 웃었다. 그런 지아를 현우가 품에 안았다.

"형이 숙소 잡아 놨대. 나중에 얼굴 보든가."

그녀의 이마에 입을 맞추며 현우가 말했다.

"상황 봐서. 여기까지 따라 내려왔으면 쉽게 떨어질 사람은 아닌 거 같다."

그녀의 말에 현우가 고개를 끄덕였다. 만남이 짧아서 아쉽기는 하지만 거머리라고 소문이 나 있는 최 기자라 조심해야 했다.

"그럼 나중에 통화해."

"알았어."

아쉬움이 가득한 그의 입맞춤을 받으며 지아가 작별을 고하자 현우는 서둘러 연습실을 나갔다.

한편 며칠째 12시가 넘은 시간까지 연습실 불이 꺼지지 않자 차에서 연습실을 바라보는 태원의 입에서 깊은 한숨이 나왔다. 워커 홀릭도 아니고 연습실에서 한 발자국도 움직이지 않는 지아의 행동반경에 이젠 정말 서울로 돌아가야겠다는 생각을 굳혔다. 이젠 자리를 떠야 겠다는 생각을 할 때쯤 낯익은 차 한 대가 연습실 앞에 주차하는 것이 보였다. 직감적으로 현우의 차인 것을 알아본 그가 빠르게 카메라 셔 터를 눌렀다.

차가 정차하고 한참 뒤, 차에서 내린 현우가 두리번거리며 주변을 바라보다 빠르게 건물 안으로 들어가는 모습을 다시 카메라에 담은 태원은 느긋하게 운전석에 몸을 파묻으며 현우의 차를 바라보았다. 잠시 뒤, 현우가 사라지자 매니저가 담배를 피우기 위해 차에서 내리 는 모습이 보였다. 담배를 피우며 한참을 전화 통화를 하던 그가 자신 쪽을 힐끗거리며 바라보자 태원은 의자를 좀 더 뒤로 젖혔다. 그리고 잠을 자고 있는 중인 것처럼 눈을 감았다.

그러나 잠시 뒤 그의 창문을 두드리는 소리가 나자 마지못해 눈을 뜨고 창문을 열었다.

"최 기자님이 어쩐 일이십니까?"

웃으며 물어 오는 그에게 같이 웃으며 말했다.

"기자가 연예인 따라다니는 게 일인데 뭘요."

"그렇죠. 그렇긴 하네요."

최 기자의 말에 웃으며 말하던 매니저가 무심코 차 앞쪽에 손을 짚 었다. 그런데 싸늘하게 느껴지는 보닛에 본능적으로 자신들을 따라서 온 것이 아닌 지아에게 붙었다는 것을 알았다.

"그런데 썬은 부산에 왜 온 겁니까?"

그의 질문에 빠르게 머릿속으로 계산을 끝낸 매니저가 대답했다.

123

"저의 안무가께서 휴가차 부산에 와 계시거든요. 단독 콘서트가 잡혀서 의논하러 왔어요. 휴가 기간이 남아 있어서 안 오신다는 거 설득하러 온 거죠."

순순히 지아의 존재를 실토하는 매니저의 모습에 태원은 속으로 살짝 당황했다. 하지만 다시 질문했다.

"아! 그 이사라고 하시는 분! 그분이 부산에 계시나 봅니다."

대외적으로 지아의 모습은 노출된 적이 없는데 태원이 그것을 알고 있는 모습에 매니저도 당황했다. 하지만 서로가 감정을 숨기는 데에는 능숙한 직업 아니던가? 그 또한 능숙하게 말을 받아쳤다.

"아유! 우리 이사님까지 아시다니. 도대체 최 기자님의 능력은 어디까지세요?"

"이 말 칭찬 맞죠?"

그의 말속에 가시가 있음을 눈치챈 태원이 묻자 매니저가 말했다.

"당연 칭찬이죠. 정말 대단하십니다."

그의 말에 실없는 웃음을 지어 보인 태원이 물었다.

"그런데 썬이 콘서트 잡혔어요?"

"네. 아직 장소가 안 잡혀서 발표는 못 하고 있어요. 조만간 날짜가 나올 것 같습니다. 그때 기사 좀 잘 써 주세요."

태원이 고개를 끄덕였다.

"당연하죠. 대신 제가 먼저 터트립니다."

일단 작은 것이라도 미끼를 던져 놔야 할 것 같아 매니저가 고개를 끄덕였다.

"발표하기 전에 최 기자님께 먼저 연락드리죠."

"오케이. 알았습니다."

말을 끝낸 매니저가 인사를 하자 태원도 인사를 하며 창문을 올렸다.

차로 돌아온 매니저는 백미러로 태원의 차를 바라보았다. 골목에 들어올 때부터 유난히 눈에 거슬리던 차였다. 현우가 올라가고 무심코 바라본 백미러에서 태원이 카메라를 내리는 것을 본 것이었다. 그리고 담배를 피우는 척 차에서 내려 흘깃거리며 운전석을 확인했는데 망할 최 기자였다. 차를 바꿔 한눈에 못 알아본 것이었다.

급하게 추리해 보자면 누군가에 의해서 지아의 신상이 밖으로 유출됐다는 것, 그리고 딱히 썬이 아니더라도 지아를 통해 기삿거리를 찾으려고 한다는 점이었다. 일단 둘러댔으니 현우를 부르는 게 우선이었다. 급하게 현우에게 전화를 건 매니저는 태원의 차를 계속 주시했다. 급하게 2층에서 내려온 현우가 차에 타며 물었다.

"만났어?"

"응. 본인 말로는 우리 따라왔다는데 차 보닛이 싸늘하게 식어 있어. 누나 뒤를 캐고 있었나 봐."

차를 출발시키며 매니저가 대답했다. 그런 그의 말에 현우가 놀라며 물었다.

"지아를 어떻게 알고?"

"그건 모르지. 누나가 이사라는 것도 알고 있던데."

"그래?"

생각지도 못한 상황에 현우의 머릿속이 복잡해졌다.

"일단 아니라고 잡아떼면 상황이 더 나빠질까 봐 다 인정했어. 그리고 네 콘서트 준비 때문에 만나러 왔다고 했으니깐 그렇게 알아. 대표님한테는 내일 내가 말할게."

"알았어. 고마워. 형이랑 같이 안 왔으면 어쩔 뻔했냐."

"그렇게 생각해 주면 고맙고."

호텔로 가는 중, 신호에 걸리자 매니저가 조심스럽게 물었다.

"그런데 현우야! 누나하고는 어찌 됐냐?"

"형, 솔직하게 그게 제일 궁금했지?"

"아니라면 거짓말이고."

솔직히 인정하는 자신을 바라보며 싱긋 웃는 현우를 보니 둘 사이가 잘됐음을 알아챈 매니저가 큰 소리로 말했다.

"야! 축하해. 성공했구나. 짜식!"

"아니 형이 왜 좋아해?"

기뻐하는 매니저를 보며 현우가 어이가 없어 물어봤다.

"네가 좀 티를 내고 다녔어? 난 좋아하는데 누나는 나 싫대 이러면서."

"설마."

그의 말에 매니저가 웃으며 말했다.

"설마가 사람 잡는다는 거 몰라? 누나가 암말 없이 오케이 해?"

"내 매력에 빠지면 아무도 못 헤어 나와."

허세 가득한 현우의 모습에 매니저가 크게 웃었다.

"그래, 맞아. 우리 현우의 매력에 빠지면 큰일 나."

그 뒤로 호텔에 도착할 때까지 매니저는 웃음을 참느라 고생을 했다.

* * *

현우가 서울로 돌아가고 며칠 뒤 형석에게 전화가 왔다. 안무 팀 중 아르바이트를 구하는 친구가 있다는 소식이었다. 예전보다 대우가 많이 나아지긴 했지만 댄서는 아직 들러리라는 고정 관념이 있고, 월급은 일에 비해 적기 때문에 종종 알바를 하는 사람들이 있었다. 형석의 말에 의하면 다른 팀에서도 활동했던 사람이라니 실력은 믿을 만한 것 같았다.

형석의 연락을 받은 지아는 단장에게 연습실로 나와 줄 것을 부탁했다. 시간이 되는 단원은 같이 와도 된다고 하자, 단장은 몇 명의 회원들과 연습실로 나왔다.

"쌤요! 무슨 일인교?"

연습실에서 몸을 풀고 있는 지아를 발견한 단장이 물었다.

"어서 오세요."

지아는 스트레칭을 멈추고 그녀를 반겼다.

"쌤!"

뒤이어 커피를 사 들고 올라온 단원들이 그녀에게 인사를 하며 연습실로 들어왔다.

"오셨어요?"

단원들이 연습실 바닥에 모두 앉자 지아가 망설이며 말을 꺼냈다.

"저기, 처음에 제가 했던 말 기억하세요?"

"무슨 말요?"

지아의 말에 단장이 물었다.

"저도 매여 있는 사람이라 회사에서 부르면 서울 가야 된다고 말씀 드렸죠?"

"옴마야! 쌤 서울 가야 돼예?"

단장의 옆에 앉아 있던 민정이 놀라며 물었다.

"네! 그렇게 됐어요."

지아가 대답하자 단원들이 아쉬운 표정을 지었다.

"어쩌노. 쌤이 이래 빨리 갈 줄 몰랐는데."

한숨 쉬듯 말하는 단장을 보는 단원들의 표정도 점점 어두워졌다. 지아가 서울로 가 버리면 당장 연습이 막막했다. 그런 단장을 보며 지아가 말했다.

"선생님은 걱정 마세요. 제가 이미 구했어요."

"예? 진짜요?"

그녀의 말에 단장이 놀라며 물었다.

"쌤이 어디서요?"

"아는 분께 부탁했어요. 다행히 쉽게 구해졌구요."

"쌤! 고맙기는 한데 어쩌노!"

지아의 말에 단장이 미안함이 가득 담긴 목소리로 말했다. 그 모습을 보며 지아가 말했다.

"그러니깐 걱정 마세요."

그녀의 말에 단장이 말했다. 단장의 입장으로서는 새로운 선생님과의 금전적인 문제를 걱정 안 할 수가 없는 상황이었기 때문이었다.

"오는 쌤도 우리가 주는 페이는 알지예? 많이는 몬 주는데."

새로운 선생님을 구했다는 지아의 말에 안심하는 다른 단원들과 달리 현실적인 문제를 생각할 수밖에 없는 단장이 걱정 가득한 목소리로 물었다.

"그런 걱정은 마세요. 약속을 못 지키고 가는 건, 저예요. 제가 알아서 해요."

그녀의 말에 다른 단원이 손사래를 치며 말했다.

"자꾸 이라면 곤란해요. 연습실 공사며 뭐며 다 쌤이 해 주고 우린 숟가락만 얹었는데. 이러면 진짜 미안시러버서 안 돼요."

그녀의 말에 다른 단원들도 맞장구를 쳤다.

"제가 얻어 가는 게 더 많아요. 걱정 마세요. 혹시 알아요? 제가 언제 또 여러분의 도움을 받을지? 그건 모르는 거예요."

"그래도 이건 아닌데."

단장이 정말 미안하다는 표정으로 그녀를 바라보았다.

"걱정 마시고 저한테 주시던 돈은 비상금으로 모아 놓으세요."

"우리가 머라꼬, 쌤이 이리 해 줘요."

민정의 말에 지아가 웃으며 말했다.

"자극을 주셨잖아요. 좋은 기운을 주셨고, 또 많은 영감을 주셨어요. 저한테는 그 어느 것보다 크고 소중한 거예요. 준구 씨 제대할 때까지 걱정 마세요."

지아의 말에 단원들은 서로 멀뚱히 바라보기만 했다. 그 모습을 보던 지아가 말을 이었다.

"열심히 노력하시는 모습이 저 어릴 때 모습을 보는 것 같아 뭐든 돕고 싶어요. 제 만족을 위해서 해 드리는 거니깐 너무 사양 안 하셨으면 좋겠어요."

거절하지 못하게 사람까지 구했다니 더 이상 할 말이 없었다. 잠시 생각을 하던 단장이 말했다.

"그럼 그동안 드리던 사례비는 계속 쌤이 받으소. 아무리 생각해도 이건 사람 도리가 아니지 싶어요. 매번 이렇게 받기만 하는 건 아입니다. 큰돈은 아니지만 그거라도 받아야 쌤이 하자는 대로 할 낍니다."

단장의 단호한 말에 지아가 잠시 생각에 잠겼다. 어느새 자신이 좋아하게 된 사람들이고, 약속을 못 지키게 된 것이 본인이라 미안함에 결정한 일이었는데 받는 사람 입장에선 부담스러울 수도 있겠다는 생각이 들었다. 거기에다 단장이 제안한 것까지 거절하면 안 될 것 같았다.

"네 알겠어요. 그건 단장님 말씀에 따를게요."

지아의 대답을 들은 단장은 그제야 웃는 얼굴이 되었다. 그렇게 일주일 뒤, 새로운 선생에게 인수인계를 한 지아는 다시 서울로 향했다.

4

연습실에서 드럼을 치고 있는 현우를 바라보던 석훈은 매니저가 건네는 커피를 받아 들었다.

"몇 시간째 연습 중이야?"

"한, 2시간쯤 됐어요."

시간을 확인한 매니저가 말했다. 그의 말에 고개를 끄덕거린 석훈이 말했다.

"좀 쉬었다가 기타도 잡아 보라구 해."

"기타요?"

"가르쳤으니 써먹어야지. 이번에 서프라이즈 하자고."

말을 마친 석훈은 연습실 문을 열었다.

"현우야! 잠시 쉬자."

그의 목소리에 연습을 멈추고 현우가 밖으로 나왔다.

"왜?"

"커피 마셔."

자신이 건네는 커피를 받아든 현우가 의자에 앉자 말을 이었다.

"건반하고 기타도 연습해."

"왜?"

"맨날 연습만 할 거야? 보여 줘야지. 오랜만에 하는 단독 공연인데 팬들도 볼거리가 있어야지."

"어떻게 하려고?"

"알아서 할 테니깐 연습 부지런히 해 놔."

현우의 어깨를 두드려 준 석훈은 이번에는 안무 연습실로 향했다. 며칠 전 돌아온 지아가 연습을 하고 있었다. 티셔츠가 이미 잔뜩 젖어 있는 걸 보니 연습을 시작한 지 꽤 된 것 같았다. 연습실 문을 열고 들어가며 석훈이 말했다.

"안무 하나 짜!"

"어떤 거?"

다짜고짜 말하는 석훈의 말에 딱히 놀라지 않은 지아가 물었다.

"약간 끈적한 걸로. 탱고나 뭐 그런 것도 괜찮고."

"그래?"

"군무로 가자. 마지막을 장식할 수 있는 걸로."

"알았어."

군말 없이 승낙하는 지아를 바라보며 그가 물었다.

"어디 있었냐?"

"현숙이네."

"현숙이?"

"응."

"뭐 했냐?"

"놀았어."

대답을 한 지아가 물을 마시는 모습을 바라보던 석훈이 물었다.

"어떻게 됐어?"

"뭘?"

"현우가 괜히 너 따라 부산 내려갔겠냐?"

이번에는 지아가 그를 바라봤다. 어떻게 알았냐는 표정이었지만 석훈은 가뿐하게 무시하고 말했다.

"난 사내 연애는 별루인데 이번에는 눈감아 줄게."

"고마워."

두말없이 연습실을 나서는 그를 보며 지아는 플레이리스트를 뒤지기 시작했다.

온종일 진행된 연습에 지친 지아가 샤워를 끝내고 욕실에서 나오는데 핸드폰이 울렸다.

"여보세요?"

— 뭐 해?

"샤워했어. 넌?"

— 방금 집에 왔어. 맥주 한잔할까?

"응. 내가 올라갈게."

빠르게 옷을 챙겨 입은 지아는 냉장고에서 치즈 몇 개를 챙겨서 그의 집으로 향했다. 자연스럽게 비밀번호를 누르고 안으로 들어서니 현우는 샤워를 하러 들어간 것인지 거실에는 아무도 없었다. 치즈를 식탁 위에 올려놓은 지아는 야경을 보기 위해 창문으로 향했다. 한눈에 들어오는 한강의 절경은 언제 봐도 멋있었다. 그렇게 잠시 야경을 바라보고 있을 때 샤워를 끝낸 그가 나왔다.

"먼저 마시고 있지 그랬어."

"같이 먹지 뭐."

거실에 한가운데 있는 소파로 지아가 걸음을 옮기자 자연스럽게 현우가 주방으로 향했다.

간단한 마른안주와 맥주를 챙긴 그가 소파로 향하자 지아는 맥주부터 냉큼 한 캔을 따서 마셨다.

"우와! 시원하다."

"맥주가 마시고 싶었나 보네."

"응. 오늘 유달리 마시고 싶더라."

소파에 앉은 현우가 앞머리를 정리해 주자 지아가 싱긋 웃었다. 자신을 향해 웃어 주는 지아가 예뻐 현우는 가볍게 입술을 맞춘 뒤 자신도 맥주 한 캔을 땄다.

그가 시원하게 맥주를 넘기자 지아가 치즈 한 조각을 입에 넣어 주며 말했다.

"오빠가 안무 하나 짜 놓으래. 중남미 스타일로."

"왜?"

"마지막에 넣자는데?"

"그래?"

아직 석훈에게서 말을 듣지 못했던 그가 가볍게 고개를 끄덕였다.

"그러게 왜 단독으로 한다고 해서 일을 만들어?"

"그래야 네가 서울 올 거 아냐?"

그의 말에 지아가 눈을 흘기며 다시 맥주를 마셨다. 그런 그녀를 살짝 끌어당겨 어깨에 기대게 만든 현우가 말했다.

"나 안 보고 싶었어?"

"몰라."

"그런 게 어디 있어? 난 너 보고 싶어서 눈가가 다 짓물렀구만."

"그래?"

"응. 함 볼래?"

얼굴을 자신에게 드미는 현우 때문에 지아가 웃자 현우는 다시 짧게 입 맞췄다. 멀어지는 얼굴을 한 손으로 붙잡으며 지아가 물었다.

"이번엔 내가 물어볼게. 언제부터야?"

"몰라!"

자신을 흉내 내는 듯한 그의 말투에 지아가 허벅지를 찰싹 때렸다.

"장난치지 말고."

"정말 몰라! 우리가 알고 지낸지가 몇 년인데 정확하게 언제부터라고는 말 못 하겠어."

맥주를 한 모금 마시는 그를 보며 지아가 말했다.

"난 네가 다쳤을 때."

지아의 말에 그가 그녀를 바라보았다.

"그때 무대에서 떨어졌을 때?"

"응."

5년 전 콘서트 도중 드라이아이스 연기에 가려진 무대 끝을 못 보고 무대에서 추락하는 사고가 있었다. 2미터가 넘는 높이에서 떨어져 공연장에 있던 모든 사람이 아찔했던 순간이었다. 다행히 큰 부상은 아니었지만 한동안 왼쪽 발목에 깁스를 하고 다녔어야 했다.

"그래? 그런데 왜 말 안 했어?"

"그땐 몰랐지. 그저 네가 다쳐서 놀랐다고만 생각했는데 시간이 지나고 보니 그때였던 거지."

"그럼 그 후에라도 말하지 그랬어."

"그러게. 이렇게 될 줄 알았으면 진즉 말할 걸 그랬어."

"맞아! 너무 돌아왔어."

이번에는 현우가 말했다.

"지난번에 못 들은 대답 들어야겠어. 그 남자 누구야?"

"남자?"

현우의 말에 지아가 잠시 생각에 잠겼다. 그런데 도무지 생각해도 현우가 말하는 남자가 누구인지 기억이 안 났다.

"도대체 누굴 말하는 거야!"

그녀의 말에 현우는 잠시 망설였다. 처음 부산을 찾았을 때, 연습실에서 본 남자에 대해 이야기해야 하는데 그러면 자신이 지아의 뒤를 쫓아 다녔다는 것이 드러나게 되는 상황이 되어 버리기 때문이었다. 하지만 질투에 눈이 멀어 본인이 먼저 말을 꺼냈으니 현우는 지아에게 설명했다.

"사실 너 처음 찾아갔을 때 연습실에서 같이 나오는 남자를 봤거든."

그의 말에 지아가 놀라며 물었다.

"그 전에도 왔었어?"

"응."

그의 대답에 지아가 믿을 수 없다는 표정을 지었다. 그 모습을 힐끗 보며 현우가 말했다.

"그러니깐 그 남자가 누구냐고!"

현우의 말에 잠시 생각하던 지아가 외쳤다.

"아! 준구 씨! 동아리 선생님이야! 준구 씨가 군대 가서 내가 대신 봐 주게 된 거야!"

"그래? 그럼 군대 갔다는 사람이 늦은 시간에 연습실에서 왜 나와?"

솔직히 자존심 상하는 이야기였지만 현우는 다시 물었다.

"아마, 우리가 만나기 전이었으면 첫 휴가 때일 거야. 춤 배우고 싶다고 찾아 온 날일걸."

"그래?"

지아의 말에 궁금증이 해결된 현우는 맥주를 마셨다. 그 모습을 보며 지아가 말했다.

"질투했어?"

"아니! 그냥 궁금해서……."

말끝을 흐리는 현우를 보며 지아가 약 올리며 말했다.

"질투한 거 맞고만."

그의 질투에 지아가 좋아하자 현우가 피식 웃었다.

"맞아, 질투!"

"기분 좋구만!"

키득거리며 말하는 그녀의 머리를 현우가 살살 만지자 지아가 몸을 돌려 그를 마주 봤다. 그리고 먼저 그의 입술을 훔쳤다. 그러자 현우가 자신의 맥주를 테이블에 올려놓으며 그녀의 입술을 다시 훔쳤다.

그러면서 그녀의 맥주도 탁자 위로 치워 버렸다. 양손이 편해진 지아가 그의 목에 매달리며 입술을 더 세게 밀어붙이자 현우가 입술을 열어 주었다. 그러자 따뜻하고 말캉한 그녀의 혀가 넘어왔다. 그 느낌이 너무 좋아 현우가 나지막이 신음을 뱉었다.

"음!"

그녀의 혀가 치아를 건든 뒤 자신의 혀를 쓸어내리자 그녀를 안은 팔에 힘이 들어갔다. 그러자 그녀가 아예 그의 허벅지 위에 올라탔다. 숨을 쉬기 위해 잠시 입술을 뗐을 때 현우가 재빨리 그녀의 셔츠를 벗겼다. 지아도 두 손을 뻗어 그를 도왔다. 이번에는 그가 그녀의 입술을 삼켰다. 뽑을 듯이 빨아 대다 살살 달래듯이 간지럽히는 그의 혀 때문에 지아는 정신을 차릴 수가 없었다. 한참을 그렇게 키스하던 그가 이번에는 그녀의 귀를 물었다.

"아응!"

한쪽 어깨를 움츠리며 신음 소리를 내는 것을 본 그가 혀끝으로 그녀의 귀를 더듬었다. 거칠게 들리는 그의 숨소리와 귓속을 헤집고 다니는 혀 때문에 지아의 몸이 점점 활처럼 휘었다. 뒤로 넘어가는 그녀의 허리를 한 손으로 단단히 받친 그가 다른 손으로 그녀의 속옷에 감싸여 있는 가슴을 움켜쥐었다.

"헉!"

짧은 신음과 함께 그녀가 현우에게 더욱 매달렸다. 그러면서 끊임없이 허리를 흔들며 그를 자극했다. 그런 지아의 속옷 위로 솟은 정점을 자극하자 그녀의 허리에 힘이 들어갔다. 이미 흥분되어 있던 그의 중심의 그녀의 행동에 더욱 자극을 받았다. 현우는 괴롭히던 그녀의 귀를 내버려 두고 곧장 그녀의 가슴으로 입술을 내렸다. 속옷을 벗길 시간도 아까워 그녀의 속옷을 가슴 위로 밀어 올렸다. 그러자 한 손에 들어오는 그녀의 새하얀 가슴이 시야에 들어왔다. 재빠르게 한쪽 가슴을 입에 물자 지아가 그의 머리를 끌어안았다.

"하아! 하아!"

혀끝으로 가슴을 희롱하던 현우가 한 손으론 남은 가슴마저 희롱하자 유연한 그녀의 허리가 더욱 뒤로 넘어갔다. 그 모습을 본 현우가 양손으로 그녀를 번쩍 안아 소파에서 일어났다. 그러자 지아가 다리에 힘을 줘 그의 허리를 감았다. 그녀를 안은 그가 침실로 향했다. 그가 움직이는 사이 지아는 그가 밀어 놓은 속옷을 벗었다. 그러자 현우가 정점을 살짝 빨아 당겼다.

"하아! 떨어져."

그녀의 말에 입술을 뗀 현우가 서둘러 그녀를 침대에 눕혔다. 그리고 본인은 윗도리를 벗어 던지고 그녀의 가슴을 다시 물었다. 입안 가득 가슴을 빨자, 그녀의 허리가 부드럽게 흔들렸다. 그가 입과 혀로 양쪽 가슴을 애무하자 그녀가 고개를 숙여 그의 귀를 물었다. 그리고 그가 했듯이 혀로 귀를 쓰다듬자 그에게서 낮은 신음 소리가 들렸다.

"흐음."

짧게 소리를 낸 현우가 고개를 들어 그녀의 목덜미를 물었다. 그러면서 한 손으로 재빠르게 자신의 바지와 속옷을 함께 내렸다. 그리고 다시 얼굴을 내려 그녀의 가슴을 물었다. 앙증맞은 정점을 잠시 희롱한 그가 지아의 하의를 벗겼다. 그를 도와 허리를 살짝 든 지아가 다리로 그를 감쌌다. 그런 지아와 눈을 맞추며 현우가 손으로 그녀의 꽃잎을 확인했다. 이미 잔뜩 젖은 그녀를 바라보며 천천히 들어갔다. 그를 바라보며 지아도 자신에게 들어오는 그를 느꼈다.

"하아!"

끝까지 밀고 들어온 그를 느끼며 지아가 눈을 감으며 나지막한 소리를 내자 현우가 물었다.

"아파?"

"아니! 좋아."

그녀의 대답을 들은 현우는 감고 있는 그녀의 눈에 입 맞추며 천천히 허리는 움직이기 시작했다.

"아! 아!"

느리지만 힘 있게 들어오는 그 때문에 지아의 입에선 계속 신음이 흘러나왔다. 자신의 움직임에 따라 흔들리는 새하얀 가슴, 그리고 붉게 물든 얼굴은 그 어느 때보다 사랑스러웠다. 허리를 숙여 가슴의 정점을 물자 그녀의 속살이 그를 꽉 물었다.

"흡!"

생각하지도 못한 자극에 그의 입에서도 신음 소리가 나왔다. 그가 가슴을 희롱할 때마다 지아는 자신의 의지와는 상관없이 그를 자극했다. 그리고 어느새 풀려 버린 다리는 그의 리듬에 맞춰 흔들거렸다. 당장이라도 자신의 욕심을 채우고 싶은 현우였지만 그렇다고 빨리 끝내기는 싫었다.

다시 허리를 세운 그가 손을 내려 그녀의 꽃잎을 지분거리기 시작하자 그녀의 허리는 더욱 요동쳤다. 양발로 침대를 딛고 골반을 비틀며 허리를 휘자 그에게 또 다른 자극이 되었다. 이미 얼굴은 터져 나갈 듯 붉어져 있었다. 집요한 그의 손놀림에 결국 절정에 다다른 지아가 몸을 부르르 떨며 소리를 질렀다.

"그만! 그만! 하아! 하아!"

자신을 꽉 물며 몸을 떠는 지아를 바라본 현우는 그제야 제 욕심을 챙기기 시작했다. 가냘프지만 근육으로 단단한 그녀의 허리를 붙들고 그도 마지막을 향해 달리기 시작했다. 이미 끝난 줄 알았던 열기가 그의 움직임에 다시 스멀스멀 올라오자 지아의 허리도 뒤틀리기 시작했다.

"하아! 하아!"

언제 끝날지 모르는 자극에 지아가 힘들 때 현우가 급하게 자신의 분신을 꺼내 그녀의 배 위에 모든 것을 쏟아 내었다. 마지막까지 힘들게 모든 것을 쏟아 낸 현우가 뒤처리를 하고 침대에 누우며 가쁜 숨을 몰아쉬었다. 그리고 그녀를 품에 안으며 물었다.

"괜찮아?"

"응."

땀에 젖은 그의 이마를 닦아 주며 지아가 대답했다. 그런 그녀의 젖은 앞머리를 정리해 주며 현우가 말했다.

"사랑해."

"나도."

자신과 똑같이 땀에 젖은 그녀를 안은 현우는 세상 그 누구보다 행복했다.

* * *

— 삐! 이사님 강지아 씨가 찾아오셨습니다.

서류를 보고 있던 지석은 비서실에서 걸려 온 인터폰에 대답했다.

"들여보내 줘요. 차도 부탁드려요."

— 네.

전화가 끊기자 바로 문이 열리며 지아가 사무실로 들어왔다.

"오빠 나 왔어."

"서울에 언제 왔어?"

"며칠 됐어."

털썩 소파에 앉는 동생을 보며 지석도 맞은편에 앉았다. 혈색도 좋아 보이는 것이 생각보다 잘 지낸 것 같아 마음이 놓였다.

"어디 있었어?"

"부산 현숙이네."

얼굴은 본 적이 없어도 지아와는 가장 친한 친구라는 것을 아는 지석이 고개를 끄덕였다. 비서가 준비해 놓은 차를 내려놓고 나가자 지아는 지갑에서 카드를 꺼내 오빠에게 건넸다.

"잘 썼어."

"쓰지도 않고선."

동생이 내미는 카드를 받으며 지석이 한마디 했다.

"이럴 때 오빠 노릇 좀 하나 했더니 기회를 안 줘요."

그의 말에 지아가 피식 웃으며 말했다.

"항상 오빠 노릇 잘하시거든요."

"그럼 다행이고."

지아의 말에 그도 가볍게 웃으며 대답했다.

"그러면 휴가는 끝난 거야?"

"응! 현우 콘서트 잡혔어. 몇 달 고생해야 해."

지아의 말에 그가 고개를 끄덕이며 말했다.

"그래서 찾아온 게 맞구나."

차를 마시던 지아가 오빠의 말에 놀라며 물었다.

"그게 무슨 말이야? 현우가 왔었어?"

"그래. 일 들어가야 하는데 연락 안 된다고 너 어디 있는 줄 아냐고 물어보던데? 참! 왔다 간 거 말하지 말라고 했는데."

졸지에 약속을 어긴 사람이 된 지석이 후회하며 말했다.

"우리 관계를 어떻게 알아서?"

본인 입으로 말한 적이 없는데 현우가 회사까지 찾아왔었다는 말에 지아가 놀라며 물었다.

"너랑 김 대표랑 싸우는 거 우연히 들었단다. 그러게 조심하지 그랬어. 본인만 알고 있다고는 하던데."

지석에게까지 찾으러 온 걸 보니 현우가 어지간히 애가 탔나 싶어 지아는 속에서 웃음이 나왔다. 그리고 여기까지 왔었다니 두 사람의 관계를 오빠에게는 말해야 할 것 같았다.

"사귀어!"

"응?"

지아의 말을 알아듣지 못한 지석이 물었다.

"현우랑 사귄다고."

동생의 말에 놀란 지석이 들고 있던 찻잔을 테이블에 내려놓았다.

"정말이야?"

"응! 부산까지 찾으러 왔더라고."

단순히 일 때문에 동생을 찾으러 다닌 게 아니었다는 사실에 지석은 살짝 당황했다. 또 대놓고 연애한다고 말하는 지아도 이해가 안 되었다. 하지만 놀란 마음을 추스르고 물었다.

"결혼은?"

"하게 되면 하는 거고……. 그리고 오빠 우린 사귄 지 얼마 안 됐어."

"그래, 그렇긴 하지."

자신의 말에 지석이 당황해 하는 모습을 오해한 지아가 말했다.

"올 때마다 폭탄 던지고 가서 미안한데, 설마 나 중매결혼 시킬 생각이었어?"

"아니야! 그랬으면 너 벌써 결혼시켰지."

직업이 자유로운 동생인데 애초에 강 회장이나 지석은 중매결혼 같은 건 생각도 안 하고 있었다. 그의 말에 지아도 고개를 끄덕였다. 하긴 중매였으면 34살이 될 때까지 가만히 두지도 않았을 것이다. 그런 동생을 보며 지석이 말했다.

"당황스럽긴 한데 아무튼 축하한다. 평생 싱글로 사나 싶었는데 연애라도 해 줘서 고맙다."

오빠의 말에 지아가 눈을 흘기며 말했다.

"연애도 못 해 본 바보인지 알았어? 서운하네."

"아! 미안. 그런데 감당이 되겠어?"

"뭘?"

바로 사과를 하며 물어보는 오빠를 보며 지아가 반문했다.

"네가 더 잘 알겠지만 워낙 시끄러운 직업이잖아."

그의 말에 지아가 대답했다.

"오빠 동생도 무대 뒤지만 그 직업이야."

"썬인가 하는 친구 스캔들도 수시로 터지던데……."

얼마 전에 터진 스캔들을 지석도 알고 있는 모양이었다.

"노이즈 마케팅 몰라?"

쿨하게 이야기하며 일어나는 동생을 보며 지석이 말했다.

"가려고?"

"응! 나도 바쁘고 오빠도 근무 시간이잖아. 가 봐야지."

사무실을 나서는 동생의 뒷모습을 보던 지석이 그녀를 불렀다.

"지아야!"

"아빠한테는 오빠가 말해 줘. 상대가 좀 시끄러운 인물이라, 아빠도 알고 있어야 나중에 덜 놀라시지."

자신의 의도를 알아채고 대답을 한 뒤, 사무실을 나서는 동생의 뒷모습을 지석은 그저 물끄러미 바라보았다.

* * *

저녁을 먹은 강 회장은 거실에 앉아 TV를 보며 시간을 보내고 있었다. 지석이 결혼해서 나간 뒤 혼자 보내는 저녁이지만 적막함은 시간이 갈수록 적응이 안 되었다. 뉴스가 끝나 갈 즈음 현관문이 열리며 지석이 들어왔다. 그 모습을 보며 강 회장이 말했다.

"어쩐 일이야? 이 시간에."

"퇴근하는 길에 들렀어요. 식사는 하셨어요?"

"그럼 시간이 몇 신데. 너는?"

"저도 먹었어요."

상주하는 직원은 이미 별채로 퇴근했을 시간이라 지석은 인사를 한 뒤, 부엌으로 들어가 양주와 간단한 안주 몇 가지를 꺼내 거실로 나왔다.

"어쩐 일이야?"

"한잔해요, 아버지."

난데없는 아들의 행동이 의아했지만 강 회장도 적적했던 터라 두 말없이 지석이 내미는 잔을 받아 들었다. 아들의 잔에도 술이 차는 것을 본 강 회장이 먼저 술을 들이켰다. 지석도 술을 마셨다. 그리고 잠시 망설이더니 말을 꺼냈다.

"지아 연애한대요. 오늘 회사 다녀갔어요."

치즈 조각을 집어 들던 강 회장이 아들을 바라봤다.

"지아가 연애한다고?"

"네."

낮에 회사에 다녀갔다는 이야기는 이미 비서를 통해 들었었다. 하지만 지석이 아무 말이 없길래 그냥 다녀간 줄 알았더니 제법 큰 폭탄을 던지고 가, 지석이 집으로 찾아온 모양이었다.

"잘됐구나. 평생 혼자인 것보다는 낫지. 그래, 상대가 누구인지 그 것도 말해 주더냐?"

"네. 그게……."

대답을 못 하고 머뭇거리는 아들을 보며 강 회장은 술을 한 잔 더 마셨다.

"누군데 그래?"

"저기, 연예인이에요. 아버지가 아실지 모르겠는데 세계적으로도 유명한 사람입니다. 썬이라고……."

지아의 상대로 안 된다 불호령이 떨어질까 봐 지석은 유명하다는 것을 강조하며 말했다.

"썬?"

"네."

아들의 말에 강 회장은 잠시 생각에 잠겼다. 딸이 그쪽 계통에서 오래 일했으니 만나는 사람도 같은 일을 하는 사람인 것이 어쩌면 당연했다. 오히려 같은 일을 하는 사람이니 다행인지도 몰랐다. 그동안 자유롭게 살던 아이라 틀에 박힌 생활은 힘들 것이었다. 하지만 예부터 험한 사람들이 많이 모여 있는 곳이 연예계였다. 혹시나 지아도 그런 질 나쁜 사람과 엮인 것은 아닌지 강 회장은 그것이 걱정이었다. 딸이 철없을 나이도 아니었지만, 상처가 많은 아이라 강 회장은 무턱대고 사귀는 것은 아닌가 싶어 걱정이었다. 그렇게 생각에 잠겼던 강 회장이 물었다.

"어떤 사람인지 너도 아는 사람이냐?"

잠시 침묵하던 아버지가 물어보자 지석은 기다렸다는 듯이 핸드폰으로 그의 사진을 보여 주었다.

"이 사람입니다."

아들이 내민 사진을 본 강 회장은 현우를 단박에 알아보았다. 멀리서 지아의 연습을 간혹 훔쳐볼 때 옆에 있던 아이었다. 항상 옆에서 장난치고, 다른 여자아이와 셋이서 붙어 다니던 아이라 강 회장은 단박에 알아봤다.

"얼마나 됐어?"

"최근인가 봐요."

아들의 말에 강 회장은 사진을 다시 쳐다봤다.

"다른 말은 없고?"

"네."

지석의 말에 강 회장은 고개를 끄덕였다.

"그리 오래 알고 지냈는데 두 사람이 더 잘 알겠지."

"아버지도 아세요?"

현우를 알고 있는 듯한, 강 회장의 말에 지석이 살짝 놀라며 물었다.

"지아 보러 갈 때, 몇 번 봤어."

다시 술잔을 입에 대는 아버지를 보며 지석이 말했다.

"그래도 지아가 아버지 걱정 많이 해요. 오늘도 아버지 놀라시면 안 된다고 먼저 이야기 꺼내던걸요."

그의 말에 강 회장이 퉁명스럽게 말했다.

"자식! 애비 걱정되면 얼굴이라도 보여 주고 가지."

섭섭해하며 말하는 아버지를 보는 지석의 마음도 편하지 않았다. 남아 있는 술을 들이켠 강 회장이 말했다.

"큰소리 안 나게 잘 지켜봐. 그쪽이 발 없는 말이 천 리를 가는 곳이야. 괜히 헛소문에 애들 안 다치게 잘 봐."

"네. 아버지."

두말없이 대답하는 아들을 강 회장은 물끄러미 바라보았다. 지석도 자신 못지않게 지아에게 마음의 짐이 있다는 것을 그도 잘 알고 있었다. 아내가 세상을 떠난 뒤, 관심을 가져주지 못하고 그 어린것에 그렇게 큰 상처를 준 것은 어른이었던 두 사람의 잘못이었다. 그래서 지금도 딸과 자신 사이에서 다리가 되어 주는지도 몰랐다.

"항상 네가 고생이 많다."

"아니에요. 저도 지아에게는 죄인인걸요."

"……."

잠시 말없이 앉아 지석을 바라보던 강 회장이 소파에서 일어서며 아들의 어깨를 두드려 주며 말했다.

"새아기 기다린다. 어서 가 봐."

"네."

안방에 있던 강 회장은 지석이 대충 치우고 나가는 소리가 들리자 깊은 한숨을 내쉬며 머리맡에 있는 아내의 사진을 바라보며 말했다.

"지아도 갈 모양이오."

사진 속 아내는 그저 환하게 웃고 있을 뿐이었다.

5

"사랑해."

한바탕 사랑을 나눈 뒤, 노곤해진 목소리의 현우가 말했다.

"응. 나도 사랑해."

엎드린 채로 마주 보고 누운 현우의 머리를 넘기며 그녀가 대답했다. 그녀의 대답에 현우가 가볍게 입 맞추더니 그녀의 등을 타고 앉았다.

"왜?"

"있어 봐! 좀 주물러 줄게."

현우의 따뜻한 손바닥이 등을 마사지하는 느낌이 좋아 지아의 입에서 작은 탄성이 나왔다.

"흠!"

"좋아?"

"응. 네 손바닥이 따뜻해서 기분 좋아."

기분이 좋다는 그녀의 말에 현우가 미소를 지었다.

"좋다니 다행이네."

"오늘 오빠한테 갔었어."

그녀의 말에 잠시 머뭇거리던 현우는 다시 마사지를 하며 말했다.

"그래?"

"나 없는 동안 누가 다녀가셨다 그러더라고."

"……."

대답 없는 그를 뒤돌아보며 지아가 말했다.

"아주 헤집고 다니셨더구만."

찔리는 게 있는 현우가 우물거리며 말했다.

"아니, 넌 내 연락을 씹지, 아무도 너 어디 있는지는 모른다고 하지. 마지막으로 찾아간 곳이 거기였어."

기죽은 현우의 반응에 지아는 얼굴을 베개에 파묻고 웃었다.

"호호호."

"웃지 마!"

"큼큼. 알았어."

나오는 웃음을 참느라 한참을 힘들어하는 지아를 보며 현우는 마사지를 멈추고 옆으로 내려와 앉았다.

"그만해라!"

약이 오른 그의 목소리를 들은 지아는 겨우 웃음을 멈췄다. 그리고 힘들게 말했다.

"오빠한테 말했어. 너랑 사귄다고."

그녀의 말에 현우가 긴장하며 물었다.

"형님 뭐라고 하셔?"

"축하한다 그러던데? 연애도 못 하고 살 줄 알았나 봐."

의외의 대답에 현우가 다시 물었다.

"나 연예인이라 반대 안 하시고?"

"그런 거 없어. 내가 오빠 회사에 피해 주는 것도 아니고, 회사 일을 하는 것도 아니고. 크게 신경 안 써."

"그럼 다행이고."

내심 연예인이라 사귀는 것도 안 된다 반대할 줄 알고 걱정했는데 아무렇지도 않게 말하는 지아를 보니 현우는 안심이 됐다.

"현우야!"

"응?"

"내 위에 누워 봐. 너 따뜻해서 기분 좋을 것 같아."

현우가 등 뒤로 올라가 몸을 포개자 따뜻한 기운이 지아의 온몸을 감쌌다.

"괜찮아? 안 무거워?"

"응. 조금만 이러고 있자."

등 뒤를 묵직하고 따뜻하게 눌러 오는 그를 느끼며 지아는 서서히 잠에 빠져들었다.

끈적한 음악에 안무를 맞춰 보는 댄스 팀의 옷은 이미 잔뜩 젖어 있었다. 같이 연습을 하던 지아가 음악을 멈춘 뒤 말했다.

"잠시 쉬죠."

그제야 살겠다는 표정을 지은 단원들이 바닥에 퍼질러 앉았다. 지아도 목을 축인 뒤 형석을 불렀다.

"오빠 잠시만."

"응."

파트너를 바꿀 때 동작이 매끄럽지 못한 부분이 있어 다듬어 보려 형석을 불렀다. 석훈이 원하는 대로 섹시함을 가미하려 바차타와 룸바를 섞었더니 간간히 연결 동작에서 자연스럽지 못한 상황이 연출되었다. 그래서 형석과 고쳐야 할 부분을 연습하고 있는데 현우가 연습실로 들어왔다.

"공연을 19금 걸어야 하는 거 아냐?"

오늘 처음 안무 연습을 하는 것을 창문으로 훔쳐본 현우가 말했다.

"너무 야해."

그의 지적에 지아가 대답했다.

"어차피 네 팬들은 이미 나이가 들었어. 그리고 이 정도가 야하다고 하면 안 되지. 석훈 오빠도 이 정도는 괜찮다고 했어."

지아의 말에 현우가 고개를 끄덕였다. 지아에게 원하는 안무를 콕

집어 말했을 정도면 석훈도 다 생각이 있을 것이었다.

"틀린 말도 아닌 거 같고. 전체적인 느낌 좀 보자."

아직 제대로 안무를 본 적이 없는 현우가 말했다.

"그래."

지아가 대답을 하자 단원들이 다시 자리를 잡기 시작했다. 흘러나오는 음악에 맞춰 춤을 추는 단원들을 현우는 유심히 바라보았다. 동작은 딱히 어려운 것이 없었으나 힘 조절이 필요해 느낌을 어떻게 살리는지가 관건인 춤이었다. 그리고 동작 사이에 쉴 틈이 없이 끊임없이 움직여야 했다.

"생각보다 힘들겠는데?"

"잘하면서 왜 그래."

형석이 등을 두드리며 그에게 말했다.

"몇 군데 손보고 연습 들어가자."

지아의 말에 현우가 고개를 끄덕였다. 며칠 안에 안무가 완성될 것 같았다.

"알았어. 고생해요!"

단원들에게 인사를 한 그가 연습실을 나가자 단원들은 다시 연습에 들어갔다. 그런 모습을 연습실 밖에서 한참을 바라보던 현우는 발길을 옮겼다. 한층 위에 있는 합주실로 올라온 그는 기타를 잡았다. 석훈이 각자의 악기를 연주하는 영상을 따서 배경으로 틀어 놓고 노래를 부르자는 의견을 냈다. 그동안 팬들이 본 적 없는 그의 모습을 이번 기회에 보여 주자는 것이었다.

실없는 사람처럼 늘 웃고 다녀도 일에 있어서는 완벽을 추구하는 석훈이라 현우는 그 어느 때보다 연습에 몰두했다. 한참 연습에 몰두해 있을 때 누군가 어깨를 쳤다. 집중하고 있던 터라 깜짝 놀란 현우가 고개를 들자 지아가 서 있었다. 쓰고 있던 헤드셋을 뺀 그가 물었다.

"언제 왔어?"

"방금."

들고 있던 음료수를 건네자 현우가 기타를 내려놓으며 음료를 받아 들었다.

"연습 잘돼 가?"

"그럭저럭. 연습 끝났어?"

"응."

힘들었는지 마룻바닥에 털썩 주저앉는 그녀를 따라 현우도 마루에 앉았다. 땀에 젖은 지아를 보니 괜스레 미안해졌다.

"콘서트 괜히 한다고 했나?"

"왜?"

뜬금없는 그의 말에 지아가 물었다.

"너 힘들잖아."

"내 일 하는데 뭐가 힘들어. 그런 말 다른 사람에겐 하지 마."

"안 하지 다른 사람한테는."

지아의 말에 현우가 고개를 끄덕이며 말했다. 일에 있어서는 대충이 없는 그녀였다. 그렇게 지아가 사 온 음료수를 마시고 있을 때 연습실의 문이 열리며 미카엘이 들어왔다.

"누나도 있었네!"

"왔어?"

환하게 웃으며 들어오는 그에게 지아도 마주 웃어 주었다. 현우의 손에 있는 음료를 빼앗으며 그도 바닥에 앉았다. 그런 그를 보며 지아가 물었다.

"혜진이는 잘 지내?"

"응."

혜진의 이야기에 미카엘의 얼굴에 미소가 지어졌다. 그 모습을 보며 현우가 물었다.

"아직도 좋아?"

"응. 그러는 형은 누나를 그렇게 오래 봤는데도 좋아?"

미카엘의 말에 머쓱해진 현우가 물었다.

"그런데 넌 연습도 없는데 어쩐 일이야?"

말을 돌리는 현우를 한번 쳐다본 미카엘이 눈을 반짝이며 지아를 돌아보았다.

"왜?"

뭔가 할 말이 있다는 것을 눈치챈 지아가 물었다.

"누나! 나, 아빠 돼!"

그의 말에 지아가 놀라며 말했다.

"정말? 축하해!"

멤버 중에 가장 먼저 결혼하더니 아빠가 된다는 소식에 지아가 놀라며 축하의 말을 건넸다.

"야! 진짜 축하해."

현우도 그의 어깨를 두들기며 축하를 했다.

"고마워."

쑥스러워 하는 그를 바라보며 지아가 물었다.

"예정일이 언제야?"

"내년 1월."

"야! 우리 막내 진짜 어른 됐구나! 그럼 내가 삼촌이 되는 건가?"

자신의 일처럼 좋아해 주는 두 사람의 모습에 미카엘의 얼굴에도 웃음이 떠나지 않았다.

"혜진이한테 조심하라고 해. 임신 초기에는 조심해야 한대."

지아가 그에게 당부를 했다.

"그렇지 않아도 처가에 가 있으라고 했어."

"암튼 축하한다. 짜식!"

현우가 진심을 다해 축하하자 미카엘이 멋쩍은 웃음을 지으며 말했다.

"연습해! 내가 직접 전해 주고 싶어서 왔어."

미카엘이 연습실을 빠져나가자 현우가 믿을 수 없다는 표정으로 말했다.

"부럽다."

"뭐가?"

"막내인데 벌써 아기 아빠가 된다잖아."

그녀의 말에 현우가 지아의 다리를 베고 누우며 말했다.

"결혼했으니 생기는 게 당연하지."

아무렇지 않게 이야기하는 지아를 올려다보며 현우가 말했다.

"넌 안 부러워?"

"응 별루! 아기는 생각해 본 적이 없어서."

"우리 피임 안 하잖아. 생기면 어쩔 건데?"

본인이 하는 일을 진심으로 사랑하는 지아가 아기를 어떻게 생각
할지 현우는 궁금했다.

"어쩌긴, 생기면 낳아야지."

생각하지도 않은 그녀의 대답에 현우가 벌떡 일어나 앉았다.

"진짜지?"

흥분하는 그의 반응에 지아가 물었다.

"그건 당연한 거 아냐?"

"결혼을 안 했어도 낳을 거지?"

"얘가 속고만 살았나? 생기면 낳는다고. 그 전에 제대로 피임하는
게 원칙이지만……."

"알았어."

혼전 임신은 안 된다고 할 줄 알았던 지아에게서 뜻밖의 대답을 들
은 현우는 괜히 기분이 좋았다.

"뭘?"

뜬금없는 그의 말에 지아가 되물었다.

"암튼 알았다고!"

"아! 왜 그러냐고!"

큰 소리로 그녀가 물었지만 확실한 대답은 하지 않고 실실 웃는 그의 모습에 지아도 어이없다는 웃음을 지었다.

아기!

생각은 해 보지 않았지만 현우를 닮은 아기가 나온다면 정말 예쁠 것 같았다.

* * *

콘서트 날짜가 다가올수록 현우는 온종일 연습에만 매달렸다. 지아가 맡은 안무도 수정을 거친 뒤 매일 연습을 하고 있었다. 연습하는 단원들 뒤로 바닥에 앉아 있던 지아가 핸드폰을 뚫어져라 쳐다봤다.

[엄마 제사야! 늦지 않게 와.]

오빠인 지석으로부터 메시지가 와 있었다.

잊고 싶은 날이었다. 잘라 낼 수 있다면 진즉에 잘라 냈을 기억이었다. 그날, 학교를 다녀온 어린 그녀는 학원에 가기 전 엄마 방에 들렀다. 항상 누워 있거나 술을 마시고 있어 자신에겐 관심이 없는 엄마였지만 그날따라 보고 싶었다. 조심스레 안방 문을 열고 들어갔을 때 엄마는 아주 평온한 얼굴로 침대에 누워 있었다.

"엄마 자?"

침대 옆으로 간 그녀가 흔들며 깨워도 대답이 없었다. 평소처럼 짜증도 내지 않고 그저 잠만 잤다. 그리고 침대 옆 탁자에는 평소처럼 약병이 뒹굴고 있었다. 엄마의 자는 모습을 잠시 들여다본 뒤 그녀는 자기 방으로 돌아갔다. 한참 뒤에 시장에 다녀온 지 여사의 비명 소리에 그제야 뭔가 잘못되었다는 것을 알았다.

아빠와 오빠가 급하게 병원으로 달려와 오열을 할 때도 그녀는 아무런 감정을 느낄 수 없었다. 사진 속에 엄마가 웃고 있는 것이 그저 짜증이 났다. 단 한 번도 본 적이 없는 엄마의 웃는 얼굴에 화가 치밀었다. 그래서 장례식 내내 사진 속 엄마를 노려봤다. 엄마는 끝까지 자식을 지켜야 한다는 약속을 스스로 저버렸다. 그건 아빠인 강 회장도 마찬가지였다. 그날 이후 자신의 입으로는 엄마에 관해서는 한마디도 하지 않았다.

생각에 잠겨 메시지를 한참 들여다보던 지아가 일어나며 말했다.

"오늘은 나 먼저 갈게."

퇴근을 해 준비를 해서 본가로 향하는 내내 지아의 마음은 좋지 않았다. 자주 있는 일은 아니지만 본가로 갈 때마다 마음이 복잡했다. 도착하자 오전부터 와 있던 혜련이 그녀를 맞았다.

"아가씨 왔어요?"

"네. 잘 지냈죠?"

다정하게 맞아 주는 혜련에게 웃음을 보인 지아가 거실을 둘러보았다.

"아버님이랑 그이도 빨리 온다고 연락 왔어요."

"언니가 고생 많죠? 뭐 좀 도울까요?"

겉옷을 벗으며 부엌으로 향하는 지아를 혜련이 말렸다.

"지 여사님도 계시고 일도 다 끝났어요."

"빨리 와서 도와야 하는데."

딸인 자신보다 고생을 한 혜련에게 미안해진 지아가 말했다. 그러자 혜련이 손사래를 치며 말했다.

"아니에요. 아가씨는 일하잖아요. 전 집에만 있는 사람이니 제가 챙기는 게 당연해요."

"항상 미안하게 생각해요."

지아의 말에 혜련이 웃어 보인 뒤 주방으로 들어갔다. 도울 일은 없다고 했어도 마냥 손 놓고 있을 수는 없었던 지아는 겉옷을 벗고 주방으로 갔다. 준비가 끝났다는 그녀의 말대로 나물만 무치면 되는 상황이라 지아는 식탁에 앉았다.

"지아, 차 한 잔 줄까?"

오랜만에 얼굴을 보는 지 여사가 그녀에게 물었다.

"네."

잠시 뒤, 지 여사가 내미는 잔을 받아 든 지아가 혜련에게 물었다.

"오빠가 잘해 줘요? 아니다. 결혼한 거 후회 안 해요?"

"왜요? 갑자기 그게 왜 궁금해요?"

지석을 통해서 지아가 현우와 연애를 시작했다는 것을 알고 있는 혜련이 되물었다.

"그냥 궁금해서요. 솔직히 주변에 이런 거 물어볼 사람 언니밖에 없거든요."

그녀의 말에 혜련이 고개를 끄덕이며 말했다.

"뭐 솔직히 처음부터 좋았다면 거짓말이구요. 중매결혼이라 사랑해서 한 결혼은 아니잖아요. 아가씨도 알다시피……."

"그럼 뭣 때문에 결혼하기로 마음먹었어요?"

지아는 진짜 궁금해서 물어봤다.

"두 번째 만났을 때 오빠가 그러더라고요. 같이 사는 동안 외롭지 않게는 해 주겠다고요. 저희 집도 부모님 사이가 썩 좋지 않다는 거 아가씨도 알잖아요. 딴 건 몰라도 그거 하나는 약속할 수 있다고 해서 결혼했어요. 그리고 아직까지는 그 약속, 아직까지는 지켜 주고 있고요."

혜련의 말에 지아가 고개를 끄덕였다. 그녀의 친정아버지가 여성 편력으로 매스컴에 오르내린 게 한두 번이 아니었다. 그러니 그녀의 어린 시절도 평탄하지만은 않았을 것이다. 이번에는 혜련이 물었다.

"아가씨는 어때요? 결혼할 거예요?"

"아직 사귄 지 얼마 안 됐어요."

그녀의 질문에 지아가 고개를 저으며 대답했다.

"어릴 때부터 알고 지냈다면서요. 그럼 사귄 기간이 뭐가 문제예요?"

"그땐 남매였고요."

"시간이 뭐 그리 중요해! 이놈이다 싶으면 결혼해!"

언제 들어온 것인지 주방 입구에서 강 회장의 목소리가 나자 두 사람은 얼른 자리에서 일어났다.

"아버님 오셨어요?"

혜련이 얼른 그에게 인사를 했다.

"넌 언제 왔어?"

뒤따라 들어오던 지석이 지아를 보고 물었다.

"좀 전에……. 다녀오셨어요?"

뒤돌아서며 지아가 강 회장에게 인사를 하자 그가 고개를 끄덕였다.

"준비 다 됐으니 잠시 쉬세요."

부녀가 서로를 어색해한다는 것을 아는 혜련이 두 사람을 데리고 거실로 나가자 지아는 다시 의자에 앉았다. 그리고 남은 커피를 홀짝였다.

시간이 되어 조용한 분위기에 차례가 끝나자 네 식구가 오랜만에 식탁에 둘러앉았다.

"사람을 만난다고?"

조용히 식사를 하던 세 사람이 강 회장을 바라보았다.

"응."

강 회장의 질문에 지아는 밥을 먹으며 대답했다.

"결혼은 할 거냐?"

"아직은 모르겠어."

국을 뜨던 숟가락을 내려놓으며 지아가 물었다.

"연예인인데 사위로 괜찮아?"

"사고 치고 다니는 사람이야?"

"아니."

"그럼 됐다."

강 회장의 대답에 숟가락을 들던 지아가 다시 내려놓으며 물었다.

"아빠 매번 나한테는 쉽다?"

그녀의 말에 강 회장이 바라보며 물었다.

"그게 무슨 소리야?"

예상치도 못한 두 사람의 언쟁에 밥을 먹던 지석의 부부도 숟가락을 놓았다.

"오빠 결혼 못 시켜서 그렇게 난리더니, 난 나이가 먹어도 신경도 안 쓰고 있다가 사고 치는 사람만 아니면 된다니, 아무리 내놓은 자식이라지만 너무한 거 아냐?"

"지아야!"

동생의 말에 놀란 지석이 소리 지르자 혜련이 그를 말렸다.

"가만히 있어요."

"너 좋다는 사람 허락하는 것도 불만이야?"

지아의 말이 생떼처럼 느껴져 강 회장이 목소리 높여 말했다.

"아빠 항상 그런 식이었어. 평소에는 내 생각은 조금도 안 하고 있다가 일이 생기면 신경 쓰기 싫으니깐 선심 쓰듯이 허락하는 거!"

"아니 이 녀석이! 자식 일에 대충인 사람이 어디 있어!"

지석의 결혼에는 발 벗고 나서 짝을 찾아 주려고 하는 것을 봤기에,

지아는 적어도 자신이 만나는 사람에 대해 작은 관심이라도 가져 주기를 바랐다. 하지만 무심하게 사고 치는 사람만 아니면 된다는 강 회장의 말에 속에 있던 서운함이 저도 모르게 치밀고 올라왔다. 변명 같은 강회장의 말에 식사를 마치지도 못 하고 자리에서 일어난 지아가 말했다.

"저 가요."

"아가씨!"

거실로 나가는 지아를 본 혜련이 미리 챙겨 둔 쇼핑백을 들고 급하게 거실로 나갔다.

"이거 가져가요."

현관에서 신발을 신던 지아가 물었다.

"이게 뭐예요?"

"전이랑 이것저것 좀 챙겼어요. 같은 빌라에 산다면서요. 둘이 먹어요."

"고마워요."

평소 같으면 사양했을 쇼핑백을, 정신없는 지아가 받아 들고 나가자 혜련이 그녀를 배웅했다.

"운전 조심해요."

"네."

그렇게 지아가 나가는 모습을 본 혜련이 다시 주방으로 가자 지석이 술병을 꺼내고 있었다.

"아버님 약주 하시게요?"

술안주를 꺼내려는 혜련을 강 회장이 말렸다.

"아니다. 여기 안주 많은데 뭘 꺼내. 앉아서 식사 계속해."

"그래, 앉아 있어."

지석이 가져온 술을 강 회장에게 따르자 단숨에 마셔 버린 그가 잔을 다시 내밀었다.

"아버지 안주 드세요. 속 버리세요."

아들의 말에 어쩔 수 없이 부침개를 먹은 강 회장이 한숨을 쉬며 말했다.

"하고 싶다는 대로 다 해 줬는데 이제 와서 뭐가 불만이야? 그놈하고 안 된다고 하면, 또 그런다고 난리 칠 거면서 허락해도 이 난리니 원!"

속상해하며 술을 들이켜는 강 회장을 지석이 안타까운 눈으로 바라보았다.

"말을 안 해서 그래요. 아버지가 뒤에서 저를 위해 얼마나 노심초사하는지 모르니 그렇죠."

"자식 위해서 하는 일에 생색내는 부모가 어디 있어?"

지석의 말에 당치도 않다는 표정을 지은 강 회장이 다시 술잔을 들자 이번에는 혜련이 말렸다.

"아버님! 안주 드세요."

혜련의 말에 강 회장은 술잔을 식탁에 내려놨다. 그리고 좋지 못한 모습을 보여 준 것 같아 혜련에게 미안했다.

"종일 고생했는데 이런 모습 보여서 미안하구나."

"아니에요."

지석에게 들어서 두 사람의 관계를 익히 알고 있었던 터라 혜련은 그다지 놀라지 않았다. 친정도 아버지의 잦은 외도로 매일이 살얼음판을 걷는 기분이었는데 거기에 비하면 시댁은 상대적으로 너무 조용한 집안이었다. 결혼하고 오늘이 가장 시끄러운 날처럼 느껴졌다. 더 이상 식사를 이어 갈 분위기가 아니라 강 회장은 자리에서 일어났다.

"대충 치워 놓고 너희도 얼른 건너가거라. 새아기 피곤하다."

"주무시게요?"

며느리를 볼 면목이 없던 강 회장이 핑계를 댔다.

"술을 마셨더니 졸리는구나."

방으로 들어가는 강 회장을 보며 혜련과 지석은 식탁을 정리하기 시작했다.

* * *

어머니의 제사로 본가에 다녀온다는 지아의 연락을 받은 현우는 평소보다 늦게 집으로 돌아왔다. 잔뜩 몰려오는 피곤에 얼른 쉬고 싶어 문을 열고 들어가니 거실에서 은은한 불빛이 새어 나왔다. 그녀가 불을 켜 놓고 간 것 같았다. 종일 연습에 온몸이 땀범벅이라 샤워를 하기 위해 안방에 들어가다 현우는 눈앞에 보이는 상황에 웃음이 나왔다. 그녀가 말 그대로 대자로 뻗어 자고 있었다. 이불은 반쯤 걸치고 한쪽 다리는 이불 밖으로 빠져나와 있었다. 그녀도 콘서트 준비 때문에 어지간히 피곤했던 모양이었다.

지아가 깰까 봐 조심스럽게 잠옷을 챙겨 욕실로 들어간 그는 서둘러 샤워를 마쳤다. 그리고 다시 방으로 나오니, 이젠 엎어져 자고 있는 그녀가 보였다.

"정말 여러 가지 한다, 강지아."

머리를 말리던 수건을 한쪽으로 던진 그가 침대로 다가갔다. 그리고 살며시 그녀의 살짝 흔들었다.

"지아야 바로 누워 봐."

"응?"

잠이 가득 묻은 목소리로 그녀가 대답했다. 그러면서 다시 몸을 뒤집었다. 한쪽으로 도망간 베개를 다시 목뒤에 받쳐 주자 그녀가 살며시 눈을 떴다.

"늦었네?"

"응."

자신을 확인하며 자리를 내어 주는 그녀의 곁에 현우가 몸을 눕혔다. 그러자 지아가 그를 안으며 찰싹 달라붙었다.

"따뜻해."

목덜미에 코를 박는 그녀를 현우가 다정한 눈빛으로 바라보았다.

예전에도 느낀 것이지만 지아는 유난히 따뜻함에 집착했다. 연인으로 발전하고 느낀 점이었다. 사랑을 나누지 않아도 둘만 있으면 따뜻하다면서 안겨 있는 것을 좋아했다. 그녀를 마주 안자 지아가 깊은 한숨을 쉬었다. 그런 지아에게 가볍게 입을 맞춘 그가 품 안에 그녀를 꼭 안고 같이 잠이 들었다.

"일어나!"

"음?"

자신을 깨우는 목소리에 현우가 눈을 감은 채 대답했다.

"차현우 눈 뜨라고."

옆에서 들리는 그녀의 목소리에 현우는 눈을 떴다. 그러자 지아가
가볍게 그에게 입맞춤을 했다. 누워서 잠시 멍하게 있던 그가 정신을
차리고 일어나자 지아가 커피를 내밀었다.

"정신 차리고 커피 마셔."

"알았어."

그가 커피를 받아서 마시는 것을 본 지아는 거실로 나갔다. 곧 잔
을 비운 그가 방을 나서자 지아가 식탁에 아침을 차리는 모습이 보였
다.

"뭐야?"

"새언니가 챙겨 주더라고."

평소 같으면 안 받아 왔을 음식들이었다. 하지만 어제는 정신이 없
던 틈에 어느새 손에 쥐고 나왔다. 이왕 가져온 거 현우나 먹이려고
아침상을 차린 것이었다.

"제사 음식 안 먹는 거 아니지?"

"우리 집도 제사 모셔."

"다행이네. 앉아."

식탁에 그가 앉자 지아도 컵을 내려놓으며 마주 앉았다.

"무슨 일이야?"

"뭘?"

밥을 떠 넣으며 현우가 묻자 무슨 말인지 모르겠다는 표정으로 지
아가 되물었다.

"너 표정 별루야, 아까부터."

현우의 말에 그녀가 단호하게 말했다.

"아냐. 국 식는다. 얼른 먹어."

그녀의 표정을 바라본 현우가 식사를 시작하자 지아도 같이 밥을
먹기 시작했다.

"안무가 너무 빡세."

"힘들어?"

자꾸 캐물어 봐야 지아가 대답을 안 해 줄 것을 눈치챈 현우가 다
른 주제로 말을 돌렸다.

"응. 힘들어. 어떻게 그렇게 쉴 새 없이 움직이게 만들었어? 그동
안 안무 중에 최악이다."

"그 정도로 힘들어?"

그가 불평을 하자 지아가 걱정 섞인 목소리로 물었다.

"내가 이제 나이 들어서 그런가 힘들어."

그의 말에 지아가 눈을 흘기며 말했다.

"네가 늙었으면 나는?"

"미안!"

재빠르게 사과한 현우가 얼른 부침개를 입에 디밀자 지아는 어이
없다는 표정으로 받아먹었다.

결국 그녀의 기분이 왜 나쁜 것인지 알아내지 못한 채 식사를 마친 현우가 설거지를 하는 동안 그녀는 집으로 가 회사에 나갈 준비를 했다.

주차장에 도착하니 현우가 먼저 내려와 있었다.

"회사에서 봐."

헬멧을 쓰는 그녀를 보며 현우가 못마땅하다는 듯이 말했다.

"이제 바이크는 그만 타는 게 어때? 차도 있으면서……."

"응? 갑자기 왜?"

"갑자기가 아니라 그동안 맘에 안 들었어. 위험하잖아."

"그렇게 따지면 차는 안 위험하니?"

그녀의 말에 현우가 인상을 찡그리며 말했다.

"차보다 더 위험해."

"난 이게 편해."

딱 잘라 말하는 그녀를 보며 현우도 더 이상 어쩔 수 없다는 표정을 지었다.

"회사에서 봐."

바이크를 타고 먼저 출발하는 지아 뒤로 현우도 차를 타고 뒤따랐다.

두 사람이 회사에 도착해 보니 이미 안무 팀은 연습 중이었다.

"좋은 아침!"

옷을 갈아입은 그녀가 연습실로 들어가며 인사를 하자 모두 반갑게 그녀를 맞이했다. 뒤이어 현우도 그녀를 따라 들어왔다. 평소 악기 연습에 집중을 한 데다, 안무가 늦게 나와 단원들과 호흡을 많이 못 맞춰서 오늘은 안무에 집중하기로 했다. 그러면서 어색한 부분은 다시 수정해 나가기로 했다.

일단 단원들이 연습하는 것을 보며 현우와 지아는 몸을 풀었다. 라틴 댄스의 일종인 바차타는 파트너와의 호흡이 중요해서 현우는 몸을 풀면서도 시선을 떼지 않았다. 음악이 끝나고 잠시 쉬는 시간이 되자 현우가 거울 앞에 섰다. 현우가 지아를 보며 말했다.

"일단 누나랑 먼저 맞춰 보자."

"그래."

두 사람이 거울 앞에 서자 형석이 음악을 틀었다. 나른하게 나오는 남자 가수의 목소리에 맞춰 춤을 추기 시작했다. 그러자 바닥에 앉아서 쉬던 단원들이 한쪽으로 비켜나 앉았다. 일단 동선부터 맞춰 보았다. 바차타가 워낙에 남녀가 붙어서 추는 춤이라 파트너간의 호흡이 중요했다. 약간의 실수가 있었지만 처음 맞춰 본 거 치고는 꽤 호흡이 맞았다.

처음의 나른한 곡이 끝나고 템포가 빠른 두 번째 곡이 시작되자 두 사람의 호흡이 점점 가빠졌다. 하지만 거울 속의 자신들을 바라보며 두 사람은 열심히 춤을 췄다. 이 순간만큼은 다른 사람들이 눈에 들어오지 않았다. 함께 춤을 추고 있는 두 사람만이 존재할 뿐이었다. 단원들도 그런 두 사람의 춤을 숨죽이고 바라보았다. 매번 새로운 안무가 정해지고 연습을 할 때마다 느끼는 것이었지만, 지아와 현우의 호흡은 누구도 따라가지 못할 만큼 완벽했다.

그렇게 모두의 시선을 받으며, 두 번째 곡이 끝났을 때 두 사람은 가쁜 숨을 내쉬었다. 그런 그들을 바라보던 형석이 다가오며 말했다.

   "지아가 무대 올라가야겠다."

   "그게 무슨 소리야?"

   물로 목을 축이며 지아가 물었다.

   "현우가 지난번이랑 분위기가 완전 달라."

   "분위기라니?"

   현우도 지아에게서 물병을 받아 마시며 물었다.

   "표정이나 분위기가 진짜 사랑에 빠진 남자야."

   그의 말에 괜히 뜨끔해진 현우가 말했다.

   "징그러워, 형!"

   "아무튼 지아가 올라가자."

   그의 말을 가뿐히 무시한 형석이 말하자 이번에는 지아가 발끈했다.

   "난 무대에 안 서! 알면서 그래."

   그런 그녀에게 손짓을 하며 형석이 불렀다.

   "이리 와 봐."

   그러면서 두 사람에게 녹화한 연습 장면을 보여 주었다. 살짝 몸을 부딪칠 때마다 주고받는 눈빛이 달랐다. 그리고 지아를 리드하는 그의 표정이 그 어느 때보다 섹시하고 뇌쇄적이었다. 그건 지아도 마찬가지였다. 남자를 유혹하는 여자의 눈빛이었다.

   "이런 분위기 다른 사람은 못 내. 전광판에 클로즈업 돼서 나갈 건데 이왕이면 팬들도 볼거리가 있어야 할 거 아니야?"

"그래도 난 싫어."

단호하게 거절하는 지아를 보며 형석이 말했다.

"대표님하고 의논해 봐야겠어."

형석이 카메라에서 USB를 빼려고 하자 등 뒤에서 석훈의 목소리가 들렸다.

"힘들게 6층까지 올 필요 없어! 지아가 무대에 서자."

"대표님!"

모두 넋을 잃고 영상을 보고 있어서 석훈이 연습실로 들어온 것을 아무도 모르고 있었다. 그의 등장에 모두 한 걸음 물러서자 석훈이 앞으로 걸어 나왔다.

"난 싫어. 안 해!"

지아의 말에 석훈이 말했다.

"현숙이랑 음반 내고 싶다며, 곡 줄게. 서!"

"오빠!"

치사하게 기념 음반을 걸고 나올 줄 몰랐다. 그녀가 소리를 지르자 석훈이 현우와 지아를 보며 말했다.

"다들 연습하고 두 사람은 사무실로 올라와."

석훈이 앞장서서 연습실을 나서자 뒤이어 두 사람도 연습실을 나섰다.

6층에 올라온 석훈이 사무실 문을 열며 물었다.

"지아는 왜 안 선다는 거야?"

"내가 언제 무대 서는 거 봤어?"

사무실 소파에 털썩 앉으며 그녀가 말했다.

"현우 생각은 어때?"

"난 아무래도 상관없어. 그래도 누나가 해 주면 좋기는 하지. 아무래도 호흡도 잘 맞고."

"그럼 지아가 이번에 무대에 서! 매번 그 누구보다 현우하고 호흡이 잘 맞으면서 왜 그래?"

그녀를 바라보며 석훈이 말했다.

"아까 말한 대로 현숙이랑 음반 내는 데 내가 최고로 밀어 줄게. 이번에는 내 말대로 해."

"……."

대답을 하지 않고 뾰로통해 있는 그녀를 바라보며 석훈이 말했다.

"현우도 이제 30살이야. 군대에도 다녀왔고, 언제까지 아이돌 이미지만 가져갈 수가 없어. 지금 치고 올라오는 그룹들이 얼마나 많은지는 너도 알잖아."

책상에 올려놓은 '페르소나'의 사진을 보며 석훈이 말을 이었다.

"서서히 이미지 변신해야 돼. 그래서 내가 안무도 그렇게 짜 달라고 한 거고. 이왕이면 콘서트가 성공적이면 좋지 않겠어?"

"그런 의미라면 춤 잘 추는 사람은 많아."

"그래 그런 사람은 많지. 그런데 진짜 사랑하는 눈빛으로 현우를 갈구하면서 춤추는 사람은 없지. 이 춤이 마지막 순서야. 그만큼 팬들의 뇌리에 박혀야 한다고."

그의 말에 지아가 한숨을 쉬며, 현우를 바라보았다.

"진짜 내가 했으면 좋겠어?"

"응! 나도 곡 하나 써 줄게."

괜히 17년을 함께해 온 것이 아니었다. 석훈의 말대로 함께 춤추는 것을 좋아하고 또, 호흡도 그 누구보다 잘 맞는 두 사람이었다.

기대에 차 자신을 바라보는 두 남자의 눈빛을 감당할 수가 없어 지아는 눈을 질끈 감았다.

한참을 생각에 빠져 있던 지아가 눈을 뜨고 말했다.

"이번만이야."

"알았어! 약속해."

지아의 승낙에 석훈과 현우의 얼굴에 미소가 번졌다.

모두 퇴근을 한 늦은 밤 현우와 지아는 연습실에 남아 안무 연습을 계속했다. 다른 사람이 파트너가 됐다면 꿈도 못 꿀 일이었지만 지아가 파트너로 정해진 이상, 시간 따위는 그들에게 문제가 되지 않았다. 함께한 시간이 길어서인지 두 사람의 호흡은 타의 추종을 불허할 만큼 잘 맞았다. 춤 자체가 워낙에 농밀하기도 했지만 시간이 주는 친밀함은 다른 단원들은 흉내도 못 내었다. 그러니 연습하는 시간이 즐거웠다. 몸은 힘들어도 동작이 맞춰지고, 같은 호흡으로 하나가 되어가는 과정이 두 사람은 그 무엇보다 즐거웠다. 마치 어릴 적 연습생 시절로 다시 돌아간 것 같았다.

그동안 지아가 안무를 짜면 현우는 단원과 파트너가 되어 춤을 춰

왔기 때문에 사실상 그녀와 이렇게 연습을 많이 할 기회가 없었다. 두 사람이 또 다른 추억을 쌓아 간다는 생각에 힘든 줄도 몰랐다.

오늘도 온 종일 춤에 매달렸다. 단원들은 이미 지쳐 떨어졌다. 퇴근 시간이 되자 눈치를 보던 단원들은 하나 둘, 핑계를 대며 연습실을 빠져나갔다. 하지만 두 사람은 시간을 잊은 것인지 연습에 몰두했다.

그렇게 긴 연습 시간에 지칠 만도 한데, 어찌 두 사람의 분위기는 더 불타올랐다. 바차타 특유의 관능미에 단둘만 있다는 상황이 묘한 분위기를 연출했다. 그녀의 엉덩이가 그의 골반과 부딪칠 때는 현우가 숨을 들이마셨다. 그리고 반대로 현우의 손이 가슴 언저리를 스칠 땐 지아가 깊은 한숨을 내쉬었다.

"하아!"

"왜 이러실까?"

살짝 밀고 들어오는 그녀의 골반을 꽉 끌어안으며 현우가 물었다.

"뭐가?"

이번에는 엉덩이를 그에게 비비며 지아가 물었다. 그러자 그녀를 돌려세우며 현우가 허리를 감싸 안았다.

"자꾸 자극하시면 곤란해요."

두 손으로 그의 관자놀이를 쓸어내리며 지아가 말했다.

"전 그런 적 없는데요."

이미 안무 연습은 두 사람에게서 잊혀졌다. 음악에 맞춰 몸을 흔들며 현우가 그녀의 엉덩이를 세게 움켜쥐었다. 그러자 지아가 그의 목을 끌어안았다. 그러면서 엉덩이를 흔들자 점점 더 부풀어 오르는 그의 중심이 느껴졌다.

"어머! 오빠야말로 왜 이러실까?"

새침한 얼굴로 올려다보는 그녀의 입술을 훔치며 그가 말했다.

"종일 미치는 줄 알았어."

아랫입술을 살짝 물자 그녀가 입술을 열었다. 그러자 그의 혀가 곧장 입술을 가르고 들어갔다.

"흡!"

자신의 혀를 깊이 빨아들이는 현우를 느끼며 지아가 천천히 스텝을 밟기 시작했다. 그러자 블루스인지 바차타인지 모를 끈적한 움직임이 시작되었다. 여전히 그녀의 엉덩이를 움켜쥔 채 그녀가 이끄는 대로 춤을 추던 현우가 그녀에게서 입을 뗐다.

"하아!"

그가 빨아들여 잔뜩 부푼 입술이 불빛에 반짝거렸다. 그런 그녀를 잠시 내려다보던 현우가 땀에 젖은 목덜미로 입술을 내리자 지아가 고개를 한쪽으로 젖혔다. 하얗게 드러나는 목선 위로 그의 혀가 내려앉았다. 땀에 젖어 짭짤한 맛과 그녀의 향기가 현우에게 치고 들어왔다.

"음!"

그녀의 맛과 냄새가 마음에 든 그가 낮은 신음을 토해 냈다. 그러는 동안 지아는 가녀린 손가락으로 그의 귀를 어루만졌다.

"좋다."

스치듯 귓바퀴를 지나쳐 가는 그녀의 손길에 그녀의 엉덩이를 더

179

세게 쥐었다.

"큭큭! 터지겠다."

낮은 소리로 웃으며 그녀가 말하자 현우는 쥐었던 손에 힘을 풀면서 한 손을 올려 그녀의 가슴을 쥐었다. 그러자 귀를 만지던 그녀가 그의 목에 팔을 감았다.

"나 젖었어."

유혹하듯 말하는 그녀를 내려다보며 그가 지아를 거울 앞으로 밀었다. 이미 음악은 끊겼고 연습실에는 두 사람의 거친 숨소리만 들렸다. 한 몸처럼 달라붙어 있는 레깅스를 내리자 속옷도 함께 내려갔다. 엉덩이에 닿는 거울의 차가움에 지아가 그에게 매달렸다. 그런 그녀를 달래며 현우는 손을 내려 그녀의 중심을 확인했다.

"젖었지?"

귓가에 읊조리는 그녀의 말에 현우가 다시 그녀의 입술을 훔쳤다. 그러자 그녀가 그에게 매달렸다. 더 이상은 참을 수 없었던 현우는 재빨리 자신의 트레이닝 바지를 내리며 그녀의 다리를 자신의 허리에 감았다. 그리고 곧장 그녀의 안으로 들어갔다.

"아, 흑!"

이미 충분히 젖었지만 자세 때문인지 오늘따라 그가 들어오는 게 지아는 버거웠다.

"아파?"

"아니, 좋아."

다리에 힘을 주며 그에게 더욱 매달리자 두 손으로 그녀의 엉덩이를 받친 현우가 천천히 움직이기 시작했다.

"아!"

평소와는 다른 감각에 지아의 허리가 점점 젖혀졌다. 그런 그녀의 무게를 온전히 받아 내며 현우가 움직였다.

"아흥! 악! 현, 현우야!"

"강지아!"

"응?"

"눈 뜨고 나 봐야지."

현우의 말에 지아가 힘겹게 눈을 뜨고 그를 바라봤다. 잡아먹을 듯이 자신을 바라보고 있는 현우에게 지아가 가볍게 입맞춤을 했다. 그러자 현우가 자신의 허리에서 그녀의 다리를 풀었다. 그리고 그녀를 돌려세워 허리를 잡아당겼다. 그가 움직이기 편하게 지아가 다리를 살짝 벌려 주자 현우가 다시 그녀 안으로 들어갔다.

"아흥!"

거울을 짚고 고개를 숙이고 있던 그녀가 고개를 들어 현우를 바라보았다. 두 눈을 꼭 감고 자신을 느끼고 있는 현우의 모습이 보였다.

"아흑! 현우야!"

그녀의 부름에 현우가 눈을 떴다. 거울 속에 보이는, 빨갛게 달아오른 지아의 얼굴을 보니 현우는 더 이상 참을 수가 없었다.

"오늘은 못 참겠다."

"응."

그녀의 대답이 떨어지자 현우는 마지막을 향해 달렸다. 평소에는 그녀를 배려했을 그였지만 오늘은 그럴 수가 없었다. 흔들리는 그녀의 머리카락을 바라보며 현우는 끝을 맞이했다.

"아흑."

마지막까지 그녀에게 쏟아부은 현우가 그녀의 등에 몸을 기댔다.

"잠시만 이러고 있자."

"응."

등 뒤에서 들리는 그의 숨 고르는 소리가 어느 때보다 섹시하게 느껴지는 지아였다.

* * *

큰 공연이 잡히면 당사자인 가수도 바쁘지만 함께 하는 스태프들도 준비할 것이 많았다. 특히 이번 현우의 콘서트는 매번 안무 팀이 함께 올라가야 하는 상황이라 지아도 바빴다. 완벽한 무대를 위해서는 연습만이 살길이었다. 단원들과 한바탕 연습은 끝낸 지아는 커피를 마시기 위해 휴게실로 향했다. 그때 어린 단원들이 먼저 뛰어가며 말했다.

"커피 드실 거죠? 내려 드릴게요."

"고마워."

먼저 뛰어가는 단원들을 보며 지아는 느긋하게 걸어갔다. 고맙게도 커피를 내려 준다니 여유가 있었다. 그렇게 느긋하게 휴게실 앞에 도착해 있을 때 안에서 낯선 목소리가 들렸다.

"나도 한 잔 내려 줘요!"

"네?"

"커피 내리는 것 같은데 나도 한 잔 달라고요."

처음 듣는 목소리에 지아는 얼른 안으로 들어갔다. 화려한 치장을 한 여자의 뒷모습이 보이고 커피 머신 앞에 서 있는 안무 팀의 막내가 보였다.

"말귀 못 알아들어요? 커피 내리는 거 같은데 나도 한 잔 달라고요."

마치 커피숍에 온 것처럼 당당하게 요구를 하고 있었다. 막내도 기분이 상한 것인지 그녀의 말에 대답을 하지 않고 있었다.

"커피 마시고 싶으면 본인이 직접 내려 먹어요. 캡슐이라 내리기 편하니깐!"

지아가 말하며 휴게실에 들어오자 여자가 뒤를 돌아봤다. 이번에 여배우를 영입했다더니 탤런트 송미진이었다. 자신을 나무라는 지아에게 미진이 말했다.

"커피 한 잔 내려 주는 게 뭐가 어려워요?"

여전히 막무가내인 미진이 말했다. 지아는 커피 머신 앞으로가 잔을 들면서 말했다.

"어려운 일 아니니 본인이 내려 드시라구요."

"아니! 본인도 남이 내려 주는 거 먹으면서 할 말은 아닌 것 같은데요?"

"전 커피를 내려 주겠다는 호의를 거절 안 한 것뿐입니다. 그런데 송미진 씨는 그런 게 아니잖아요."

그녀의 말에 마지못해 미진이 의자에서 일어났다. 그리고 커피 머신 앞으로 다가가며 말했다.

"뒤에서 춤이나 추는 주제에 말도 많아요."

그 말을 들은 지아는 화가 치밀었다.

"지금 뭐라고 했어요?"

"제가 뭘요?"

머신의 버튼을 누르며 아무렇지도 않은 표정으로 그녀가 물었다.

"방금 뭐라고 말했냐고!"

화가 나서 소리 지르는 그녀에게 미진이 말했다.

"맞잖아! 커피 한잔 내려 주는 게 뭐가 어려워서 그러는 거냐고!"

"내가 지금 말하는 게 그게 아니잖아요! 뒤에서 춤이나 추는 주제에? 어디 말을 그따위로 해요!"

"그 말도 틀린 말은 아니구만, 흥!"

안하무인인 그녀의 말에 지아는 제대로 화가 났다. 자칫하면 들고 있는 커피를 그녀에게 쏟을 것 같아 막내에게 맡겼다. 그리고 미진의 앞에 섰다. 평소 자주 보지 못한 지아의 모습에 직원 하나가 밖으로 뛰어나갔다.

"이번에 이적했죠? 그럼 다 같은 직원이에요. 더군다나 여기 있는 사람들 미진 씨보다 일찍 들어온 선배라고요. 아니, 그런 걸 떠나서 왜 사람 무시해요? 여기 당신한테 그런 대우 받을 사람 없어요. 그러니 사과해요!"

"아니 내가 무슨 잘못을 했다고 사과하라는 거예요? 난 사실을 이 야기했을 뿐이라고요! 그럼 뒤에서 춤 안 춰요? 앞에서 춤추나?"

어이없는 그녀의 말에 옆에서 보고 있던 단원들도 기가 찼다.

"무슨 일이야?"

싸움을 말릴 사람을 찾으러 나갔던 단원을 복도에서 만난 현우가 그의 말을 듣고 놀라서 달려왔다. 그의 목소리가 들리자 미진이 현우 에게 다가가며 애교 섞인 목소리로 말했다.

"오빠! 커피 한잔 먹으려다 봉변당했어."

그 모습에 지아의 입가에 비웃음이 떠올랐다.

"누나! 무슨 일이야?"

"네가 추천했다더니 그런 사이였어?"

지아의 말에 현우가 팔짱을 낀 미진의 손을 털어 냈다.

"오빠!"

하지만 미진은 아랑곳하지 않고 다시 팔짱을 끼며 말했다.

"여기 이 사람들이 나 한 명 두고 난리였다고!"

"송미진 씨 말대로 뒤에서 춤이나 추는 우리들은 빠져 줄 테니깐, 두 분이서 대화 나누세요."

말을 끝낸 지아가 휴게실을 빠져나가려고 하자 현우가 다급히 그 녀를 붙잡았다.

"아씨! 누나! 왜 그러는지 말을 해 줘야지!"

"못 들었나? 뒤에서 춤이나 추는 우리가 귀하신 여배우님 몰라뵙 고 커피 안 내려 드렸다고 저러시잖아! 네 귀하신 동생께서!"

그녀의 말에 현우가 미진을 쏘아봤다. 그런 현우에게 지아가 말했다.

"그리고 여태껏 회사 일에 별로 관여 안 했는데 이번에는 해 보려고, 저런 어설픈 갑질 말고 제대로 된 갑질 한번 해야겠어!"

말을 끝낸 지아가 휴게실을 나서자 단원들도 그녀를 따라나섰다. 그 모습을 보던 미진이 말했다.

"뭐라는 거야? 그리고 오빠는 왜 아무 말 못 해?"

그녀의 말에 현우는 팔을 뿌리치며 말했다.

"너 이제 다른 소속사 찾아봐! 우리 회사는 힘들 것 같다."

그의 말에 의아해하며 미진이 물었다.

"무슨 말이야? 계약서 다 썼는데 힘들다니."

솔직히 매직에서 그녀에게 영입 제안을 해 왔을 때 그녀는 뛸 듯이 기뻤다. 이미 이쪽 바닥에선 매직이 최고의 조건으로 계약한다는 소문이 있었다. 그리고 영업도 전략적으로 해서 한 번 계약한 배우들이 다른 소속사로 옮기는 일도 거의 없었다. 거기에다 같이 드라마를 찍으며 좋아하게 된 현우와 같은 회사라는 점에서 미진은 더할 나위 없이 만족하고 있는 중이었다.

"너 지금 누구랑 싸운 건지 아냐?"

"백댄서잖아! 그것도 나이 많은 백댄서!"

그녀의 말에 현우가 미진을 보며 말했다.

"너, 누나한테도 그렇게 말했냐?"

어깨를 으쓱이는 그녀를 보며 현우는 더 이상 대화할 가치가 없다는 것을 느꼈다.

"그만 가라!"

휴게실을 나서는 현우를 보며 미진은 멀뚱하게 서 있었다. 급하게 지아를 쫓아 연습실로 간 현우에게 단원 한 사람이 말했다.

"대표실로 올라가셨어요."

그 말에 현우는 서둘러 석훈의 사무실로 향했다.

"형!"

문을 열고 들어오는 현우에게 지아가 말했다.

"넌 어디서 저런 애를!"

길게 말해 봤자 이미 엎질러진 일이라 지아는 입을 다물었다.

"무슨 일인데 그래?"

지아도 방금 사무실로 올라온 터라 무슨 일이 있었는지 모르는 석훈이 물었다.

"송미진, 사인했어?"

"응. 갑자기 그건 왜?"

"계약 무르자. 걔 받기 싫어."

"갑자기? 계약서에 사인 다 했는데?"

평소 회사 일에는 크게 관여하지 않는 지아가 미진의 이름을 거론하자 석훈이 물었다.

"무슨 일인데? 너는 뭐 아는 것 있어?"

뒤따라 들어온 현우는 아는 것이 있나 싶어 석훈이 물었다.

"나도 정확한 건 몰라. 휴게실에서 싸움이 났다고 해서 가 보니깐 둘이 싸우고 있더라고."

"아니! 두 사람이 싸울 일이 뭐가 있어?"

날벼락 같은 말에 석훈이 황당해하며 말했다. 계약을 해지하려면 석훈도 자초지종은 알아야 할 것 같아 지아는 휴게실에서 있었던 일을 말했다.

"나한테는 걔가 연기를 얼마나 잘하는지 그런 거 안 중요해. 사람은 고쳐 쓰는 게 아니라는데, 나도 그 말에 동감해. 같이 일하는 스태프들에게 함부로 하는 거 난 용납 못 해. 그것도 이제 막 계약한 애가. 아무리 싸가지가 없는 사람이라도 처음에는 조심하고 그러지 않나?"

평소 직원에게 함부로 대하는 것을 싫어하는 지아였다. 그런데 다른 사람도 아니고 안무 팀에게 함부로 했다는 말에 석훈도 할 말이 없었다.

"위약금 문제는 내가 알아서 할게."

그녀의 말에 석훈이 고개를 흔들었다.

"계약서 다시 들여다봐야겠지만, 이건 오히려 우리가 돈을 받아야 할 상황이네. 알았으니깐 정리할게."

"연기를 평상시에도 하는 줄은 몰랐네."

자신의 추천으로 계약을 한 상황이라 현우가 미안해하며 말했다.

"그쪽 소속사에서 오래 일했는데 같이 온다는 스태프가 한 명도 없어서 짐작은 하고 있었어. 그리고 이 바닥에 저런 애 한둘이야?"

석훈의 말에 지아가 한숨을 쉬며 말했다.

"싸가지 없는 애들이 있단 소리, 말로만 들었지 실제로 처음 봐."

아직도 어이가 없다는 표정인 지아를 보며 석훈은 계약서를 가져오라고 직원에게 전화를 걸었다. 그도 처음부터 시끄러운 연기자를 한 식구로 받아들이긴 싫었다.

시끄러웠던 하루를 보내고 지아와 현우는 집으로 돌아왔다. 회사에서 사람들이 보는 앞에서 미진이 팔짱을 껴서 지아의 눈치가 보였던 현우는 자신의 집에서 얼른 씻고 지아의 집으로 향했다. 세탁기를 돌리고 있는 그녀의 눈치를 보며 현우가 말했다.

"맥주 마실래?"

"예쁜 동생이랑 마셔."

세탁실 앞에 있는 그를 지나쳐 안방으로 들어가며 지아가 말했다.

"아무 사이 아니야!"

"응! 오빠 동생 사이인 거 알아."

갈아입을 속옷을 챙겨 욕실로 들어가는 그녀를 보는 현우는 어찌할 바를 몰랐다. 욕실의 문이 닫히자 현우는 주방으로 향했다. 그리고 그녀가 나오기 전에 맥주는 냉동 칸으로 옮겨 놓고 그녀가 좋아하는 오징어를 꺼내 굽기 시작했다.

누가 봐도 오해할 상황이었으니 지아가 화낼 만도 했다. 괜히 그녀를 회사에 소개해 지아의 심기만 건드린 것 같았다. 욕실 문이 열리고 그녀가 나오는 소리가 들리자 현우가 큰 소리로 말했다.

"누나! 맥주 마시자! 오징어도 구웠어!"

"알았어."

그녀의 대답이 들리자 현우는 서둘러 오징어를 찢고 냉동고에 넣어 둔 맥주를 꺼내 거실 소파로 갔다.

드라이어 소리가 들리더니 지아가 거실로 나왔다. 그러면서 그를 바라보았다. 그 눈길에 괜히 찔린 현우가 말했다.

"아무 사이 아니라니깐."

"안다니깐, 오빠 동생 사이라는 거!"

그녀의 대답에 울상이 된 현우가 맥주를 내밀었다.

"사람이 그렇게 없니? 어떻게 그런 애랑 친하게 지내?"

맥주를 받아 들며 그녀가 말하자, 현우가 오징어를 집고 말했다.

"평소에는 저런 모습 한 번도 안 보였어. 오죽하면 내가 평소에도 연기하냐고 했잖아!"

그의 대답에 지아가 말했다.

"하긴 사람 겉만 보고 어떻게 알겠냐? 또 네 앞에서는 얼마나 몸 사렸겠어! 오빠, 오빠! 이러면서."

"아! 진짜 정말! 맹세코 아무 사이 아니라고!"

속 터져 하는 그를 보며 재미있어 죽겠다는 표정으로 지아가 말했다.

"알아! 안다고! 난 네가 그런 애랑 친하다는 점이 화가 나는 거야! 행동은 그렇게 하면서 너한테 애교 부리는 거 봐라!"

"내가 사람을 한참 잘못 봤어!"

속에서 올라오는 화를 참으며 현우는 남은 맥주를 단숨에 마셨다.

"다음부터 괜히 나서서 소개하고 그러지 마! 오늘 같은 일 또 없으라는 법 없어."

"알았어!"

지아가 미진과 자신의 사이를 오해한 것이 아니라는 사실을 안 현우가 웃으며 그녀를 품에 안으며 말했다.

"내가 팔을 뿌리치면서 다른 회사 알아보라고 했을 때 표정을 네가 봤어야 했는데."

"그 말도 했어?"

그녀의 말에 현우가 지아를 더욱 세게 안으면서 말했다.

"응. 암튼 이제 끝난 일이야."

그리고 며칠 뒤, 석훈이 말했던 것처럼 미진과의 계약은 없던 것으로 하기로 했다는 기사가 보도되었다.

* * *

한참 콘서트 준비에 열을 올리고 있을 때, 전국 5개 도시에 공연장이 잡혔다. 그리고 회사 공식 홈페이지와 유튜브에 현우의 콘서트 공지가 올라왔다. 물론 그 전에 약속대로 태원이 먼저 기사를 냈다.

날짜와 시간이 정해지자 회사는 더욱 바빠졌다. 현우와 무대에 올라가는 인원들의 무대 의상 제작도 만만치 않은 일이었다. 안무 팀의 의상은 화려했는데, 특히 마지막 순서에 입을 의상은 스포츠 댄스 선수 못지않았다. 그중에서도 지아의 의상은 하얀 피부를 돋보일 수 있게 블랙과 레드로 제작되었다. 무대 의상을 가봉하는 날, 지아는 코디에게 울상을 지어 보였다.

"너무 야한 거 아냐?"

"이사님, 평소 이 정도 노출은 했거든요."

상체는 비키니 스타일에 얇은 끈이 어깨부터 타고 내려와 치마로
이어지는 디자인이었다. 비키니는 레드에 어깨끈과 치마는 블랙으로
하얀 그녀의 피부를 돋보이게 하는 색상과 디자인이었다. 다른 팀원
들은 같은 디자인에 색상은 골드였다.

"나도 같은 색으로 하지……."

"그럼 현우가 묻히잖아요."

코디의 말이 틀린 말은 아니라 지아는 더 이상의 불평을 할 수가
없었다. 옷을 입고 몸을 움직이자 코디가 한 발 뒤로 물러났다. 다른
사람의 의상은 디자인만 나오면 기성복처럼 치수대로 만들었다. 그래
서 그동안 다른 공연에는 의상을 따로 가봉을 하지 않았는데 이번에
는 석훈의 지시가 있었다. 지아 의상은 특별히 신경을 쓰라는 것이었
다. 몸을 이리저리 움직여 보는 지아를 보니 코디는 자신이 디자인 하
나는 잘 뽑았다는 생각이 들었다.

"여기 가슴 옆이 좀 쪼이네. 여기만 손보자."

팔을 움직여 보며 말하는 지아에게 코디는 고개를 끄덕였다.

"거기만 조금 늘여 놓을게요."

서로 의견을 맞춘 뒤 지아가 옷을 갈아입고 피팅 룸을 나올 때, 때
마침 지나가던 석훈과 마주쳤다.

"의상 맞췄어?"

"응. 근데 왜 나만 맞춰?"

그녀의 질문에 석훈이 대답했다.

"처음이자 마지막으로 무대 서는 건데 이 오빠가 그 정도도 못 해 주겠냐?"

그녀에게 최고의 경험을 선사해 주고 싶었다. 지난날 무대에 서 본 적이 없는 그녀에게 마지막일수도 있는 이 콘서트에서 처음이자 마지막으로 최고로 만들어 주고 싶은 석훈이었다.

능글맞게 대답하는 그의 모습에 지아가 웃으며 대답했다.

"어쨌든 고맙네."

"고마우면 최고의 무대 보여 줘."

"최선을 다해 볼게."

그녀의 대답이 마음에 들었는지 석훈이 엄지를 치켜세웠다.

"참, 오빠. 부산 공연 때 초대권 몇 장, 구할 수 있어? 아니면 내가 선구매 할게."

"초대권은 왜?"

평소 초대권에는 관심이 없던 지아였기에 의아했던 석훈이 되물었다.

"현숙이도 보내 주고 친하게 지낸 사람들도 있어서 보내 줄려고."

그녀의 말에 석훈이 고개를 끄덕였다.

"알았어. 빼놓으라고 할게."

"고마워."

석훈과 헤어진 지아는 서둘러 현우가 있는 녹음실로 향했다. 막상 콘서트 날짜가 잡히니 항상 여유 있던 현우도 초조해졌다. 그래서 평소보다 더 연습에 매달렸다. 그리고 석훈이 열심히 하라던 악기 연습의 이유가 밝혀졌다. 한 곡을 각자의 악기로 연주하는 것을 하나의 영상으로 만들어 무대에서 틀고, 현우는 자신이 연주한 반주로 무대 위에서 직접 노래를 하는 것이었다. 이제껏 현우가 악기를 연주하는 것을 본 적이 없는 팬들에겐 여러모로 좋은 볼거리가 될 터였다. 지아가 연습실로 오자 현우는 한참 드럼을 연습하고 있었다. 그 모습을 매니저가 밖에서 바라보고 있었다.

"언제 끝나?"

"누나 왔어요? 모르죠, 현우 마음이죠."

그의 대답에 지아가 고개를 끄덕이며 안을 들여다봤다. 연주에 푹 빠진 것을 보니 빨리 끝날 것 같지는 않았다. 한쪽에 놓여 있는 소파에 누우며 지아가 말했다.

"나 잔다."

"네."

자리 잡고 눈을 감는 지아를 바라보며 매니저가 대답했다.

그렇게 얼마쯤 잤을까? 누군가 그녀를 흔들어 깨웠다.

"일어나! 누나."

"응?"

비몽사몽 게슴츠레 눈을 뜨자 현우가 그녀를 흔들어 깨우고 있었다.

"피곤하면 먼저 들어가지 왜 여기서 자?"

"하암! 바이크 정비 맡겼어. 같이 들어가려고……. 연습 끝났어?"

"응. 집에 가자."

그의 말에 일어나 앉은 지아가 고개를 흔들며 정신을 차리려고 애를 썼다. 그 모습이 귀여워 현우가 그녀의 뒷머리를 쓰다듬으며 말했다.

"차 뺄 테니깐 1층에서 기다려."

"응."

현우가 연습실을 나서자 지아는 소파에서 일어나 옆에 있는 물병을 들고 마셨다. 그리고 서둘러 1층으로 내려갔다. 로비 문을 열고 나오니 시원한 바람이 얼굴을 스쳤다.

"아! 시원해."

하늘에 떠 있는 별을 바라보는데 지하 주차장에서 차가 올라오는 소리가 들렸다. 지아는 자리를 옮겨 그의 차가 옆에 서자 얼른 차에 올랐다.

"가자! 너무 피곤해. 하암."

늘어지게 하품하는 그녀를 보며 현우가 웃었다.

"피곤해서 어쩔까?"

"그니깐 얼른 가자고."

"알았어."

피곤함에 서둘러 집에 도착한 두 사람은 주차장에 들어갈 수가 없었다. 주차장 입구의 차단기가 작동하지 않았던 것이다.

"아이고! 오늘은 요 앞에다 주차하셔야겠어요."

현우의 차가 들어오는 것을 본 경비가 얼른 뛰어나와 말했다.

"아저씨 왜요?"

현우가 창문을 내리면서 물었다.

"글쎄 차단기가 좀 전에 고장 났어요. 연락해 봤더니 지금은 너무 늦어서 안 되고, 내일 아침 일찍 사람을 보내 준다고 해서요."

미안해하는 경비에게 현우가 물었다.

"어디에다 주차할까요?"

"저기 앞에 하세요. 혹시 모르니 차 커버 덮어 놓을게요."

경비가 가리키는 곳에 주차한 현우가 그녀에게 말했다.

"내려. 하필 피곤한데 가는 날이 장날이야."

"그러게."

그의 말에 지아가 차에서 내렸다. 그러자 경비가 차 커버를 가지고 왔다.

"혼자 하시기 힘들어요. 같이 하세요."

"아이고 아니에요. 혼자서도 가능해요."

경비는 극구 말렸지만, 결국 현우와 함께 차체 커버를 씌웠다. 차 번호 노출과 혹시 모를 파손에 대비해 궁여지책으로 생각해 낸 방법 같았다.

"아이고! 덕분에 수월하게 끝났어요."

연신 감사 인사를 하는 경비에게 인사를 한 두 사람은 너무 피곤해 서둘러 집으로 향했다.

전국 투어의 첫 도시가 부산으로 잡혔다. 무대 디자인의 점검과 동선 파악을 위해 지아와 석훈이 부산으로 향했다. 담당자에게 맡겨도 되는 일이었지만 현숙이 보고 싶다는 석훈의 말에 결국 두 사람이 부산으로 향했다. 해운대에 있는 공연장을 둘러본 석훈은 만족감을 보였다.

조명과 음향을 점검하려면 공연 전에 몇 번 더 부산에 내려와야 할 것 같았지만 현재까지 준비되어 가는 과정은 마음에 들었다. 콘서트에 참여하는 전 스태프와 완벽하게 호흡을 맞춰 놔도 당장 공연에서는 어떤 일이 벌어질지 몰라 항상 긴장 상태로 있어야 했다.

"현숙이 가게가 남포동이라고?"

"응."

현장을 둘러보고 현숙을 만나러 가는 차 안에서 석훈이 말했다.

"중심가라 세가 만만치 않을 텐데 역시 부잣집 딸은 다르군."

"현숙이에게는 그런 말 마! 싫어해."

흘겨보며 말하는 지아의 모습에 석훈이 고개를 끄덕였다.

"알았어. 그런데 현숙이 아직 그 버릇 못 고쳤나?"

"어떤 거?"

"궁금한 건 지구 끝까지 따라가서 알아내는 거."

"응, 김현숙이 어딜 가?"

현숙의 이야기를 하고 있자니 두 사람의 어린 시절이 생각나는 석훈이었다. 참 풋풋하고 귀여우면서도 예쁜 동생들이었다. 매번 데뷔가 틀어져 결국 고향으로 내려간 현숙이었지만 타고난 끼는 지금 소속되어 있는 그 어느 가수보다 뛰어났다.

"그땐 일이 왜 그렇게 꼬였었는지 모르겠어."

"뭐가?"

혼잣말하듯 낮은 목소리로 말하는 석훈을 보며 지아가 물었다.

"니들 데뷔 말이야. 그땐 뭐에 홀린 것처럼 자꾸 엎어졌었잖아."

"가수 하지 말라는 신의 계시였지."

지아의 말에 석훈이 고개를 끄덕였다.

"그래. 그거 말고는 어떻게 해명할 방법이 없네."

진짜 그때는 왜 그렇게 되는 일이 없었는지 지금 생각해도 어이가 없었다. 그리고 현숙과 지아에게 그 부분에 있어서는 지금까지도 미안했다. 한참 친구들과 웃고 떠들어야 할 나이에 연습실에 몰아넣고 죽자고 연습만 시켰었다. 하지만 제대로 된, 방송 활동 한번 못 해 보고 데뷔 자체가 흐지부지 되었을 때, 석훈의 심정은 이루 말할 수가 없었다. 한동안 지아와 현숙의 얼굴을 제대로 볼 수 없을 정도였다.

그렇게 옛이야기를 나누다 보니 현숙의 가게 앞에 도착했다. 지아가 가르쳐 주는 뒷골목에 차를 주차한 석훈은 그녀와 함께 가게 안으로 들어갔다.

"현숙아!"

그녀의 이름을 크게 부르며 석훈이 가게 안으로 들어섰다.

"우와! 이게 누고? 오빠!"

카운터에 있던 현숙이 양팔을 벌리고 있는 석훈을 보자 한달음에 뛰어나왔다.

"목청 큰 거는 여전하네."

와락 안겨 오는 현숙을 품에 안으며 그가 말했다.

"잘 살았지?"

"응. 오빠도 여전하네."

그런 두 사람을 보며 지아는 아르바이트생에게 커피를 주문했다.

"손님한테 방해되니 두 사람, 앉지 그래?"

지아의 말에 석훈은 그녀 옆에 앉았다.

"좋아 보인다."

석훈의 말에 현숙이 고개를 끄덕였다.

"응. 요즘 장사가 쫌 안 되는 거 빼곤 괜찮다."

그녀의 말에 석훈이 가게를 둘러 봤다.

"현숙이 닮아서 깔끔하네."

"고마버."

아르바이트생이 내려놓고 간 커피를 마시며 지아가 봉투 하나를 꺼내 현숙에게 건넸다.

"자! 이거."

"이게 뭔데?"

"애들 사인이랑 공연 티켓, 승빈이한테 받아 준다고 했다며. 그리고 남는 표는 버스킹하러 오면 건네줘."

봉투 안에서 나오는 표를 확인한 현숙이 놀라며 물었다.

"뭐가 이래 많노?"

"사람 수대로 넣었어."

"고맙다."

현숙이 티켓을 다시 봉투에 넣자 석훈이 말했다.

"지아도 이번에 무대에 올라가."

"진짜가?"

현숙이 놀라며 물었다.

"내가 거짓말하는 거 봤어?"

석훈의 말에 현숙이 그녀를 바라보았다.

"현우 파트너로 올라가는 거야."

궁금해하는 현숙의 눈빛에 지아가 대답했다.

"어우야! 그래도 그게 어디고? 강지아 이제 데뷔하는 거가?"

"데뷔는 무슨……."

현숙의 말에 가당치도 않다는 반응을 보이긴 했지만 지아도 흥분이 되는 건 어쩔 수 없었다. 방송가에 무대 경험 한번 없이 이 자리까지 올 수 있는 것도 드문 케이스였다.

"그러니깐 현숙이 꼭 와!"

석훈의 말에 현숙이 고개를 끄덕였다.

"당연하지 오빠는! 내가 우리 지아 데뷔하는 거 꼭 봐야지."

오랜만에 만나 세 사람이 한참 수다를 떨 때, 지아에게 전화가 왔다.

"여보세요!"

— 무대 봤어?

"응."

— 어때?

"전체적으로 잘 나왔어. 어디야?"

— 연습실. 누나는 만났어?

"응. 지금 현숙이네 가게야."

지아의 통화를 듣던 현숙이 그녀에게서 휴대폰을 빼앗았다.

"어이! 꼬맹이!"

— 누나! 내 나이가 몇인데?

꼬맹이라는 말에 발끈하는 현우를 가뿐하게 무시한 현숙이 말을 이었다.

"니가 60이 돼도 내한테는 꼬맹이다. 니는 언제 오노?"

— 다음 주쯤에 한번 내려가 보려고.

"그래 오면 얼굴 함 보자."

— 그래 누나!

지아에게 휴대폰은 다시 건네준 현숙이 석훈에게 말했다.

"아가 목소리가 살살 녹는다이, 오빠."

"내버려 둬! 한참 뜨거울 때잖아."

그의 말에 현숙이 통화하고 있는 지아의 눈치를 살피며 말했다.

"마이 뜨겁더나?"

"말이라고."

귓속말로 대답하는 석훈을 한번 바라본 현숙이 알 만하다는 표정으로 지아를 바라보았다. 그런 현숙을 쳐다보며 지아가 현우와의 전화를 끊었다.

"왜?"

"지아는 좋겠다. 남친이 어려서!"

놀리는 현숙의 말에 지아가 그녀를 째려봤다.

"왜? 부끄럽나?"

"시끄러!"

어젯밤 일이 생각이 난 지아가 쏘아붙이자 현숙이 웃었다.

"호호호! 가시나 진짜 부끄러븐갑다."

석훈이 그런 두 사람을 바라보며 한마디 했다.

"참내! 애들이 나이 먹더니 부끄러운 것도 몰라."

그의 말에 현숙이 웃으며 말했다.

"우리는 옛날부터 이라고 놀았다. 오빠 니가 몰라서 그렇지."

현숙의 말에 석훈이 그녀들을 번갈아 바라보며 웃었다.

"오늘은 찐하게 한잔 마시자. 내가 우리 현숙이 술에 절어서 집에 가게 해 줄게."

"진짜제? 앗싸!"

어쩜 저렇게 친남매보다 궁합이 찰떡인지, 지아는 두 사람을 보며 웃었다.

6

드디어 그동안 준비한 모든 것을 보여 주는, 전국 투어의 스타트인 부산 공연이 열리는 첫날이었다. 콘서트가 시작되기도 전이었지만 오전부터 사람들이 모여들기 시작하더니 공연장 주변은 어느새 발 디딜 틈이 없었다. 오전 일찍부터 공연장에 도착해 공연 준비 중인 스태프들도 벌써부터 흥분이 되었다.

"기분이 어때?"

첫 공연이라 같이 부산에 온 미카엘이 현우에게 물었다.

"데뷔한 지 10년이 넘었는데도 떨린다."

메이크업을 받으며 현우가 떨리는 목소리로 말했다.

"그건 나도 그래."

미카엘의 말에 현우가 고개를 끄덕였다. 매번 서는 무대지만 매번 흥분되고 떨리는 것은 현우도 마찬가지였기 때문이었다. 준비를 하는 현우를 뿌듯한 눈으로 바라보며 그가 말했다.

"형은 프로니깐 잘할 거야. 무대 올라가면 세계 최고가 되잖아."

"고마워."

그렇게 메이크업을 받는 현우를 방해하지 않기 위해 미카엘이 대기실을 나서려고 할 때, 지아가 도시락을 들고 들어왔다.

"이거 먹어."

"벌써?"

식사 시간도 아니었기에 의아했던 미카엘이 물었다.

"과일 도시락이야."

"팬클럽에서 보냈어?"

"아니. 내 제자들이."

그녀의 말에 도시락을 받아 들던 미카엘이 물었다.

"누나가 제자가 어디 있어?"

"있어, 그런 거. 먹어!"

미카엘에게 대답을 하며, 지아는 현우의 도시락을 열어 무릎 위에 올려 주었다.

"먹고 좀 쉬어. 앞으로 2시간 반은 정신없을 거야."

"고마워."

이야기를 나누는 동안 메이크업이 끝나자 현우가 얼른 과일 하나를 집어 입안으로 넣었다.

"맛있다. 고맙다고 전해 줘."

"알았어."

현우의 공연 티켓을 받은 HURRY UP 팀이 과일 도시락을 준비해 보내왔다. 지아가 한사코 거절했지만 구하기 힘든 표를 보내 줘서 고맙다며 끝까지 우기는 바람에 어쩔 수 없이 도시락을 받았다. 공연 전에는 밥을 먹지 않는 그에게는 안성맞춤이라 지아는 정말 고마웠다.

그녀가 서울로 돌아가고, 새로 온 선생님의 말실수로 직업이 밝혀졌을 때 지아는 난감했다. 미안하다고 어떡하면 좋으냐고 연락이 온 선생님을 오히려 괜찮다고 다독인 지아였다. 그렇지만 본의 아니게 거짓말을 한 상황이 되어 버린 것 같아 지아의 마음도 편하지만은 않았다. 하지만 단원들은 모른 체해 주었다. 이유가 있으니 그러려니 하며 크게 관심을 가지지 않았다.

사실 델라가 컴백했을 때 단원들은 이미 눈치를 챘었다. 연습실에서 지아가 추던 춤이 TV에 나오고 있었기 때문이었다. 하지만 애초에 1년만 함께한다고 말했었고, 그녀가 굳이 알리고 싶어 하지 않는데 먼저 나서서 알은체를 하는 것도 예의가 아닌 것 같아 서로 입 다물고 있었다는 게 맞는 표현이었다.

콘서트 무대에 올라가기 전 현우의 마지막 식사라는 것을 아는 지아가 물까지 챙겨 준 뒤 대기실을 나섰다. 무대 뒤를 돌아 객석으로 간 지아는 의자에 앉아 한참 준비 중인 무대를 바라보았다. 그동안 수많은 방송과 콘서트를 진행하면서도 자신과는 상관없는 무대라고 생각했는데 이번에는 저 무대에서 현우와 함께 공연을 한다고 생각하니 기분이 묘하게 설레었다. 그렇게 한참을 넋을 잃고 무대를 바라보고 있을 때, 석훈이 옆 좌석에 앉았다.

"기분이 어때?"

"참! 서고 싶었는데."

복잡 미묘한 그녀의 음성에 석훈이 고개를 끄덕였다.

"그러게. 그 부분에선 내가 할 말이 없다. 그땐 연습만 시켜 놓으면 데뷔는 다 하는 줄 알았지. 그렇게 허무하게 자꾸 엎어질 줄 알았냐?"

석훈도 옛 생각에 한숨을 쉬며 말했다.

"맞아! 현숙이랑 진짜 죽기 살기로 연습했는데 한 사람은 커피 뽑고 한 사람은 이러고 있어. 우리도 이러고 있을 줄 몰랐어."

"세상사 참 마음대로 안 된다. 안 그래?"

그의 말에 지아가 가만히 고개를 끄덕였다. 석훈의 말대로 인생사 마음대로 되는 일이 없었다. 그 뒤로 한참을 무대를 바라보던 지아는 관객이 입장을 시작하자 대기실로 향했다.

본격적인 콘서트가 시작되자 공연장은 말 그대로 광란의 파티였다. 오랜만에 하는 현우의 단독 콘서트인지라 팬들도 흥분을 감추지 않았다. 쉴 새 없이 몰아치는 음악과 무대 위에서 펼쳐지는 현란한 퍼포먼스에 팬들과 현우는 하나가 되어 갔다. 그 모습을 모니터로 바라보며 지아도 무대에 오르기 위해 준비를 시작했다. 의상으로 갈아입고 메이크업까지 마치고 나니 무대는 어느덧 후반부로 달려가고 있었다. 암전이 된 무대에 석훈이 기획한 현우가 악기를 연주하는 모습이 드럼, 기타, 베이스, 키보드 순서대로 영상이 브라운관에 올라오자 객석이 다시 술렁거리기 시작했다. 그러다 현우가 마이크를 잡고 무대 아래에서 리프트를 타고 올라오자 술렁이던 객석은 이미 팬들의 환호성으로 채워졌다. 검정색 시스루 상의와 검은 바지로 퇴폐미를 잔뜩 머금은 현우가 화면에 잡히자 팬들의 함성이 공연장 천장을 뚫을 기세였다.

— 와아! 썬! 썬! 썬!

반주가 울리는 동안에도 팬들의 함성은 멈추지 않았다. 그런 팬들을 바라보며 그가 손가락을 입으로 가져가자 그 큰 공연장이 순식간에 고요해졌다. 그리고 흘러나오는 반주에 맞춰서 현우가 노래를 시작하자 팬들은 응원 봉을 흔들며 리듬을 타기 시작했다. 무대에서 바라보는 그 모습이 장관이었다. 그리고 떼창을 시작하는 팬들의 모습에 현우는 순간 울컥했다. 노래를 부르는 목소리가 살짝 흔들리기 시작했다. 그러다 이내 눈물이 쏟아지기 시작했다. 그 모습이 대형 화면에 잡히자 팬들의 걱정 어린 외침이 울리기 시작했다.

— 울지 마! 울지 마!

공연장 가득 그를 위로하는 함성에 현우가 잠시 숨을 골랐다. 그리고 다시 노래를 시작하자 팬들의 함성이 터져 나왔다. 우여곡절 끝에 노래를 마친 현우는 한동안 그 여운에서 빠져나오기가 쉽지 않았다.

"이렇게 완벽한 팬들이 항상 제 옆에 있다는 사실만으로도 얼마나 큰 힘이 되는지 몰라요."

잠시 숨을 고른 뒤 현우가 마이크에 대고 말했다. 그러자 공연장이 순식간에 조용해졌다. 대형 화면에서는 여전히 땀범벅에 눈물까지 흘린 그의 얼굴이 비쳐지고 있었다.

"처음 하는 콘서트도 아닌데 이번에는 유독 여러분의 사랑을 느낍니다. 저를 있게 해 주셔서 감사드립니다."

허리를 숙여 그가 인사를 하자 공연장의 팬들은 다시 글의 이름을 연호하였다.

"이제 마지막 무대예요. 진짜 색다른 저를 보실 수 있으니 마음의 준비를 단단히 하세요."

그의 말이 끝나자 다시 함성이 이어졌고 현우는 무대에서 내려왔다. 그리고 대형 화면에서는 그의 콘서트를 축하하는 같은 회사 소속 연예인들의 축하 인사가 나오고 있었다.

무대 아래로 내려온 현우가 물을 마시며 한숨 돌리는 사이 안무 팀은 무대로 향했다. 지아도 모든 준비를 끝내고 무대 앞에 서자 호흡을 가다듬은 현우가 그녀의 손을 잡고 무대로 향했다. 두 사람이 무대에 오르자 영상이 꺼지며 무대는 순식간에 암전이 되었다. 그리고 음악이 흘러나오자 두 사람의 머리 위로 핀 조명이 떨어졌다.

올백으로 곱게 빗어 넘긴 머리에 화려한 의상을 입고 붉은 립스틱을 바른 지아와 땀에 젖은 머리카락이 섹시하게 꼬물거리며 마치 키스할 듯 그녀에게 이마를 맞대고 있는 현우의 모습에 공연장은 순식간에 침묵에 휩싸였다. 그리고 음악 초반에 이뤄지는 두 사람만의 춤사위에 모두 입을 다물지 못했다. 곧 무대가 밝아지며 단원들과 함께 춤을 출 때도 공연장은 음악 소리만 들렸다. 분명 춤을 추고 있는데 연인들의 은밀한 침대 속을 훔쳐보는 것 같은 모습에 그 많은 관중들이 숨소리도 내지 않았다. 그 모습을 모니터로 지켜보던 석훈이 크게 박수를 쳤다.

"이 자식들! 한 건 할 줄 알았어!"

그의 말에 모니터를 같이 보던 스태프들의 입에서도 탄성이 흘러 나왔다. 완벽한 호흡이었다. 베드신이 들어간 영화 한 장면을 보는 것 같았다. 서로를 바라보는 눈빛에서는 사랑을 갈구했고, 또 사랑을 나누고 있었다. 그리고 생각하지도 못한 지아의 표정 연기에 스태프들은 숨을 죽였다. 그 모습을 보는 석훈의 표정에는 자신감이 차 있었다.

현우의 컴백도 성공했고, 이미지 변신에도 성공했다. 두 마리 토끼를 다 잡은 것이었다. 약 8분간 이어진 춤이 끝나자 공연장은 잠시 고요해졌다. 그러고는 공연장이 떠나가라 질러 대는 함성에 두 사람의 얼굴엔 환한 웃음이 떠올랐다.

부산에서 이틀 동안 열린 콘서트는 대성공이었다. 그 중에서 현우의 악기 연주와 안무 영상은 인터넷에 떠돌기 시작했다. 생각하지도 못한 반응에 지아도 얼떨떨했다. 영상을 본 팬들은 다른 건 몰라도 그 안무는 꼭 봐야겠다며 난리가 났다. 그러면서 덩달아 지아에 관한 관심이 높아졌다.

심지어 그녀를 질투하는 사람까지 있었다. 두 사람의 안무가 사랑하는 연인 사이가 아니면 나올 수 없는 느낌이라는 말까지 나왔다. 석훈의 사무실에서 콘서트 관련 영상을 모니터링하던 지아가 인상을 찌푸리며 말했다.

"이건 너무하는 거 아냐?"

동영상 밑에 달린 댓글을 보며 지아가 말했다. 그 모습을 보던 석훈이 물었다.

"뭐라고 되어 있는데?"

"오빠 사랑해요. 그 여자랑 아무 사이 아니죠? 뭐 이런 것까진 이해하겠는데, 죽이겠다는 건 너무하지 않아?"

그녀의 말에 석훈이 핸드폰을 받아 댓글을 읽었다. 때때로 보이는 과격한 댓글에 석훈의 얼굴도 일그러졌다.

"이건 너무한데?"

도를 넘어선 댓글에 석훈도 심각해졌다. 그리고 한참 생각에 잠겨 있더니 그녀에게 말했다.

"다음 대구 공연에서는 널 소개하자."

"응?"

갑작스러운 그의 말에 지아가 놀라며 물었다.

"소개를 한다니?"

"우리 회사 안무단장이라는 거 알리자고."

"오빠! 그건 싫어! 왠지 자꾸 일이 커질 것 같아!"

갑작스러운 석훈의 말에 지아가 당황하며 소리쳤다.

"이번 콘서트에만 무대에 오르고 그러고 나면 더 이상 얼굴 알려질 일 없어. 그냥 넘어가."

"자꾸 이런 식으로 악플이 달리면 어쩔 건데?"

"안 나오면 잠잠해질 거야. 긁어서 부스럼 만들기 싫어."

단호한 그녀를 바라보며 석훈이 물었다.

"정말 괜찮겠어?"

"응."

지금은 현우의 콘서트 때문에 그녀에 대한 관심이 높아졌을 뿐이었다. 콘서트가 끝나고 나면 언제 그랬냐는 듯 자신에 대한 관심은 수그러들 것이라고 지아는 생각했다.

"그러고 나서 영 안 되겠다 싶음, 그때 가서 생각해 보자."

"알았어. 나, 간다."

지아가 일어나 사무실을 나서자 석훈이 고개를 끄덕였다.

그렇게 회사를 나서 집으로 돌아온 지아는 소파에서 쉬고 있었다. 한참을 눈을 감고 쉬고 있을 때 핸드폰이 울렸다. 핸드폰에 혜련의 이름이 뜨자 지아는 서둘러 전화를 받았다.

"언니! 어쩐 일이에요?"

— 아가씨 괜찮죠?

"네?"

뜬금없는 그녀의 말에 지아가 되물었다.

— 요즘 아가씨 때문에 난리던데 괜찮아요?

그제야 혜련이 걱정이 돼서 전화가 온 것을 알아챈 지아가 대답했다.

"신경 쓰지 마세요. 큰일 아니에요."

— 그래요? 전 현우 씨 콘서트 영상이 돌아다니길래 궁금해서 봤

다가 댓글 보고 놀랐잖아요.

걱정하는 혜련에게 지아가 말했다.

"그 정도는 흔해요. 걱정할 수준 아니에요."

— 다행이에요. 그이한테는 아직 말 안 했어요.

안도하는 목소리의 그녀를 지아가 달랬다.

"큰일 아니니 걱정 마세요."

— 근데 아가씨 정말 춤 잘 추던데요?

안무가라고 했어도 직접 춤을 추는 것은 본 적이 없는 혜련이 놀라워하며 말했다.

"괜찮았어요?"

공연 후 주위 사람들에게 입이 마르도록 칭찬을 받았어도 들지 않던 기분이었는데 혜련의 입에서 그런 말을 들으니 지아의 입꼬리가 저도 모르게 올라갔다. 가족에게 인정받는 기분을 그동안 몰랐던 지아였다.

— 아유! 저 멍하니 영상 봤잖아요. 현우 씨와 너무 잘 어울려요 정말!

"고마워요 언니."

— 아니, 진짜 거짓말이 아니라 제가 이렇게 느끼는데 팬들이 난리나는 것도 무리는 아니에요.

혜련의 말에 지아가 쑥스러워하며 말했다.

"진짜 고마워요."

— 아가씨 괜찮으면 됐어요. 저 악플 보고 놀라서 전화했어요. 오

빠 들어올 시간 됐어요. 다시 연락할게요.

진심으로 걱정해 주는 혜련이 그녀는 고마웠다.

"네. 언니 걱정해 줘서 고마워요."

본인 가족의 성격과는 달리 살가운 혜련이 자신을 챙겨 주는 게 영 싫지는 않은 그녀였다. 전화를 끊고 좀 더 쉬려고 다시 눈을 감으려고 할 때 도어 록을 누르는 소리가 났다. 연습을 마친 현우가 돌아온 것 같았다.

"왔어?"

"응."

큰 소리로 대답하며 현우가 거실로 들어왔다.

"아! 피곤하다."

대구 콘서트까지 2주 정도 시간이 남았지만 현우는 쉬지 않고 연습실로 나갔다. 컨디션을 위해 무리하게 연습하지는 않았지만, 하루도 쉬지 않고 연습을 한다는 것이 생각보다 보통 힘든 일이 아니었다.

"좀 쉬어. 너무 무리해."

소파에 앉는 그를 위해 자리를 비켜 주며 지아가 말했다.

"진짜 그래야 할까 봐."

완벽한 무대를 위해 너무 욕심을 내고 있는 것 같아 집으로 돌아오면서 그도 그런 생각을 하고 있던 차였다.

"며칠 쉬어."

자신의 어깨에 기대어 오는 현우의 머리를 쓰다듬어 주며 지아가 말했다.

"오늘 새언니한테 전화 왔었어."

"왜?"

그녀의 한쪽 팔을 껴안으며 현우가 물었다.

"영상에 달린 악플 봤나 봐. 괜찮냐고 전화 왔었어."

그 말에 현우가 한숨을 내쉬며 말했다.

"그러게. 정말 미안해. 나도 이렇게 될 줄은 몰랐지."

"기분 이상하더라."

"뭐가?"

그녀의 말에 현우가 고개를 들어 그녀를 바라보았다.

"누가 살갑게 날 챙기는 거 처음이었어. 적응이 안 되더라."

"내가 널 챙기잖아."

그의 이마에 살짝 입 맞추며 지아가 말했다.

"가족이 날 챙기는 건 처음이라⋯⋯."

"그게 무슨 소리야? 형님도 계시고 아버님도 계신데."

그의 말에 지아는 망설였다. 그러다 심호흡을 크게 하며 말했다.

"흠! 어떻게 말을 꺼내야 할지 모르겠어."

현우에게 언젠가는 해야 할 이야기라고 생각은 하고 있었다. 그에게는 거짓말이 없어야 한다는 생각이 들었다. 잠시 뜸을 들이던 지아가 말을 꺼냈다.

"엄마가 아팠어. 우울증이었거든. 그런데 아빠는 회사 일로, 오빠는 막 대학을 들어갔을 때라 항상 바빴어. 집에는 거의 엄마와 나, 이렇게 둘이서만 있는 경우가 많았어."

그녀의 말에 현우는 아무 말 없이 그녀를 바라보았다.

"내가 학교를 마치고 돌아오면 엄마는 술에 취해 있거나 약에 취해 있었어. 학교는 다녀왔는지, 간식 먹을 건지, 그런 질문은 엄마한테서 들어 본 적이 없었어. 그날도 그런 날 중에 하나였어. 학교를 마치고 집에 왔더니 아무도 없는 거야. 아줌마는 시장에 가신 것 같았고 엄마는 안방에서 꼼짝을 안 하고 있었어."

그녀의 말에 현우가 자세를 고쳐 앉았다. 들어서는 안 될 이야기를 말할 것 같은 예감이 들었다. 하지만 그런 그의 마음은 모른 채 지아는 말을 이어 갔다.

"그런데 그날따라 엄마가 보고 싶은 거야. 안방 문을 열고 들어갔는데 엄마가 자고 있더라. 세상 평온한 얼굴로 자고 있었어. 그게 엄마의 마지막 모습이었어, 현우야."

그녀의 말에 놀란 현우가 지아를 안았다. 평소 가족들과 연락을 잘 안 하고 있다는 건 알았지만 그녀에게 이런 큰 아픔이 있는지도 생각도 못 했었다.

"오늘 새언니가 괜찮냐고 전화가 왔는데 뭔가 가슴이 간질거렸어. 가족한테 그런 전화 받는 게 처음이라 어색했어. 그런데 좋더라."

품에 안겨 담담하게 말하는 지아를 현우는 좀 더 세게 끌어안았다.

"좋은 게 당연한 거야. 가족이잖아! 가족이 걱정해 주는데 당연한 거야."

그의 말에 지아는 아무 말 없이 그에게 안겨 있었다.

"엄마는 왜 그랬을까?"

"……."

자조적으로 묻는 그녀의 질문에 현우는 아무 말을 할 수가 없었다.

"누구한테 물어봐야 할까 현우야!"

그녀의 말에 현우가 한숨을 내쉬며 물었다.

"형님이나 아버님한테 물어봤어? 아니다 어머님의 마지막을 네가 본 걸 아시니?"

"모를 거야. 너한테 처음 이야기하는 거거든. 엄마가 자는 줄 알고 내 방에 와 있었어. 나중에 아줌마 비명 소리 듣고 알았어. 잘못됐다는 거."

그 끔찍한 일을 어린 나이에 겪었을 지아를 생각하니 현우의 가슴이 아파 왔다. 항상 밝은 표정이여서 이런 아픔이 있는 줄 몰랐다.

"이제 혼자 안 둬. 힘들게 안 해."

"응."

큰일을 겪고 긴 세월 마음고생을 해 온 그녀를 현우는 그저 꼭 안아 주었다. 아무 말도 할 수가 없었다. 세상 그 어떤 단어로도 그녀를 위로해 줄 수 없을 것이었다. 그저 지금, 자신의 품 안에서 행복하길 바랄 뿐이었다.

대구 공연까지 끝나자 지아에 관한 관심은 상상을 초월했다. 라틴 댄스 전문 강사라는 말부터 회사의 댄서라는 말까지 갖가지 유언비어가 나돌았다. 그러나 부산 공연 직후처럼 심한 악플은 많이 달리지 않았다. 지아 때문에 현우가 더 돋보인다는 평이 지배적이었던 것이었다. 회사에서도 생각보다 빨리 수그러드는 사태에 한시름 놓았다.

평소 회사 앞에 몰려드는 팬들도 생얼에 헬멧을 쓰고 다니는 그녀가 무대 위의 지아라고는 생각하지 못했다. 그런데 일은 생각하지 못한 곳에서 터졌다. 회사 앞으로 날라 온 메일 하나가 문제였다. 홍보실 앞으로 날라 온 메일을 확인한 직원이 급하게 석훈을 찾았다. 메일 속 사진에 현우와 지아가 다정히 팔짱을 끼고 걸어가는 모습이 찍혀 있었다.

"이거 어떻게 된 거야? 누가 보냈어?"

사진을 본 석훈이 놀라며 물었다. 몇 번을 사진을 들여다본 직원이 말했다.

"이 사진 현우네 집 앞이에요. 여기 보세요. 경비실이 보이잖아요."

직원의 말에 사진을 찬찬히 다시 본 석훈도 집 앞에서 찍힌 사진이라는 것을 알았다. 두 사람이 사는 빌라는 차가 곧장 주차장으로 내려가는 것을 알고 있었는데 왜 이런 사진이 찍혔는지 이해가 되지 않았다.

"그리고 사진은 '뮬'의 최 기자님이 보낸 거예요."

지아를 따라 부산까지 내려간 태원이 사진을 보내왔다는 말에 석훈이 속으로 욕을 내뱉었다. 어쩐지 내려간 게 수상하더라니!

"일단 현우한테 어떻게 된 건지 물어봐."

"네."

직원에게 지시를 내리고 사무실로 돌아온 석훈은 지아에게 전화를 걸었다.

"어떻게 된 거야?"

— 뜬금없이 무슨 소리야?

아무것도 모르고 있는 지아에게 상황 설명을 하자 그녀가 한숨을 쉬며 말했다.

— 그날 주차장 차단기가 고장 나서 집 앞에 주차해 놓고 들어 간 거야. 늦게 고장 나서 아침 일찍 수리한다고 하더라고, 현우랑 경비 아저씨랑 같이 차 커버 씌우고 들어갔어. 그걸 그새 찍었어?

"하필 팔짱을 껴서!"

석훈의 말에 지아도 화를 내며 말했다.

— 나도 그 시간에 기자가 있을지 알았어? 그리고 팔짱은 어릴 때 부터 끼고 다녔거든?

화를 지며 말하는 지아의 말이 딱히 틀린 말도 아니라 석훈은 더 이상 할 말이 없었다. 연예계 기자 중에 거머리라고 소문난 최 기자에 게서 사진이 날아와 평소보다 예민해진 것이 사실이었다.

"알았어. 현우하고 의논 좀 해 봐야겠다."

— 그래.

지아와 전화를 끊은 석훈은 머리가 지끈거렸다. 지난번 현우 매니 저에게 말은 들었지만 태원이 지아를 캐기 시작했으니 단순히 스캔들 정도로 끝날 것 같지는 않았다. 잠시 뒤 홍보 팀에서 받은 현우의 대 답도 지아와 같아서 그대로 태원에게 답을 하도록 부탁했다. 그리고 원한다면 차단기의 수리 내역도 보내 주겠다는 답도 함께 보냈다. 이젠 하다하다 이런 해명까지 해야 하는 상황에 석훈은 머리가 아팠다.

거머리 같은 태원으로부터 메일이 오고 난 뒤 두 사람은 행동에 더 신경이 썼다. 콘서트가 끝날 때까진 몸을 사리는 것이 최선인 것 같았다. 지아도 평소보다 출퇴근 할 때 노출이 되지 않게 더욱 신경을 썼다.

한편 지아의 어릴 적 이야기를 듣고 난 뒤, 태원까지 두 사람의 뒤를 캐는 것을 확인한 현우는 지아를 더 이상 혼자 두고 싶지 않았다. 가족들에게도 말 못할 아픔을 가지고 있는 그녀가 자신 때문에 더 큰 상처를 받게 되는 것이 싫었다. 그리고 이제는 진정한 그녀의 울타리가 되고 싶었다.

그러기 위해선 우선 지아와 그녀의 가족들의 관계부터 풀어야 할 것 같았다. 누구의 탓이라고 잘잘못을 가리기에는 지아의 가족들 모두에게 어머니의 일은 상처일 것 같았다. 그리고 이제야 그녀가 따뜻함에 유난히 집착했는지 알 것 같았다. 추웠을 것이다. 세상 그 누구보다 춥고 외로웠을 것이었다. 나중에 그녀와 이 문제로 싸우게 되더라도 이번만큼은 자신이 오지랖을 떨어야겠다고 생각했다. 누군가가 이렇게 나서 주지 않으면 아무것도 모른 채 시간만 흘러갈 것이 뻔했다. 더 늦기 전에 가족들이 진실을 알고 행복하게 지내는 것이 지아를 위한 길인 것 같았다. 그렇게 석훈과 전화 통화 후 한참을 생각하던 현우는 지석에게 전화를 걸었다.

— 여보세요?

잠시 신호가 울리고 지석이 전화를 받자 현우가 심호흡을 하고 인사를 건넸다.

"잘 지내셨습니까, 형님. 저 차현우입니다."

— 아! 현우 씨, 어쩐 일이에요?

반갑게 자신의 전화를 받아 주는 지석의 반응에 현우는 일단 안심을 했다.

"잘 지내시나 해서요."

— 잘 지내죠. 요즘 콘서트 한다고 바쁜 사람은 현우 씨인데 그건 내가 물어봐야 할 상황인 것 같은데. 그래, 무슨 일이에요?

직설적으로 물어 오는 그를 보며 역시 피는 못 속이는구나 싶은 생각을 한 현우가 대답했다.

"한번 뵈었으면 해서 연락 드렸습니다. 시간이 되신다면 회장님도 같이 뵈었으면 합니다."

그에게서 의외의 대답이 나오자 지석이 물었다.

— 아버지도 함께요?

"네. 두 분께 드릴 말씀도 있고 허락을 구하고 싶은 일도 있고 해서…….'

과연 잘하고 있는 일인가 하는 생각과 과연 만나 줄까 하는 생각이 들어 현우는 말끝을 흐렸다. 하지만 그의 걱정과 달리 지석은 밝은 목소리로 대답했다.

— 그럼 현우 씨 시간에 맞춰 보세요. 현우 씨는 지방으로 다녀야 하니 우리가 맞추는 게 나을 것 같아요.

"감사합니다."

뜻하지 않게 빠른 승낙이 떨어지자 현우는 얼떨결에 약속을 잡고 전화를 끊었다. 아무리 지아와 사귀는 사이라도 쉽게 스케줄을 뺄 수 있는 위치의 사람들이 아닌데 자신에게 맞춰서 약속을 잡았다는 사실이 믿기 힘들었다.

* * *

옆에서 지석이 통화하는 모습을 보던 강 회장이 물었다.

"언제 만나기로 했어?"

"이번 주 금요일요. 아버지 스케줄 있으시면 조절하세요."

아들의 말에 스케줄 표를 확인한 강 회장은 비서에게 전화를 해 일정을 미뤘다. 그리고 아들에게 말했다.

"집으로 와! 다들 세간의 눈을 조심해야 하는 사람들인데 괜한 소문거리 만들지 말고."

강 회장의 말에 지석이 고개를 끄덕이며 대답했다.

"그렇게 할게요."

"새아기가 고생을 또 해야겠구나."

"가족들 모이는 거 혜련이도 좋아해요."

현우의 대답에 강 회장이 고개를 끄덕였다. 다른 건 몰라도 시댁 일에 항상 먼저 나서 주니, 며느리는 정말 잘 들인 것 같았다.

시간이 흘러 약속한 금요일, 혜련이 솜씨를 한껏 발휘해 차려진 식탁에 강 회장을 필두로 네 사람이 둘러앉았다.

"들어요. 식사 먼저 하고 이야기 합시다."

"네."

현우가 대답하자 네 사람의 식사가 시작되었다. 그릇에 수저가 부딪히는 소리만 들리는 조용한 식사를 하던 중, 현우의 밥그릇을 쳐다본 강 회장이 혜련에게 말했다. 얼추 식사가 끝나 가는 것을 보니 현우가 준비한 이야기를 들어도 될 것 같았다.

"아가! 반주 한잔 하자꾸나."

"네. 아버님."

강 회장의 말에 혜련이 미리 준비해 놓은 술을 냉장고에서 꺼냈다. 그리고 잔 3개를 세 사람 앞에 두었다.

"한잔 받아요. 현우 군은 모르겠지만 나는 어려서 몇 번 본 적이 있어요."

강 회장이 내미는 술을 얼른 잔에 받으며 현우가 물었다.

"저를 본 적이 있으시다고요?"

생각지도 못한 강 회장의 말에 현우가 의아해하며 말했다.

"그럼요. 우리 지아 보러 회사에 몇 번 갔었어요. 그때 봤죠."

지아에게서 그런 말을 들어 본 적이 없었던 현우는 의아해하면서도, 건배를 청하는 강 회장에게 잔에 자신의 잔을 부딪쳤다. 그리고 현우는 술을 마시지 않고 잔을 쥐고 있었다.

"그리고, 아버님 말씀 낮추세요."

싹싹하게 말하는 현우를 보며 강 회장이 말했다.

"그래도 되겠어요?"

"그럼요, 저희 아버지보다 연배도 높으신데요."

현우의 말에 강 회장이 웃으며 말했다.

"그래 그럼 말 놓을게. 오늘 보자고 한 이유가 뭔가?"

강 회장의 말에 현우가 손에 쥐고 있던 술잔을 내려놓았다. 그리고 잠시 망설이다 말을 꺼냈다.

"지아와 정식으로 사귄 지는 얼마 안 됐지만, 저희 17년을 알고 지냈습니다. 마음을 늦게 확인한 것뿐이죠."

그의 말에 강 회장이 고개를 끄덕였다.

"늦게 확인한 만큼 지아 놓는 일 절대 없습니다. 그 점은 알아 주십시오."

"무슨 일이 있나 보구만!"

미리 다짐부터 하는 현우를 보며 지석이 말했다. 그의 말에 현우가 고개를 끄덕이며 말을 이어 갔다.

"네. 사실 파파라치에 가까운 기자가 있는데 지아와 제 사이를 캐고 다닙니다. 저희만의 문제이면 크게 신경을 안 쓸 텐데, 지아가 아무래도 아버님 회사가 신경 쓰이나 봅니다."

"캐고 다닌다는 회사가 어디인가요?"

그의 말에 지석이 물었다.

"'뮬' 이라고 이쪽에선 꽤 막강한 회사입니다. 제가 직업이 이렇다 보니 어쩔 수가 없습니다."

그의 말에 지석이 답했다.

"지아도 같은 계통에 있으면서 그 정도 각오는 하고 만나겠지. 회사 문제는 걱정 말아요. 일 터지면 우리가 알아서 할 테니깐! 귀띔해 주는 것만으로도 고마워요."

그의 말에 현우가 용기를 내었다.

"그리고 실은 드릴 말씀이 따로 있는데……."

망설이는 현우를 보며 지석이 말했다.

"말해 봐요. 나도 그것 때문에 우리를 보자고 한 건 아닌 것 같았어요."

그의 말에 현우가 마른침을 삼켰다. 도저히 맨정신으로 말하기에는 너무 큰일이라 술잔만 바라보고 있었다.

"마셔요. 대리운전 해 줄 기사님 계시니깐."

현우가 운전 때문에 술을 마시기 주저한다고 생각한 지석이 말했다. 그의 말에 속이 탔던 현우는 잔을 들어 단숨에 술잔을 비웠다. 강 회장이 한 번 더 그의 잔에 술을 따라 주었다. 그 술도 단숨에 마신 현우가 조심스럽게 말을 이었다.

"저, 지아가 돌아가신 어머님에 대한 상처가 큽니다."

그의 말에 그동안 가만히 듣고 있던 혜련이 조용히 자리를 비켜 주었다. 그 이야기에 강 회장이 한숨을 쉬듯 말을 이었다. 단순히 엄마가 일찍 세상을 뜬 것 때문에 생긴 상처인 줄 아는 강 회장이었다.

"그럴 거야. 지아가 너무 어릴 때 얘들 엄마가 세상을 저버려서 많이 힘들었을 거야. 나도 당시에는 충격이 너무 커서 지아를 제대로 못

돌봤거든. 제 오빠도 마찬가지고……."

지금도 그때 생각을 하면 가슴이 미어지는 강 회장이었다. 부모가 제 슬픔에 젖어 자식이 힘들어하는 것은 몰랐으니 말이다. 강 회장의 말을 들으니 그녀의 말대로 가족들은 모르는 눈치여서 말을 꺼내도 될지 잠시 망설였다. 하지만 여기까지 찾아와서 이미 말을 꺼냈는데 그만둔다는 것도 이상해 잠시 망설이던 현우가 말을 이었다.

"얼마 전 형수님과 통화를 한 적이 있는데 기분이 이상하더랍니다. 가족들이 자신을 걱정해 주는 게 처음이라서 적응이 안 된다고 그러더군요."

현우의 말에 강 회장은 마음이 씁쓸했다. 표현을 안 했을 뿐이지 멀리서 행여 지아가 잘못될까 봐 얼마나 걱정하며 바라봤는지 모른다. 그런 강 회장의 착잡한 심경이 드러나는 얼굴을 바라보며 그가 말을 이었다.

"그때 해 준 말이 있는데 이건 두 분 모두 알고 계셔야 할 것 같아서 주제넘지만 찾아뵀습니다."

굉장히 긴장을 하며 말을 꺼내는 현우를 보니 작은 일은 아닌 것 같아 강 회장이 물었다.

"그래. 그게 뭔가?"

그의 말에 현우가 어쩌면 폭탄이 될지도 모르는 말을 던졌다.

"흠……. 어머님 마지막을 지아가 봤답니다. 학교에서 일찍 돌아왔는데 그날따라 어머니가 보고 싶어서 안방으로 들어갔다가 마지막을 보고 말았답니다."

잠시 뜸을 들이던 현우가 결국 입 밖으로 말을 꺼냈다. 그의 말에 놀란 강 회장이 벌떡 일어나며 소리쳤다.

"그게 무슨 소리야!"

천둥 같은 강 회장의 목소리에 주방 안쪽에 있던 혜련과 지 여사가 뛰어왔다.

"차 군! 그게 무슨 소리냐고 묻잖나!"

강 회장의 말에 현우가 차분하게 말했다.

"어머님이 그저 약 드시고 주무시는 줄 알았답니다. 그래서 제 방으로 돌아갔는데 시장을 보고 돌아온 도우미분 비명 소리에 엄마가 자고 있었던 게 아니라는 거 알았다고 했습니다."

그의 말에 혜련의 옆에 서 있던 지 여사가 입을 틀어막았다.

"지아가 어떻게?"

지 여사도 한 번도 생각하지 못한 부분이었다. 그저 평소처럼 학교에 다녀와서 자신의 방에 있는 줄 알았던 지아가 이미 엄마의 마지막을 봤을 거라는 건 상상도 못 했던 일이었다. 놀라기는 지석과 혜련도 마찬가지였는지 모두 말을 잇지 못하고 서로의 얼굴만 바라보았다. 현우의 말에 얼굴이 창백해진 강 회장을 본 혜련이 얼른 차가운 물 한 잔을 떠 와 건네며 그를 의자에 앉혔다.

"아버님 드세요."

며느리가 내미는 잔을 받은 강 회장이 물을 마시는 것을 본 현우가 말했다.

"어머님의 결정이 본인 때문이라고 생각하는 것 같아요. 왜 그랬는

지 궁금하다고 하더라고요."

우울증이었다. 그 당시에는 우울증이나 공황 장애가 지금처럼 널리 알려질 때가 아니라 적절한 대응을 하지 못한 것뿐이었다. 지금이야 산후 우울증을 심각하게 받아들이지만, 그때는 우울증도 생소하던 때라 모두가 심각하게 생각하지 않았었다. 거기에다 정신과 치료를 받으러 다닌다는 것조차 밖으로 내놓기 부끄러워하던 시절이라 더욱 그랬다.

하지만 지아가 태어났을 때 얼마나 행복해했는지 그녀는 모를 것이다. 한시도 바닥에 내려놓지 않았었다. 재력가에서 흔한 도우미 한번 안 쓰고 지아를 키웠다. 그런 그녀가 어느 날부터 서서히 변하더니 끔찍한 결말을 내고야 말았다. 할 말을 잃은 강 회장을 보며 현우가 말을 이었다.

"형수님 전화에 가슴이 간질거린다고 했습니다. 아버님! 전 지아를 사랑합니다. 지아를 사랑하는 대가가 은퇴를 해야 하는 거라면 당장 내일이라도 할 수 있습니다. 그런데 제가 채워 줄 수 있는 사랑과 가족이 채워 줄 수 있는 사랑이 다른 것 같습니다."

그가 하는 말뜻을 알아들은 지석이 우울한 표정으로 말했다.

"우리 지아 아껴 줘서 고맙고 이렇게 알려 줘서 고마워요."

지석이 감사의 인사를 전하자 현우가 말을 이었다.

"전 지아가 행복하다면 뭐든지 할 수 있습니다. 그것만 알아 주세요."

그의 말에 지석이 고개를 끄덕였다. 자신의 말에 충격을 받은 가족들의 모습을 보니 현우는 더 이상 머물 분위기가 아니어서 자리를 떴다. 그런 현우를 지석이 배웅했다. 강 회장은 생각해 보지도 않은 일에 충격을 받아 할 말을 잃은 채 현우가 나가는 것도 모르고, 그저 멍하니 앉아 있었다. 마당을 가로질러 차고 앞으로 오자 현우가 말했다.

"지아한테 혼나는 건 아닌지 모르겠어요."

이제야 지아의 반응이 걱정된 현우였다. 그런 현우에게 지석이 말했다.

"오늘 있었던 일은 지아가 모르게 해야죠. 아무튼 고맙습니다. 덕분에 지아에 대해서 많은 것을 알게 됐습니다."

"주제넘은 행동만 아니었으면 좋겠습니다."

걱정하는 현우의 말에 지석이 고개를 흔들었다.

"우린 고마워요. 현우 씨 아니었으면 그 녀석이 어떤 아픔이 있는지 평생 모르고 살았을 거예요. 당분간만 비밀로 합시다. 큰일이 많이 남아 있는데 이렇게 신경 써 줘서 고마워요."

"아닙니다. 그럼 전 가 보겠습니다."

인사를 한 현우가 차에 올라 차고를 빠져나가는 것을 본 지석은 집 안으로 향했다. 강 회장은 여전히 멍한 표정으로 앉아 있었고 지 여사는 그 옆에서 울고 있었다.

"그 어린 게 얼마나 아팠을꼬, 흑흑!"

"진정하세요. 여사님!"

너무 우는 지 여사를 달랜다고 혜련이 쩔쩔 매고 있었다. 그 모습을 본 지석이 잔을 하나 들고 와서 지 여사에게 술을 권했다.

"드세요."

평소 강 회장 가족들과 겸상을 하지 않는 지 여사였지만 오늘만큼은 그가 내미는 술잔을 받아 들었다.

"지석아!"

술을 들이켠 지 여사가 다시 훌쩍이자 지석이 그녀를 다독였다. 어머니가 우울증이 온 뒤, 지아가 가수가 되겠다고 합숙소로 가기 전까지 지 여사가 지아를 키운 거나 다름없었다. 그녀가 합숙소로 들어가고도 한동안 밑반찬에 빨래까지 도맡아 해 주며, 말 그대로 친엄마처럼 그녀를 거두어 주었다. 그러니 지아의 일에 누구보다 가슴 아파하며 울 자격이 있었다.

"여사님 덕에 지아 반듯하게 컸어요. 무심했던 우리가 울어야지 여사님이 왜 우세요."

지석의 말에 지 여사가 울면서 대답했다.

"몇십 년을 얼마나 무서웠겠니? 흑흑! 어른도 까무러칠 일인데 고작 13살짜리가 얼마나 무서웠겠어! 그래서 제가 지아한테 잘하라고 했잖아요, 회장님! 여자애는 남자애하고 다르다고 잘해 주시라고 했잖아요!"

지 여사가 강 회장에게 소리 지르자 할 말이 없는 그가 눈을 감았다. 결혼함과 동시에 집안일을 봐 준 지 여사가 아내가 세상을 버렸을 때 귀가 닳도록 한 말이었다. 사춘기에 예민할 때 엄마가 없으니 지아에게 제발 신경 좀 쓰라고, 남자이고 이미 성인인 지석이와는 다르다고. 그러나 강 회장은 본인의 슬픔에 빠져 깡그리 무시했었다.

그 죗값이 이렇게 크게 다가올 줄 몰랐던 강 회장은 후회막심이었다. 울고 있는 지 여사를 더 이상 볼 면목이 없는 강 회장이 일어나 안방으로 들어가자 혜련이 식탁을 치우기 시작했다. 평소 같으면 같이 서둘러 치웠을 지 여사는 계속 그렇게 울고 앉아 있었다.

＊＊＊.

현우가 다녀간 것을 꿈에도 모르는 지아는 지 여사에게서 보고 싶다는 연락을 받고, 제사 이후 처음으로 본가를 찾았다. 그녀가 현관으로 들어서자 맛있는 음식 냄새가 진동했다.

"아줌마 나 왔어."

"응! 왔어?"

주방에서 음식을 하던 지 여사가 종종 걸음으로 나왔다.

"어쩐 일로 내가 보고 싶었대?"

"그냥……. 제삿날도 그렇게 가 버리고 얼굴 제대로 못 봤잖아."

혜련에게 현우가 다녀갔다는 것을 지아가 알면 안 된다는 말을 들은 지 여사는 표정 관리에 신경을 썼다.

"남자 친구가 잘해 줘?"

부엌으로 따라 들어오는 지아를 보던 그녀가 물었다.

"응, 잘해 줘."

"다행이네. 지난번 작은 사모님 이야기 들어 보니 연예인이라더만, 바람은 안 피우지?"

"응, 그런 건 없어. 그런데 이게 다 뭐야?"

식탁 위에 잔뜩 놓인 반찬통을 보고 놀란 지아가 물었다.

"나중에 가져가! 남자 친구하고 같은 건물에 산다며, 나눠 먹어."

"진짜? 고마워 아줌마."

반찬을 집어 맛을 보며 좋아하는 그녀를 보며 지 여사가 말을 이었
다.

"제삿날에는 왜 그러고 갔어? 서운하게끔."

그녀의 말에 지아가 말했다.

"그냥 신경질이 확 나더라고, 아빠가 나한테는 너무 무관심한 거
같고."

"회장님이 왜 무관심해?"

"몰라, 암튼 그랬어."

말 돌리는 그녀를 보며 지 여사는 식사 준비를 했다. 방금 만든 반
찬에 국 한 그릇을 뜨니 금세 한상이 차려졌다.

"아줌마도 먹자."

"그래."

마주 보고 앉아 밥을 먹으며 지 여사가 말했다.

"남자라 그래. 회장님이 옛날 사람에 남자라 그래. 표현이 서툴
러."

"……"

그녀의 말에 지아는 아무런 대답을 하지 않았다. 친엄마라고 해도
과언이 아닐 정도로 그녀를 돌봐 준 사람이었다. 그런 지 여사의 입에

서 강 회장을 두둔을 하는 말이 나오니 솔직히 듣기 싫었다.

"됐어. 아빠 이야기 그만해."

싫어하는 내색에 지 여사는 더 이상 아무 말 하지 않고 입을 다물었다. 오랜만의 집밥인데 편하게 먹이고 싶었다. 그녀가 잘 먹는 반찬을 앞으로 밀어 주며 잠시 입 다물고 있던 지 여사가 말했다.

"어쩜 큰 사모님 식성 그대로니, 우리 지아는."

그녀의 말에 국을 뜨던 지아가 지 여사를 바라보았다.

"뭐가?"

"너 좋아하는 음식 딱 큰 사모님이잖아. 기억 안 나?"

"응. 모르겠어."

오늘따라 평소와 다른 그녀의 행동에 지아가 숟가락을 내려놓았다.

"왜? 더 먹지!"

지 여사의 말에 그녀가 물었다.

"아줌마 오늘 왜 그래? 평소랑 달라."

그녀의 말에 지 여사가 한숨을 쉬며 말했다.

"너도 서운한 게 많겠지만 사모님 제삿날에 회장님이랑 그러고 가는데 나도 마음이 안 좋더라."

현우가 다녀갔다는 소리는 빼고 지 여사는 조심스럽게 생각하고 있던 속 이야기를 꺼냈다.

"뭐, 집안일 도와주는 도우미 주제에 내가 이런 말 하는 건 주제넘는 일이지만 그래도 40년 넘게 한 집에서 산 사람으로서 안타까워서 그래."

그녀의 말에 지아가 고개를 끄덕였다. 다른 사람은 몰라도 지 여사는 그런 말할 자격이 있었다.

"가수 되겠다고 편지 한 장 달랑 써놓고 너 가출했을 때 그때 회장님 얼굴 봤어야 해. 진짜 하늘이 무너져 내리는 표정이었어. 그때 근무했던 김 비서가 고생했지. 너 찾으러 음반 회사라는 회사는 다 뒤지고 다녔으니……."

그녀의 말이 지아는 처음 듣는 이야기라 놀란 표정으로 지 여사를 바라보았다. 그리고 믿을 수 없다는 표정으로 물었다.

"아니야! 아줌마가 잘못 알고 있는 거 아냐?"

그녀가 가수가 되겠다고 석훈을 찾아갔을 때 석훈이 그녀를 테스트 후 바로 연습생으로 받아 주었다. 그리고 미성년자라 부모의 동의가 필요하다는 말에 며칠을 고민을 한 그녀가 강 회장에게 연락을 했었다. 그때 강 회장은, 두말없이 동의서에 사인을 해 주었던 것이다. 단 한 번도 안 된다는 말도 없었고 그녀를 찾으러 다녔다는 내색도 없었다.

"그건 네가 잘못 알고 있는 것 같은데 지아야! 회장님이 널 먼저 찾았어. 몇 번 다녀오신 것 같기도 하던데 뭘, 지석이하고 이야기하는 것 보니."

그녀가 상상하지도 못한 진실이 나오자 지아는 살짝 당황했다.

이제껏 그녀가 귀찮아 떨어뜨려 놓으려고 흔쾌히 동의서에 사인을 했다고 생각했다. 숙소도 지 여사만 들락거렸다. 밑반찬에 계절이 바뀔 때마다 옷을 사 들고 왔던 사람은 지 여사밖에 없어서 강 회장은 그녀에게 관심이 없는 줄 알았다.

233

그런 그녀의 생각을 읽었는지 지 여사가 말을 이었다.

"솔직히 내가 어떻게 너 있는 숙소 알았겠어? 그리고 월급 받는 내가 반찬이야 그렇다고 쳐도, 어떻게 계절마다 새 옷을 사 들고 가? 안 그래?"

그녀의 말에 지아는 머리를 한 대 얻어맞은 기분이었다. 늘 지 여사가 챙겨 줘서 그게 당연하다고 생각했는데 지금 이야기를 들어 보니 강 회장이 일러 주지 않으면 모를 일이었다. 이름이 알려진 기획사도 아니었고 신생 기획사였는데, 지 여사가 회사 숙소까진 알 수가 없다는 생각이 이제야 들자 지아는 할 말을 잃었다.

"그럼 가수 한다는 건 왜 안 말렸을까? 아빠 성격에 가만히 보고 있을 사람이 아닌데."

평소 강 회장의 성격으로 봤을 때 연예인 한다는 딸을 가만히 보고 있을 사람이 아니었다. 그녀의 말에 지 여사가 말했다

"거기까진 나도 잘 모르겠어. 아무튼 지아야, 회장님도 나름 너에게 노력 많이 하셨어. 그러니 지난번처럼 그런 말은 서로에게 상처만 주는 거야."

고개를 숙이고 있는 그녀를 보니 지 여사는 옛일이 떠올랐다.

큰 사모님 돌아가시고 별채에서 생활하는 자신의 가족들을 부러운 눈으로 바라보던 어린 그녀를 지 여사는 잊을 수가 없었다. 가뜩이나 매일 술과 약에 젖어 사는 엄마의 기억 때문에 제대로 된 정을 느끼지 못하고 살아온 지아였다. 강 회장까지 슬픔에서 헤어 나오지 못하고 그 여린 아이를 방치하다시피 했을 때 느꼈을 지아의 절망감은, 지 여

사로서는 헤아릴 수가 없는 것이었다.

"이건 좀 충격이야! 아줌마."

그녀의 말에 지 여사가 고개를 끄덕였다.

"그래, 그럴 수도 있어. 그래도 얼른 화해하고, 앞으로 회장님과 잘 지내도록 해 봐."

그녀의 말에도 한참을 멍하게 앉아 있던 지아가 자리에서 일어났다.

"나 이제 가 볼게. 회사를 오래 비울 수가 없어서."

굳이 들어가지도 않아도 되는 회사 핑계를 대며 그녀는 이 집에서 나가고 싶었다.

"그래, 있어 봐. 반찬 담아 줄게."

혼자만의 시간이 필요하다는 걸 느낀 지 여사는 아무 말 없이 반찬을 담은 가방을 그녀에게 건넸다.

"버리지 말고 꼭 챙겨 먹어."

"고마워. 갈게, 나오지 마!"

허겁지겁 집을 빠져나가는 그녀를 바라보는 지 여사의 마음이 썩 좋지만은 않았다. 딸 같은 지아가 어서 마음의 응어리를 풀고 행복해지길 지 여사는 진심으로 바랐다.

* * *

도망치듯 집으로 돌아온 지아는 냉장고에 반찬통을 대충 쑤셔 넣고 맥주 한 캔을 꺼내 식탁에 앉았다. 그동안 그녀를 지탱하고 있던 기준이 무너져 내리는 것 같았다. 본인만 모르고 있던 사실에 심하게 머리를 맞은 느낌이었다. 그리고 또 하나 깨달았다. 강 회장을 미워하는 마음으로 여태껏 버티고 있었다는 사실이었다. 그 미워하는 마음이 또 다른 진실로 무너지자 지아는 몸 안의 기운이 모조리 빠져나가는 기분이었다.

생각에 잠겨 금세 맥주를 한 캔을 비운 지아는 석훈에게 전화를 했다.

— 회사 안 나왔어?

회사 안에 있으면 전화보다 직접 사무실로 찾아오는 지아가 전화를 하니 석훈이 물었다.

"오빠, 우리 아빠 만났어?"

뜬금없는 그녀의 말에 석훈이 되물었다.

— 응? 그게 무슨 소리야?

"나 처음 가수 한다고 했을 때 우리 아빠 만난 적 있냐고!"

지아의 말에 뭔가 이상함을 느낀 석훈이 말했다.

— 너 지금 집이지? 내가 갈 테니깐 어디 가지 말고 있어.

전화를 끊은 석훈은 서둘러 그녀의 집으로 향했다. 처음 강 회장이 찾아왔을 때 지아에게는 본인이 다녀갔다는 사실을 말하지 말아 줬으면 좋겠다는 부탁을 들어서 그동안 함구하고 있었는데, 20년이 다 된 일로 문제가 생긴 것 같았다.

그가 집에 도착했을 때 지아는 이미 약간 취기가 올라 있었다.

"많이 마셨어?"

"맥주 두 캔 먹었는데 확 오르네."

그녀의 말에 석훈도 냉장고에서 맥주를 꺼내며 물었다.

"새삼 그건 왜 물어보는 거야? 20년도 다 된 일인데."

아무것도 아니라는 듯 말하는 석훈을 보며 지아가 말했다.

"아빠를 만났어? 그것만 말해 줘."

그녀의 말에 시원하게 맥주를 한 모금 마신 석훈이 말했다.

"만났지."

"그런데 왜 말을 안 해 줬어?"

"한다고 달라질 거 없잖아. 그 뒤에 어차피 회장님이 동의서에 사인하러 오셨고 넌 가수 준비했으니깐. 나한테는 닭이 먼저냐 달걀이 먼저냐의 문제인데 굳이 너한테 이야기할 필요를 못 느꼈지."

그의 말도 틀린 말은 아니었다. 그의 입장에선 어쨌든 강 회장이 동의서를 적고 갔으니 크게 다를 바가 없었다.

"그럼 우리 데뷔도 아빠가 관여되어 있는 거야?"

강 회장이 석훈을 만났다는 말에 가장 먼저 떠올랐던 점을 그녀가 물었다.

"아니! 그건 진짜 운이 안 좋았던 거야. 회장님과 아무런 상관없어. 맹세할 수 있어."

그의 확신에 찬 말에 속에서 올라오던 감정이 차분히 가라앉는 것을 느낀 지아가 물었다.

"아빠가 와서 아무 말 없었어?"

"글쎄, 오래된 일이라 딱히 기억나는 건 없어. TV에서나 뵙던 분이 사무실로 찾아와서 조금 놀랐던 거 빼고는 기억에 남는 이야기는 없네."

진짜 강 회장이 사무실 문을 열고 들어왔을 때 석훈은 진짜 놀랐었다. 그리고 아무런 접점이 없다고 생각한 사람이 나타나서 당황했던 기억만 있었다.

"참! 그 말은 하셨다."

석훈의 말에 지아가 그를 바라보며 물었다.

"뭐라고 하셔?"

"엄마가 하늘로 간 지 얼마 안 되서 네가 많이 힘들어한다고, 그러니 너 잘 부탁한다고 하셨지. 그리고 그 뒤에도 널 보러 가끔 오셨다. 밖에서 창문으로 보고 가시는 게 전부였지만."

그의 말에 지아가 고개를 숙였다. 그동안 자신에게 무관심한 아빠라고 생각했다. 가수를 하겠다고 집을 나왔을 때도, 두말도 없이 동의서에 사인을 하고 갔을 때도, 자신은 안중에 없고 귀찮아하는 존재라서 그러시는 줄 알았다. 생각하지 못한 일에 지아의 머릿속은 복잡했다.

"어떻게 돌아가는 일인지 모르겠다."

심란해하는 지아에게 석훈이 말했다.

"세상은 내가 알고 있는 것보다 더 많은 것을 감추고 있을 수도 있어. 내가 알고 있는 게 전부가 아닐 수도 있다는 말이야. 회장님과 문제가 있는 것 같은데 더 골이 깊어지기 전에 풀어."

큰일 날 것처럼 걸려온 그녀의 전화에 놀라서 달려왔던 석훈은, 지아의 어깨를 두드려 준 뒤 거실을 나서며 말했다.

"나 간다!"

그가 나가면서 닫히는 현관문 소리만 집 안을 울렸다. 석훈이 돌아가고도 한동안 움직임이 없었던 지아가 현우에게 전화를 걸었다.

— 어쩐 일이야?

"오늘 연습 언제 끝나?"

— 지금 집에 가는 중이야.

"그럼 우리 집으로 와."

— 알았어.

평소와 다르게 가라앉은 그녀의 목소리에 왜 그러냐 묻고 싶었지만 집에 가면 알게 될 일이니 현우는 그대로 전화를 끊었다. 그리고 서둘러 집으로 향했다.

그녀의 집에 도착해 현관문을 열자 집 안은 온통 어두웠다. 거실로 들어온 그가 불을 켜자 지아가 소파에 앉아 있는 것이 보였다. 그리고 탁자 위에 있는 맥주 캔도 보였다.

"술 마셨어?"

평소보다 많이 마신 것 같아 현우가 물었다.

"현우야!"

"응! 말해."

"흐, 흐······. 흑!"

자신을 부르더니 난데없이 울기 시작하는 그녀를 본 현우가 놀라 그녀의 곁에 앉았다.

"왜 그래? 무슨 일이야?"

"나만 아빠한테 사랑을 갈구하고 관심받길 원한다고 생각했어."

그녀의 말에 현우가 지아를 품에 안았다.

"무슨 일이야?"

서러운 울음을 토해 내는 지아의 등을 토닥이며 그가 물었다.

"아빠가 다 알고 있었던 거야. 회사에 날 보러 몰래 다녀갔었대! 흑! 흑!"

흐느끼느라 말을 제대로 잇지 못하는 그녀의 등을 현우는 계속 쓰다듬어 주며, 그녀가 진정되기를 기다렸다. 그렇게 한참을 울던 그녀가 오늘 알게 된 사실을 그에게 말해 주었다.

"그동안 나만 생각하고 살았나 봐. 아빠한테 난 관심도 못 받은 자식이라 생각했거든."

그녀의 말에 현우는 아무 말 없이 그녀를 꼭 안아 주었다. 그리고 그녀를 다독이며 말했다.

"몰랐으니깐, 그리고 아무도 말 안 해 줬으니깐 당연한 거야."

"이런 날 보며 아빠는 무슨 생각을 했을까?"

"글쎄, 그건 아버님만 아시겠지. 우리가 부모님 속을 어떻게 알겠어."

그의 말에 지아가 다시 흐느꼈다.

"엄마가 그렇게 떠나고 아빠는 철저히 날 없는 사람 취급했어. 내가 학교를 다녀왔는지, 밥은 먹었는지, 아무런 관심도 없었단 말이야! 그런데 뒤에서 날 찾으러 다니고 그랬대. 이거 어떻게 받아들여야 하는 거야?"

지아의 말에 현우는 대답을 해 줄 수가 없었다.

"왜 진작 그때! 사랑한다고 표현을 안 해 줬는지 모르겠어!"

가슴에 있는 말을 토해 내며 한없이 우는 그녀에게 현우가 말했다.

"그만 울어. 술도 많이 마신 것 같은데 힘들어."

말하면서 힘들어하는 그녀가 안쓰러우면서도, 힘들 때 그녀가 자신을 믿고 의지해 줬다는 생각에 한편으로는 뿌듯해지는 그였다.

"당장 내일이라도 아버님 찾아뵙고 그동안의 오해를 푸는 것이 우선인 것 같다."

그의 말에 지아가 고개를 들어 그와 눈을 맞추며 말했다.

"못할 것 같아. 아빠를 어떻게 봐."

하긴 그동안 오해하며 서먹하게 지내 온 세월이 길었는데 쉽게 용기가 나지 않을 것이었다.

"그럼 좀 더 시간을 갖자. 너도 진정이 좀 돼야 할 것 같긴 해."

지아를 내려다보며 현우가 말했다.

"나이 30이 넘은 여자가 이렇게 우는 건 또 처음 보네."

그의 말에 진정이 좀 됐는지 지아가 눈을 흘겼다.

"그래서 싫어?"

"아니! 귀여워서."

눈가에 맺힌 눈물을 닦아 주며 살짝 그녀에게 입을 맞추었다.

"예뻐! 우는 여자가 예쁜 거 처음 봤어."

어느 정도 진정이 된 그녀의 기분을 풀어 주려 현우가 얄미운 표정을 지으며 말했다.

"너 지금 나 약 올리는 거지?"

"아냐! 진짜 예뻐! 진심."

그녀에게 말하며 이번에는 꽤 길게 그녀의 입술을 맛봤다. 마치 자신의 말이 거짓말이 아니라는 것을 증명하기라도 하듯이. 그러자 지아도 이번에는 꽤 적극적으로 그의 입술을 받아들였다. 위로를 하기 위해 시작된 키스는 어느새 서로의 대한 욕심으로 바뀌었다. 종일 어지럽고 혼란스러웠던 기분이 그의 키스로 날아가는 것을 느낀 지아가 더욱 적극적으로 그를 초대했다.

그가 입고 있던 셔츠의 단추를 풀면서도 그의 입술을 놓지 않았다. 현우도 그녀의 움직임에 맞춰 셔츠를 끌러 냈다. 그러자 지아가 그를 밀었다. 자신에게 떠밀려 소파에 눕는 그를 바라보며 지아는 자신의 상의를 벗어 던졌다. 그러자 잔근육으로 다져진 상체가 드러났다. 어느새 손을 뻗어 가슴을 지나쳐 배로 내려오는 그를 느끼며 지아는 속옷마저 벗었다. 한 손에 들어오는 자그마한 가슴이 드러나자 현우는 몸을 일으켜 그녀의 가슴을 입에 물었다.

"하아!"

나른한 신음이 그녀의 입에서 터져 나오자 현우는 혀끝으로 정점을 약 올리기 시작했다.

"아응!"

그의 자극을 견디지 못한 지아가 가슴을 그에게 드밀며 허리를 젖혔다. 그 아름다운 곡선을 따라 그가 옆구리를 손으로 쓸었다. 다시 허리를 곧추세운 지아가 그의 머리를 끌어안자 현우는 그녀의 가슴을 더욱 깊게 빨아 들였다.

"현우야!"

현우가 그녀의 바지 버클에 손을 갖다 대자 지아가 서둘러 바지를 벗었다. 현우 역시 바지를 벗는 것을 본 지아가 그를 다시 밀어 소파에 눕게 했다. 그리고 두 손으로 그의 가슴을 만졌다.

"하아!"

이번에는 그에게서 낮은 신음이 흘러나왔다. 그런 그를 바라보며 지아가 그의 입술을 훔쳤다. 혀를 뽑을 기세로 현우가 그녀를 빨아 당기자 지아가 두 손으로 그를 밀어내며 그를 제지했다. 그리고 방향을 바꿔 그의 귀에 혀를 가져다 댔다.

"흐음."

그의 입에서 만족하는 신음이 나오자 지아는 그의 귓불을 천천히 핥았다. 그리고 귓속으로 혀를 넣자 현우의 허리가 들썩였다.

"좋아?"

쇳소리가 섞인 낮은 그녀의 목소리에 그의 온몸에 소름이 돋았다.

"응. 좋아! 강지아가 해 주는 건 뭐든 다 좋아."

"킥킥!"

그의 말에 지아가 낮게 웃으며 상체를 아래로 내리려고 하자 현우가 말렸다.

"나, 터져 죽어."

그의 말에 지아가 엉덩이를 살짝 움직이자 이미 잔뜩 부풀어 있는 그의 분신이 다리 사이에서 느껴졌다.

"뭐 한 게 있다고 이래?"

정말 놀랐다는 말투로 지아가 묻자 이번에는 현우가 웃으며 대답했다.

"걔가 너만 만나면 정신이 없어. 평소에 많이 참는 거야."

그의 말에 지아의 웃음이 다시 터졌다.

"이 정도인지는 몰랐어. 이제 애 살려 줘야겠지?"

말을 마친 지아가 그의 분신을 잡고 자신에게로 안내했다.

"하아!"

"흐응!"

두 사람에게서 동시에 신음 소리가 터져 나왔다. 두 손으로 그의 가슴을 짚어 몸을 지탱한 지아가 서서히 몸을 움직이기 시작하자 현우도 같이 움직이기 시작했다. 그녀의 작은 가슴이 눈앞에서 흔들리자 현우는 허리를 잡고 있던 손을 올려 그녀의 가슴을 자극했다. 그러자 그녀의 중심에 힘이 몰리며 그를 더욱 세게 빨아들였다.

"하아! 하아!"

그녀의 자극에 그의 신음 소리가 더욱 높아졌다. 그러다 그녀의 움직임이 성에 차지 않는지 일어나 앉으며 지아를 소파에 눕혔다. 그리고 자신이 움직이기 시작했다. 점점 붉게 달아오르는 그녀를 보며 현우의 몸짓도 빨라졌다. 자신의 허리 옆에서 마음대로 흔들리는 그녀의 다리를 손에 쥔 그가 마지막을 향해 달리기 시작하자 지아의 신음 소리도 커져 갔다. 자신의 끝이 다가옴을 느낀 현우는 손을 내려 그녀의 꽃잎을 빠르게 만졌다. 그러자 그녀의 몸이 활처럼 휘며 그를 끊어 놓을 것처럼 물었다.

"아, 흑!"

그녀의 신음에 맞춰 현우도 자신을 쏟아 내기 시작했다.

"헉! 헉!"

가슴까지 차오르는 가쁜 숨을 고르며 현우가 그녀에게 쓰러졌다. 그런 그를 지아가 조용히 품에 안았다. 이제 차현우 못 놓겠다.

* * *

계획했던 공연 중, 대전 공연과 인천 공연까지 끝나고 3주 뒤 서울 공연만 남겨 놓은 상황이었다. 이번 전국 투어는 부산 공연부터 입소문이 나서 그 어느 때보다 표 구하기가 힘들었다. 온라인 매표는 오픈하고 2분 안에 매진이 되는 상황이었다. 그래서 서울 공연도 일찌감치 표가 매진이 되어 암표가 나돈다는 말까지 있을 정도였다.

방송가에서 연예 프로가 많이 없어졌음에도 불구하고 현우의 콘서트 소식은 자주 다뤄졌다. 그러면서 파트너인 지아에게 많은 관심이 쏠렸다. 그녀가 누구인지 알아내려는 사이버 수사대까지 생겨났다. 하지만 얼굴만으로는 그녀가 누구인지 알 수가 없어 추측성 기사까지 나오게 되었다.

"이슈는 이슈다. 강지아가!"

인터넷 기사를 보던 석훈이 웃으며 말했다. 직원들에게도 함구하라고 말했기 때문에 그 어디에서도 그녀의 정보를 알 수 없었던 팬들 사이에서 그녀의 정체를 밝혀내는 것이 이젠 숙제가 되어 버렸다. 그 기사를 재미있게 보던 석훈이 갑자기 큰 소리를 냈다.

"우와!"

옆에서 다른 기사를 보던 형석과 지아가 놀라며 그를 바라보았다.

"왜 그래?"

지아가 석훈에게 물었다.

"강지아 정체를 알고 있는 사람이 있어."

그의 말에 두 사람은 석훈이 내미는 태블릿을 보았다. 영상 밑에 달린 댓글 하나를 석훈이 짚어 주었다.

「이분 매직엔터에서 안무 하시는 분이세요. 페르소나 안무 거의 다 만들었어요. 지난번에 부산에 있을 때 전 사인도 받았어요.」

댓글 내용을 보니 누구인지 생각이 났다. 지난번 남포동에서 사인을 해 준 남학생이었던 것이다. 이 밑으로 순식간에 많은 댓글이 달리기 시작했다. 대부분 부럽다는 이야기와 부산에 가면 볼 수 있냐는 댓글이 달렸다. 갈수록 늘어나는 댓글을 지아는 신기한 듯 바라보았다. 항상 보던 일이었지만 정작 본인에게 일어나자 정말 신기했다. 그렇게 실시간으로 댓글이 달리는 걸 보던 지아의 눈에 낯익은 닉네임이 보였다. minjung이라는 닉네임으로 달린 글을 보였다.

「대박! 이분 우리 동호회에 선생님이셨는데 저희도 부산 공연 가서 알았어요. 유명한 안무가라는 거! 우리한테는 한마디도 안 하셨거든요. 쌤 너무 멋졌어요!」

이 글 밑에도 수많은 댓글이 달리기 시작했다. 대부분 춤을 배울 수 있어서 부럽다는 내용이었다. 그 모두가 댓글을 신기하게 바라보고 있을 때 현우가 사무실로 들어왔다.

"완전 난리 났던데?"

그도 댓글을 본 것 같았다.

"이런 반응일지 우리도 몰랐어."

형석이 소파에 기대며 말했다.

"그러게 얼마 전까진 죽이겠다고 협박이더니."

현우가 지아 옆에 붙어 앉으며 태블릿에 고개를 드밀었다. 그러자 지아가 아예 그에게 태블릿을 건넸다. 하지만 현우는 그것을 받지 않고 그녀에게 기대었다. 그 모습을 보던 석훈이 한마디 했다.

"야! 꼴값은 둘이 있을 때 떨어! 왜 남의 사무실까지 와서 난리야?"

화를 내는 석훈은 아랑곳없이 현우가 이번에는 지아의 허리를 끌어안았다. 하지만 이번에는 지아가 그를 밀어냈다.

"얘가 오늘 왜 이래?"

"가만히 좀 있어 봐! 에너지 충전 좀 하게."

밀어내는 그녀를 도망 못 가게 더욱 끌어안으며 현우가 말하자 석훈이 졌다는 표정을 지었다.

"이제는 하다 하다 애정 행각까지 봐야 하냐?"

석훈의 말에 형석이 자리에서 일어나며 말했다.

"전 가 볼게요. 눈꼴셔서 더 이상 못 보겠어요."

형석이 사무실을 나가는 소리가 들리자 현우가 말했다.

"아니 내가 지아한테 집착하는 거 하루 이틀이냐고? 왜 갑자기 난리야! 안 그래 지아야?"

능청스럽게 말하는 그를 바라보는 석훈과 지아는 할 말을 잃었다.

"둘이 잘 놀아! 나도 우리 승아 나오라고 하든지 해야지, 참나!"

석훈까지 사무실을 나서는 것을 본 현우가 지아의 한쪽 가슴을 만지기 시작했다.

"얘가 진짜 미쳤나 봐."

깜짝 놀란 그녀가 그의 등을 찰싹 때렸다. 그래도 현우는 꿋꿋이 그녀의 가슴을 만지작거렸다. 말려도 소용없자 지아는 포기하고 눈을 감았다.

"지아야!"

"응?"

"그냥 불러 봤어."

그의 말에 지아가 웃으며 말했다.

"일어나자! 이러다 진짜 잠들겠다."

그녀의 말에 현우가 손을 거두었다. 그런 그를 바라보다 지아가 말했다.

"내일 아빠 집에 갈까 해."

"내일?"

갑작스러운 그녀의 말에 현우가 되물었다.

"응. 시간을 더 끌면 영영 해결 못 할 것 같아. 싸우든 화해를 하든 아빠를 보고 말해야 할 것 같아."

"그래. 잘 생각했어."

말없이 그녀를 위로해 주는 그를 느끼며 지아는 속으로 긴 한숨을 쉬었다. 내일이 오는 것이 무섭다.

다음 날 저녁, 강 회장과 지아, 두 사람이 앉아 있는 식탁은 어색함이 맴돌았다. 집으로 오겠다는 지아의 연락을 받고 난 뒤, 이틀 내내 일이 손에 잡히지 않는 그였다. 아내의 기일 이후 약 석 달 만에 보는 딸의 얼굴이었지만 요즘은 그나마 자주 본다고 스스로 마음의 위안을 찾고 있던 강 회장이었다. 그런 강 회장의 마음을 모르는 지아는 어떻게 말을 꺼내야 하나 식사 내내 고민 중이었다. 한참을 기회를 보던 지아가 숟가락을 내려놓았다. 그 모습에 강 회장이 말했다.

"왜? 그만 먹게?"

"……."

아무 대답이 없는 지아를 보며 강 회장도 수저를 내려놓고 컵을 들어 물을 마셨다. 그런 강 회장을 물끄러미 바라보던 지아가 말했다.

"왜 그랬어? 엄마가 가고 날, 왜 그렇게 버린 자식 취급했어?"

그녀의 말에 강 회장은 얼음물을 뒤집어쓴 듯 움직일 수가 없었다. 대꾸도 못 하고 놀란 얼굴로 자신을 바라보는 강 회장의 시선을 피한 지아가 다시 말했다.

"그래도 엄마가 살아 있을 땐, 퇴근하고 돌아오면 아빠는 내 방에 들러서 안아 주고 인사도 해 줬었어. 그런데 엄마가 죽고 아빠는 그야 말로 날 버린 자식 취급을 했어."

지아의 말에 바로 대답을 못 하던 강 회장이 낮은 목소리로 대답했다.

"미안하다. 나도 내 슬픔에 널 못 챙겼어. 다! 애비 잘못이다."

어린 자식에게 어떤 상처를 주고 있었는지도 모르고, 제 슬픔에 빠져 지내 온 세월이 야속하고 지우고 싶었다.

"난 아빠에게 철저히 버림받은 애였어. 엄마가 죽었다는 사실보다 그게 더 무섭고 겁났어."

"미안하다."

그동안 누구도 가늠할 수 없을 깊은 상처를 가지고 살아온 지아에게 강 회장은 할 말이 없었다. 잠시 숨을 고르던 지아가 결심한 듯 강 회장에게 말했다.

"나! 아줌마보다 죽은 엄마를 먼저 봤어."

딸의 말에 강 회장은 두 눈을 질끈 감았다.

"그저 자는 줄 알았던 엄마가 사실은 죽어 있었다는 사실이 얼마나 힘들었는지 몰라. 아빠한테, 그리고 오빠한테 말하고 싶었어. 무섭다 고! 밤이면 꿈에서 매일 엄마를 만났어! 평온하게 두 눈을 감고 있는 엄마 모습이 나에게는 악몽이었다고!"

절규하듯 소리치는 딸을 강 회장은 품 안에 안았다.

"아빠가 다 잘못했어! 미안하다, 지아야!"

하지만 지아는 그의 품에서 빠져나왔다.

"후후후!"

숨이 쉬어지지 않는 것인지 가슴을 주먹으로 치며 가쁜 숨을 몰아쉬는 지아를 강 회장이 아픈 눈으로 바라보았다.

"네 엄마 산후 우울증이었다. 지석이 낳고도 멀쩡해서 우울증이 찾아왔을 거라는 건 생각지도 못했어."

낮은 목소리로 말을 꺼내는 강 회장을 지아가 바라보았다. 그런 딸의 눈길을 모르는지 강 회장은 바닥을 보며 계속 말을 이어 갔다.

"처음 너 낳고는 한시도 안 떨어져 있었어. 얼마나 행복했는지 모른다. 그런 네 엄마가 아프다는 사실을 몰랐어. 바쁘다는 핑계로 일에만 매달려 있었다."

강 회장의 말에도 지아는 아무런 대답을 하지 않았다. 그런 딸을 한 번 바라본 뒤 말을 이었다.

"이미 성인이고 남자인 지석이와 다르다고 말하는 지 여사의 말을 들었어야 했는데, 아빠가 너무 어리석었어. 나와 네 오빠처럼, 너도 잘 헤쳐 나가고 있다고 생각했다."

그의 말에 지아는 두 눈을 질끈 감았다. 머릿속이 어지러웠다.

"네가 가수를 하겠다고 집을 나섰을 때 그제서야 아차 싶더라. 아빠가 정말 잘못했다. 너한테 미안하다는 말밖에 할 수 없는 이 못난 아빠가 미안하다."

강 회장이 그 어떤 진심 어린 사과를 한다고 해도 그녀는 당장은 받아들이기가 힘들 것 같았다.

그리고 오늘은 더 이상 강 회장과 마주하고 싶지 않았다. 숨이 막히는 것 같았다.

"정말 미안한데, 아빠! 나도 생각을 좀 정리해야겠어. 지금 머릿속이 텅 비어 버린 것 같아."

그녀의 말에 강 회장이 고개를 끄덕였다. 저 혼자 아파하며 지내온 세월이 얼마인데 당장 자신을 용서해 달라고 말할 수 없었다. 자책감에 고개도 못 드는 강 회장과 눈도 마주치지 않고 지아는 집을 빠져나왔다.

본가에서 돌아온 지아가 계속 우울하게 있자 현우는 조용히 그녀의 곁을 지켰다. 괜히 나서서 오지랖을 떨었나 싶다가도, 언젠가는 풀어야 할 숙제였다며 본인을 다독였다. 그런데 며칠을 집에서 꼼짝도 하지 않던 지아가 갑자기 외출 준비를 했다. 그 모습에 놀란 현우가 물었다.

"지아야! 어디 가?"

"……."

지아가 아무런 대꾸 없이 바이크의 열쇠를 챙겨 나가자 현우도 서둘러 차 키를 들고 뒤따랐다. 그녀를 따라 주차장에 도착하니 이미 지아는 바이크를 타고 주차장을 빠져나가고 있었다. 현우도 곧장 차에 올라 그녀의 뒤를 따랐다.

평소와 다르게 곡예에 가까운 운전을 하며 가는 지아의 뒷모습을 보는 현우는 애가 탔다. 다가가 말리고 싶었으나 혹시라도 사고가 날까 봐 그저 바라보기만 했다. 그렇게 한참을 달리던 지아가 강 회장의 회사로 들어가는 것을 본 현우는 그제야 안심을 했다. 주차장으로 들어가는 그녀의 바이크를 확인한 현우는 다시 집으로 차를 돌렸다.

'쾅―'

부서질 듯 열리는 문소리에 서류를 들여다보고 있던 강 회장이 놀라서 고개를 들었다. 그러자 헬멧을 들고 서 있는 지아가 보였다. 갑자기 찾아온 지아를 보고 비서들도 놀랐는지 지아가 미처 닫지 못한 문을 서둘러 닫았다.

"아빠! 이거 하나만 물어볼게!"

다짜고짜 말을 하는 지아를 보며 강 회장이 대답을 했다.

"그래 뭐든지 궁금한 거 있으면 물어봐!"

"한 사람의 인생이 걸린 문제야. 있는 그대로 진실을 말해 줘."

"알았어."

강 회장이 자신을 찾아 다녔다는 말에 제일 먼저 떠오른 생각이었다. 석훈에게 이미 대답을 들었지만 강 회장에게 확인받고 싶었다. 이 문제로 며칠을 혼자서 고민을 했는지 모른다.

"혹시, 나 데뷔하는 거 아빠가 막았어?"

"아니! 너 좋아하는 일 하는데 아빠가 왜 막아!"

당치도 않다는 강 회장의 말에 지아가 다시 물었다.

"진짜지?"

자신에게 확답을 원하는 딸을 보고 강 회장이 확신했다.

"네 엄마를 걸고 맹세하마! 절대 그런 일 없었어!"

강 회장의 말에 지아가 갑자기 털썩 주저앉더니 울기 시작했다.

"흑흑흑!"

갑작스러운 그녀의 울음에 강 회장은 난감했다.

"혹시나 내가 현숙이 앞길을 막았을까 봐 얼마나 걱정했는지 몰라. 아니니깐, 아니라니깐 다행이야!"

이제야 며칠 동안 가슴에 돌덩이를 올려놓은 것 같았던 기분이 사라지는 지아였다. 석훈이 아니라고 했어도 못 미더웠다. 집 나간 딸을 돌아오게 하려고 강 회장이 손을 썼을 수도 있겠다는 생각이 머릿속에서 떠나지 않았다. 그런 복잡한 생각들이 아버지의 단호한 말에 한 방에 무너져 내렸다. 그러고 나니, 주체할 수 없는 울음이 터져 나왔다.

아이처럼 우는 딸에게 어떻게 행동을 해야 할지 강 회장은 생각이 나지 않았다. 그때 문이 열리며 비서실에서 연락을 받은 지석이 사무실에 들어왔다. 그러고는 곧장 주저앉아 있는 지아를 품에 안았다.

"미안해! 지아야!"

그의 말에 지아의 울음소리가 더욱 커졌다.

"흑흑! 찾았으면 데리러 와야지! 왜 그냥 뒀어! 내가 얼마나 무서웠는데! 오빠도 미워!"

"미안해. 네가 행복하게 웃고 있더라는 말에, 그땐 아버지도 나도 그게 최선이라고 생각했어. 네가 행복해 보인다는 말에 다행이다 생각했다. 찾으러 가지 못해서, 데려오지 못해서 미안해!"

지석의 말에도 지아의 울음은 그칠 줄 몰랐다. 어린아이가 때를 쓰듯 울며 지석에게 안겨 있는 지아의 모습을 바라보는 강 회장의 마음은 찢어질 듯 아파 왔다. 이런 상황에서도 지아에게 손을 내밀지 못하고 바라만 보고 있는 자신이 미웠다.

그렇게 지석에게 안겨 마음의 응어리를 풀어내는 지아를 늘 그렇듯이 강 회장은 묵묵히 그저 바라보았다.

* * *

「페르소나의 멤버이자 리더인 썬! 소속사의 안무가와 사랑에 빠지다!」

서울 공연을 며칠 앞둔 어느 날 난데없이 현우의 열애설이 터졌다. 기사의 내용은 상당히 구체적이었다. 썬이 애인을 쫓아 부산으로 내려갔었다는 사실과 얼마 전 집 앞에서 팔짱을 끼고 있는 모습이 담긴 사진까지 올라와 있었다. 콘서트가 며칠 남지 않은 시점이라 회사에선 급하게 회의가 소집이 되었다.

"최 기자! 이 자식!"

책상을 내려치며 석훈이 화를 내었다. 그 모습에 직원들은 아무 말을 못 하고 서로의 눈치만 보고 있었다. 그때 뒤늦게 현우가 사무실로 들어왔다.

"'뭘' 이야?"

"응."

매니저가 의자를 빼 주자 현우가 얼른 앉았다.

"부산에서 봤을 때부터 느낌이 쎄했어."

매니저의 말에 현우도 고개를 끄덕였다. 하지만 지나간 일을 탓해 봐야 얻어지는 건 없었다.

"티켓 예매 상황은 어떻게 돼?"

"아직 취소는 없어요."

석훈이 묻자 직원이 재빠르게 대답했다. 현우의 단독 콘서트가 오 랜만인데다, 춤이 워낙 소문이 나서 아직 타격을 받은 것 같진 않았 다. 회사 차원에서 대응을 하느냐 마냐에 따라 해프닝으로 끝날 것인 지 일이 커질 것인지가 문제였다.

"형은 반대해?"

"뭘?"

현우의 질문에 석훈이 물었다.

"우리 사귀는 거!"

"이 자식아! 사귀는 거 반대했으면 그동안 내가 가만히 뒀겠냐?"

쓸데없는 소리라는 석훈의 반응에 현우가 말했다.

"그럼 대응하지 마! 콘서트 끝날 때까지 사실인지 아닌지 아무 말 말자고."

"그건 또 무슨 소리야!"

현우의 난데없는 말에 석훈이 소리를 질렀다.

"나, 형하고 이야기하고 싶은데."

그의 말에 직원들이 사무실을 빠져나갔다. 직원들이 모두 빠져나간 것을 확인한 현우가 말을 꺼냈다.

"강지아랑 결혼할 거야!"

"야!"

이건 또 무슨 소리인가 싶어 석훈이 소리를 질렀다.

"이 상황에 결혼이라는 말이 나와?"

"응! 결혼할 거야. 그니깐 형은 아무 대응도 하지 마! 콘서트에서 내가 터트릴 거야."

"미친 새끼!"

현우의 말에 석훈이 급기야 욕을 했다.

"내가, 진즉에 너 지아한테 빠져 있는 건 알았다만 진심이니?"

"형도 내가 지아 좋아하는 거 알았어?"

천진난만한 표정으로 되물어 오는 현우를 보고 있으니 석훈은 헛웃음이 나왔다.

"지아도 알아?"

"뭘? 결혼? 지아는 딴 놈 못 만나. 내가 얼마나 잘해 주는데."

자신에 가득 찬 현우를 보며 그가 물었다.

"지아하고 합의된 내용이고?"

"아니! 지아는 몰라야 해. 서프라이즈 할 거거든."

갈수록 나오는 대답이 가관이라 석훈이 의자에 주저앉았다.

"너 진심이지?"

진지하게 물어 오는 석훈을 바라보며 현우가 말했다.

"난 지아한테 진심이 아닌 적이 없었어."

'그래 안다 이 자식아! 그래서 내가 입 다물어 주고 있었다.'

하고 싶은 말은 많았으나 석훈은 속으로 삼켰다.

"그래서 어쩔 건데?"

이제는 본인이 관여할 수 있는 일이 아님을 깨달은 석훈이 물었다.

"내가 알아서 할게! 형은 지아한테도 이 사실 말하면 안 돼. 그냥 콘서트 끝나고 반박 기사 낸다고만 해 줘."

속내를 알 수 없으나 현우의 미래가 달린 문제라 간섭을 할 수가 없었다. 석훈은 하는 수 없이 현우의 제안을 승낙했다.

"내가 평생 너희 둘 때문에 미친다. 정말!"

만족스러운 대답을 석훈에게서 받아 낸 현우는 그가 소리를 질러도 아랑곳하지 않고 사무실을 빠져나왔다. 그리고 30분 뒤 현우의 SNS에 짧은 글이 올라왔다.

「Dreams Come True! D—3day!」

3일 뒤 꿈은 이루어진다는 그의 글에 팬들과 각종 언론은 난리가 났다. 콘서트에서 연애를 인정하는 것 아니냐는 말부터 사실이 아니라는 것을 알리기 위한 것이라는 말까지 포털 사이트에서는 하루 종일 그에 대한 기사로 도배가 되었다.

그의 SNS나 회사 홈페이지에서도 답을 찾을 수 없었던 팬들은 HURRY UP의 채널까지 찾아가 질문 공세를 이었다. 지난번 단원인 민정이 댓글을 남긴 것을 기억해 낸 팬들이 그쪽으로 몰려간 것이었다. 순식간에 늘어나는 댓글에 단원들은 당황했다. 지아가 유명한 안무가라는 것도 겨우 적응되었는데, 현우와 사귀는 것을 확인하기 위해 자신들에게까지 질문을 해 대니 어떻게 대처를 해야 할지 몰랐다. 섣불리 나섰다가는 지아에게 피해가 갈 수도 있는 상황이어서 일단은 댓글을 모두 막았다. 그들도 처음 겪는 일이라 정신이 없었다.

그런 상황을 전해 들은 지아가 먼저 단장에게 전화를 걸었다. 그 모습을 나란히 소파에 앉아 현우가 바라보았다.

— 여보세요? 쌤!

"잘 지내셨죠?"

지아의 전화에 단장이 반가워하며 말했다.

— 이게 무슨 일입니까?

"그러게요. 저도 정신이 없네요."

— 아이고야! 우리를 감쪽같이 속여서 욕보는 겁니다.

"그런가요? 잘 지내시죠?"

단장의 넉살에 지아가 웃으며 물었다.

— 댓글 막아 놓고 그래 삽니다. 호호호.

"괜히 불편 드려서 죄송해요."

— 아닙니다. 혹시나 조댕이 잘못 놀렸다가 큰일 날까 봐 우리가 조심하는 거지요. 쌤한테 받은 게 얼만데 이 정도는 감수하자 했어요,

단원들끼리!

단장의 말에 지아가 더욱 미안해하며 말했다.

"진짜 불편 드려서 죄송해요."

— 쌤! 자꾸 그러면 진짜 삐집니다이!

호탕한 목소리로 단장이 말하자 지아가 대답했다.

"담에 부산 가면 한번 봬요."

— 그랍시다. 고생하세요 쌤!

"네. 들어가세요."

전화를 끊은 지아를 보며 현우가 걱정스럽게 물었다.

"뭐라고 하셔?"

"나중에 부산 가면 보기로 했어."

"궁금해하진 않으시고?"

"딱히 그런 내색은 안 하시던데?"

지아가 난처해할까 봐 다른 이야기는 꺼내지 않은 것을 눈치챈 현우가 말했다.

"고마우신 분이네."

"그러게! 그런데 넌 어쩔 거야?"

"뭐가?"

"당장 내일이 콘서트야! 무슨 생각인 거야?"

걱정하며 물어 오는 지아에게 윙크를 하며 그가 말했다.

"시간 때우기! 열심히 잔머리 굴려 봐야지."

아무 걱정이 없는 사람처럼 말하는 그를 보니 지아는 기가 찼다.

"내일이라고만 했지, 뭐라고 말할 건지는 내 맘이잖아."

어이없어하는 그녀를 보며 현우가 말했다.

"이거 하나만 묻자!"

"뭔데?"

"너 결혼, 나랑 할 거지?"

뜬금없는 그의 말에 지아가 흘겨보며 대답했다.

"하게 되면 너랑 하려고 했는데 이렇게 대책 없는 남자인 줄 몰랐어. 다시 생각해 봐야겠어."

그녀의 말에 현우가 씨익 웃으며 말했다.

"나랑 안 한다는 말은 안 하는구나!"

능글맞게 웃으며 다가오는 현우를 지아가 밀어냈다.

"됐다 그래! 다시 생각해 본다니깐."

"나 아니면 너 맞춰 줄 남자 없어! 항복하시지 강지아!"

그녀의 허리를 끌어안으며 현우가 말하자 지아가 몸부림을 치며 빠져나가려고 했다.

"그만해 정말!"

"대답을 듣기 전에는 못 놔주겠어."

이젠 옆구리를 간지럽히는 현우 때문에 지아는 거의 숨이 넘어갈 지경이었다. 그런 지아를 본 현우가 장난을 멈췄다.

"하아! 하아!"

아직 웃음이 가시지 않은 말투로 지아가 그에게 말했다.

"야! 차현우!"

"왜?"

장난을 건 그도 지쳤는지 소파에 머리를 기대며 대답했다.

"사랑해!"

그녀의 말에 현우가 벌떡 일어나 앉았다.

"다시 말해 봐!"

그의 재촉에 지아가 팔로 얼굴을 가리며 말했다.

"사랑한다고 바보야!"

"하하하!"

그녀의 말에 현우가 크게 웃었다. 강지아가 날 사랑한다고 제 입으로 말했다. 자신이 먼저 사랑한다고 말해도 '나도'라는 대답밖에 하지 않던 그녀가, 먼저 사랑한다고 말한 사실 때문에 현우는 하늘을 나는 듯한 기분이었다. 내일 콘서트가 없었다면 진짜 축배라도 들고 싶은 기분이었다. 대신 그는 지아를 품에 꼭 안았다.

"나도 사랑해! 고마워 지아야!"

그의 말에 지아도 현우를 꼭 껴안았다.

7

마지막이자 서울에서는 한 번밖에 열리지 않는 콘서트의 날이 밝았다. 다른 도시처럼 이틀 공연을 하고 싶었지만 공연장 대관 문제 때문에 부득이하게 당일 공연이 되어 버렸다. 그 때문에 공연장에 들어오지 못하는 팬들은 공연장 밖에서 서성이는 상태까지 이르렀다. 거기에 현우의 SNS에 올린 글까지 기폭제가 되어, 그를 취재하려는 기자들까지 섞여 공연장 밖은 그야말로 난리였다. 그 모습을 본 석훈이 말했다.

"사업은 네가 해야겠다."

"왜?"

메이크업을 받으며 현우가 물었다.

"밖이 아주 난리가 났어."

"그래?"

아무 일도 아니라는 듯 어깨를 한번 으쓱인 현우가 말했다.

"실수하지 말라고 해 줘."

"신신당부를 해 놨어. 매일 트는 영상 하나 바뀌었다고 실수할 사람들 아니야."

"알아! 하지만 내 인생이 달린 일이야."

"알았다, 알았어!"

현우의 말에 석훈이 짜증 섞인 목소리로 말했다.

"내가 전생에 너희들이한테 무슨 죄를 졌는지 모르겠다."

그의 말에 현우가 우스꽝스러운 표정을 지으며 말했다.

"아마 전생에 부모를 죽인 원수?"

"에라이! 이 자식아!"

현우의 대답에 석훈이 그의 등을 세게 때렸다. 그 모습을 대기실로 들어오던 지아가 보고 소리쳤다.

"오빠! 내 거 왜 때려?"

"어쭈! 이것들이 쌍으로 난리야!"

지아의 말에 기가 찬 석훈이 대기실을 나서며 말했다.

"내가 진짜 저것들하고 전생에 원수가 졌지, 졌어!"

"큭큭큭!"

메이크업을 해 주던 스태프가 결국 참지 못하고 웃음을 터트렸다.

"대표님 짜증 나시겠어요."

그녀의 말에 현우가 물었다.

"내가 좀 심했어?"

"네."

"심했군."

두말없이 인정하는 그를 보며 스태프는 메이크업을 마무리했다. 그녀가 대기실을 나가자 지아가 그의 옷 갈아입는 것을 도왔다.

"긴장돼?"

손 아래에서 느껴지는 긴장된 그의 몸을 알아챈 지아가 물었다.

"응. 마지막이라 그런지 긴장되고 시원섭섭하고 그러네."

"그동안 고생했어."

긴장하는 그를 지아가 품에 꼭 안아 주었다. 현우도 그런 그녀를 마주 안으며 심호흡을 했다. 잠시 그렇게 숨을 고르고 있을 때 스타일리스트가 들어왔다.

"오빠!"

두 사람이 떨어지자 스타일리스트가 재빠르게 그의 옷을 점검했다. 신발까지 맞춰 신긴 그녀가 그를 향해 파이팅을 외쳤다.

"오늘 마지막이에요. 파이팅 하세요!"

"고마워."

인이어와 마이크를 차자 스태프가 그를 불렀다.

"현우야! 스탠바이 5분전!"

그의 말에 현우는 서둘러 무대로 향했다. 그리고 무대는 순간 암전이 되었다.

공연은 잠시도 관객들에게 쉴 틈을 주지 않았다. 잠실 주경기장은 그야말로 열정의 도가니였다. 연이어 터지는 떼창과 함께 그의 음악을 즐기는 팬들로 장내는 그 어떤 스포츠 경기보다 뜨거웠다. 2시간이 넘는 동안 팬들과 노래하고 춤췄던 무대가 막바지로 향하자 팬들은 아쉬웠다. 그리고 오늘 그가 발표하려고 했던 일이 어떤 것인지 점점 궁금해져 갔다. 자신이 연주한 악기들의 영상에 맞춰 노래를 끝낸 그가 예정에 없는 마이크를 잡았다. 그 모습을 보며 무대로 오르려고 했던 안무 팀이 잠시 주춤했다.

"오늘 저는 꿈을 이루려고 합니다."

드디어 그가 예고했던 일을 하려고 한다는 것을 안 팬들의 함성이 크게 이어졌다. 그리고 객석에서 카메라 플래시가 터졌다.

"가수가 되기로 마음먹고 매직에 들어오면서부터 꿔 왔던 꿈일 수도 있습니다. 다음 무대를 보시면 제 꿈을 오늘 아실 수 있을 겁니다."

마지막 무대를 지아와의 커플 댄스만을 남겨 놓고 있다는 것을 아는 팬들은 순식간에 조용해졌다. 그리고 암전이 되자 무대 위 브라운관에 영상이 나오기 시작했다. 일순간 객석이 술렁이기 시작했다. 다른 공연에서 틀었던 소속 연예인들의 축하 인사가 아닌 현우가 데뷔하기 전, 안무 연습하는 영상이 흘러나왔기 때문이었다. 그 사실을 모르는 지아는 현우와 함께 무대 위로 걸어 나갔다. 그동안에도 화면은 어릴 적 현우와 지아가 흑백으로 나오고 있었다. 같이 연습하고, 장난치며 지내 온 17년의 세월이 고스란히 화면에 담겨져 있었다. 그리고 영상이 끝나갈 때쯤 짧은 문구가 화면에 뜨자 숨죽여 보던 팬들의 환호성이 들리며 카메라 플래시가 터지기 시작했다. 그 모습에 당황한 지아가 고개를 들어 화면을 바라보았다.

「17년을 기다렸어! 나랑 결혼해 줄래?」

선명하게 박혀 있는 문구에 지아가 당황해 하며 그를 바라보았다. 그 모습을 카메라가 재빨리 담아 브라운관에 띄웠다. 그때 공연장에 청혼가가 울려 퍼지기 시작했다. 전주가 흘러나오고 첫 소절이 시작되자 미카엘이 무대 위로 올라오며 이소라의 '청혼'을 불렀다.

"말할 거예요, 이제 우리 결혼해요. 그럼 늦은 저녁 헤어지며 아쉬워하는 그런 일은 없을 거예요."

미카엘의 등장에 이어 군대에 있어야 할 은호가 올라와 다음 구절을 불렀다. 그리고 마지막으로 디오까지 올라와 노래를 부르자 공연장은 팬들의 함성으로 폭발하기 진적이었다. 어떻게 휴가를 맞춘 은호와 디오까지 완전체의 페르소나가 한 무대에 서 있다는 것만으로도 팬들이 흥분하기 충분했다. 더군다나 현우가 청혼을 하는 자리라서 팬들의 흥분은 쉽게 가라앉지 않았다.

그렇게 팬들의 환호성에 정신이 없을 때 주머니에서 반지를 꺼낸 현우가 한쪽 무릎을 꿇고 그녀에게 손을 내밀었다. 그 순간 무대 위에는 두 사람만 존재했다. 경기장이 떠나가라 소리 지르는 팬들의 함성도 들리지 않았다.

"결혼해 줄 거지?"

화면에 보이는 그의 입모양에 목소리는 들리지 않아도 현우가 프러포즈한다는 것을 눈치챈 팬들이 외치기 시작했다.

받아 줘! 받아 줘!

잠시 정신이 없었던 지아의 귀에 팬들의 환호가 들리기 시작했다. 그리고 잠시 그를 바라본 뒤 손을 내밀었다. 그러자 팬들의 함성이 더욱 커졌다. 현우가 그녀의 손에 반지를 끼우고 그녀를 끌어안자 경기장은 주체할 수 없는 열기로 가득 찼다. 무대에 올라와 있던 멤버 3명도 그녀와 현우에게 축하 인사를 건넸다.

그때 마지막을 알리는 음악이 나오자 무대 뒤에서 대기하고 있던 단원들이 그제서야 무대 위로 올라왔다. 그리고 그들과 함께 현우와 지아는 천천히 음악에 몸을 맡겼다. 그들의 춤에 팬들은 다시 열광했다. 이제 와서 보니 그들의 손짓 눈빛 하나하나에 사랑이 담겨져 있다는 것이 눈에 보였다. 무대 위 모습을 대기실에서 바라보던 석훈이 한마디 했다.

"남자가 봐도 멋있다."

콘서트가 끝나기도 전에 현우의 결혼 소식은 이미 포털 사이트에 도배가 되었다. 그의 결혼에 그야말로 전 세계가 떠들썩했다. 무대를 마치고 내려온 지아도 기사부터 찾아 봤다. 아직 별다른 반응은 올라오지 않고 있었다.

"강지아, 축하해!"

석훈이 대기실로 들어오며 말했다.

"오빠도 알고 있었어?"

아직도 얼떨떨한 지아가 그에게 물었다.

"난 현우가 뭔가 꾸미는 것만 알았지, 이런 폭탄은 떨어트릴 줄은 몰랐어."

그의 말에 지아는 미안해졌다. 이제 다가오는 후폭풍은 그와 홍보 팀이 감당해야 하는 일이었기 때문이었다.

"미안해!"

"어디 차현우가 내 뜻대로 움직여 주는 애냐?"

포기한 듯 말하는 그에게 지아는 더욱 미안해졌다.

"걱정 마! 앞으로도 돈 많이 벌어다 줄게."

앙코르곡까지 부르고 무대를 내려온 현우가 대기실로 들어오며 말했다.

"그래, 고맙다."

그가 하는 말이 어이가 없어 석훈이 웃으며 말하자, 현우가 그를 끌어안았다.

"고마워! 형!"

사실 이렇게 공개하는 것도 석훈의 반대가 있었다면 엄두도 못 낼 일이었다.

"지아한테 잘해 줘, 이 자식아!"

자신에게 친여동생과 같은 지아가 믿을 수 있는 현우와 짝이 된다는 것이 나쁘지만은 않은 일이었다.

"오늘 뒤풀이, 제대로 놀아 봅시다!"

현우가 큰 소리로 외치자 스태프들 사이에서 함성이 쏟아져 나왔다.

* * *

현우가 지아에게 공연 중, 프러포즈를 한 일이 지석의 귀에까지 들어갔다. 요즘 지아의 기사를 찾아보는 것이 취미가 된 혜련이 그에게 알려 주었기 때문이었다. 지석도 곧장 강 회장에게 이 사실을 알려 주었다.

"결혼한다고?"

"현우 씨가 공연 중에 청혼했답니다."

질문에 답하면서 지석은 인터넷에서 떠도는 프러포즈 장면을 강 회장에게 보여 주었다. 처음 보는 딸의 화려한 모습에 강 회장은 눈을 떼지 못했다.

"반지를 받았다는 건 결혼하겠다는 말이지?"

"네."

아들의 대답에 강 회장은 고개를 끄덕였다. 지난번 집에 왔을 때 편하고 잘 맞는 사람이라고 했었다. 그러니 어련히 알아서 결정했으려니 믿기로 했다.

"다른 구설 안 나오게 잘 봐. 둘 다 하는 일이 그러니 조심해서 나쁠 거 없어."

"네. 아버지! 혹시, 서운하세요?"

기운이 없는 강 회장의 목소리에 지석이 물었다.

"너 결혼시킬 때와는 조금 느낌이 다르구나. 넌 어떠냐?"

"글쎄요. 저도 워낙 지아랑 부딪힐 일이 없었잖아요. 아직 잘 모르겠어요."

7살이라는 나이 차 때문에 아주 어릴 때 빼고는 크게 부딪힐 일이 없었던 지석은 사실 아직 좀 얼떨떨했다.

"그래. 그럴 수도 있지. 나중에 둘이 밥이나 먹으러 오라고 해."

"네."

품에 제대로 끼고 살아 보지도 못한 딸이 이제 결혼을 한다니, 강 회장은 그 어느 때보다 먼저 간 아내가 보고 싶어지는 날이었다.

* * *

공개 연애가 아닌 결혼 발표가 되어 버리자 현우와 지아는 차라리 편했다. 그동안 집과 회사에서만 하던 데이트를 이제 대놓고 밖에서도 할 수 있었기 때문이다. 현우를 알아보는 사람이 워낙 많아 일반인들처럼 데이트하기는 어려웠지만 그래도 이제는 외식도 할 수 있고 쇼핑도 가능해 지아는 행복했다.

하지만 행복해하는 지아를 질투하는 사람들이 많았는지 그녀에 대한 헛소문이 돌기 시작했다. 그중에 나이 많은 그녀가 현우의 돈을 보고 꼬드겼다는 이야기가 가장 많았다. 회사 내의 직위는 모른 채 안무가라는 사실만으로 그녀를 깎아내리기 바빴다.

"니 괜안나?"

"뭐가?"

지아가 제안한 대로 기념 음반을 내기 전, 보컬 트레이닝을 받으러 온 현숙이 걱정스러운 표정으로 물었다. 지금 두 사람은 회사 앞 커피숍에 앉아 있었다. 이전한 사옥에는 처음 와 보는 현숙이 떨린다며 커피나 한잔하고 들어가자고 해서 들린 참이었다.

"헛소문이 장난 아니던데? 지금도 봐라! 사람들이 수군거린다 아이가!"

그녀의 말에 지아가 커피숍을 둘러보았다. 그러자 그녀를 쳐다보던 사람들이 고개를 돌리는 것이 보였다.

"신경 안 써! 내가 언제 그런 거 신경 쓰는 거 봤니? 일일이 반응하면 나만 힘들어져."

커피를 입으로 가져가며 지아가 말하자 현숙이 고개를 끄덕이며 말했다.

"그것도 그런데, 니가 무슨 꽃뱀이 됐더만은……."

누구보다 두 사람을 잘 아는 현숙이라 떠도는 소문에 속이 상했다. 그런 현숙의 마음을 잘 아는 지아가 말했다.

"주변 사람들은 아닌 거 알잖아! 그럼 됐어. 너무 속상해하지 마."

본인도 속상할 텐데 태연히 자신을 다독이는 지아를 보니 현숙은 더 속이 상했다.

"그리고 내가 반응하면 현우 힘들어져. 이 정도는 예상한 일이야."

강단 있는 지아의 말에 현숙이 안심하며 말했다.

"그래, 이쪽 생활 오래 하더니 다르긴 다르구나! 니가 각오를 했다니까 다행이다."

"커피 다 마셨으면 들어가자!"

일어나며 말하는 지아를 따라 현숙도 자리에서 일어났다. 지하 주차장 입구를 지나쳐 로비에 도착하자 지아가 로비 직원에게 말했다.

"앞으로 자주 올 거야! 방문증 하나를 아예 줘!"

"네?"

따로 전해 들은 사항이 없던 직원이 놀라며 물었다. 그때 현숙이 왔다는 연락을 받은 현우가 로비로 나왔다.

"누나!"

현숙을 보며 반갑게 걸어오자 직원이 그를 쳐다봤다.

"연습하러 온 거야?"

"응. 꼬맹이 잘 있었나?"

현숙의 말에 현우가 발끈하며 대답했다.

"제발 회사에서는 그렇게 부르지 말아 줄래! 나도 이제 후배들이 많거든! 그리고 친구 남친을 그렇게 부르는 사람이 어디 있어?"

그의 말에 현숙이 현우의 엉덩이를 두드리며 말했다.

"결혼하면 이름 불러 주께. 꼬맹아!"

현우와도 스스럼없이 장난을 치는 현숙을 보고 직원이 방문증을 꺼내 건넸다.

"기록은 뭐라고……."

"김현숙! 보컬 트레이닝."

지아의 말에 직원이 고개를 끄덕였다.

"너희 둘 창피해서 안 되겠다. 얼른 올라가자!"

지아의 말에 현숙이 입을 삐죽이며 따르자 현우도 그 뒤를 따랐다. 지아를 따라 회사를 구경하던 현숙이 말했다.

"석훈이 오빠 돈 많이 벌었네!"

"응 많이 벌었어. 옛날 김석훈이 아니야!"

"우리 그때 고생 마이 했는데……."

새삼 옛일이 생각이 난 현숙이 녹음실로 들어서며 말했다. 그 말에 지아도 녹음실을 둘러보았다. 현숙의 말대로 힘든 시기를 거쳐 이렇게 크게 회사를 키운 석훈이 새삼 대단해 보였다. 잠시 옛 생각에 젖어 있을 때 보컬 트레이너가 들어오자 본격적인 연습이 시작되었다. 두 사람 모두 예전에 연습생 시절에 배웠던 기본기가 있어 생각보다 진도가 빨랐다.

아무리 기념 앨범이지만 대충은 못 만든다는 석훈의 고집에 시작한 연습이지만, 기본기가 탄탄하다는 보컬 트레이너의 말에 현숙은 기분이 좋았다.

그렇게 몇 시간을 연습한 두 사람은 지아의 집으로 향했다. 문을 열고 현관에 들어서자 현숙이 탄성을 질렀다.

"우와! 집 조타 가시나야!"

한강이 내려다보이는 거실 창문으로 발걸음을 옮긴 현숙이 말했다.

"석훈이 오빠만 돈 많이 번 줄 알았더만 가시나 니도 마이 벌었네!"

"좀 벌었지."

냉장고에서 맥주를 꺼내 현숙에게 건네면서 지아가 말했다.

"성공했네, 성공했어!"

마치 자신의 일처럼 기뻐해 주는 현숙이 그녀는 고마웠다.

"그래! 이런 날도 있어야 사람이 고생한 보람이 있지."

맥주 캔을 부딪치며 현숙이 신나는 듯 말하자 지아의 얼굴에도 미소가 떠나지 않았다. 흥분해서 집 안 곳곳을 둘러보는 현숙을 소파에서 바라보며 지아가 말했다.

"혼인 신고 했어."

"뭐라고?"

맥주를 마시던 그녀가 놀라며 물었다.

"혼인 신고? 언제 했는데?"

어느새 다가온 그녀가 소파에 앉았다.

"콘서트 끝나고 며칠 뒤에."

"그라이 가시나가 소문은 신경 안 썼구나."

현숙의 말에 지아가 고개를 끄덕였다.

"다른 사람은 몰라도 너한테는 말해야 할 것 같았어."

"글치. 안 하면 내가 가만히 안 있지."

행복해 보이는 지아를 보며 현숙이 말했다.

"꼬맹이가 하자고 하더나?"

"응. 양가 허락 맡고 바로 했어."

"아씨! 이제 꼬맹이라고 부르면 안 되겠네."

낮에 회사 로비에서 한 말이 생각난 현숙이 인상을 구기며 말했다. 그 모습을 보는 지아의 웃겨 죽겠다는 표정을 지었다.

"웃지 마라! 결혼을 이렇게 빨리 할 줄 내가 알았냐고!"

그날 밤, 아직은 절대 이름은 불러 줄 수 없다는 현숙의 술주정을 지아는 밤새 받아 줘야 했다.

현우의 국내 공연이 호평을 받자 외국에서도 러브 콜이 들어왔다. 당장은 해외 공연은 생각이 없던 현우였지만 지아에 대한 헛소문이 꼬리를 물고 만들어지는 상황이라 잠시 한국을 떠나 있는 것도 괜찮겠다는 생각이 들었다.

사실 현우에게 내색은 안 했어도 콘서트에서 결혼을 발표한다는 그의 계획에 석훈은 많은 걱정을 했었다. 현우 하나만을 바라보고 오는 팬들인데 큰 불상사가 생기지 않을까, 콘서트가 끝나는 내내 긴장을 늦출 수 없었던 것이다. 하지만 10대의 현우가 30대가 되는 동안, 그의 팬들도 이제는 '우리 오빠'의 행복을 빌어 줄 수 있는 나이가 된 것을 잠시 잊고 있었다. 오히려 결혼 발표가 호재로 작용한 것인지 해외 공연 제의까지 들어온 것이었다. 그래서 석훈과 현우는 의논 끝에 3개국 투어를 하는 것으로 결정을 내렸다.

그리고 돌아오면 바로 결혼식을 올리는 것으로, 일이 일사천리로 진행이 되었다. 오래 알아 온 사이라 길게 고민할 것도 없다는 게 두 사람의 생각이었다. 그렇게 결정이 되고나니 상견례 자리에서도 크게 의논할 일도 없었다. 현우 부모님은 항상 바쁜 아들 이해해 줄 수 있고, 어릴 때부터 예뻐하던 지아가 며느리로 들어온다는 사실에 두 손 들어 환영하는 입장이었다.

모든 준비는 혜련이 하는 것으로 의견을 나눈 뒤, 두 사람은 해외 공연을 위해 출국을 했다. 해외 팬들은 오히려 두 사람의 결혼을 축하하는 분위기였다. 어딜 가든 축하 인사를 받았고 결혼 선물까지 건네는 팬들도 있었다. 파파라치들이 올려 주는 사진 속의 두 사람의 모습에 팬들은 환호했다. 서로 사랑하는 모습이 사진 속에서 보였기 때문이었다.

콘서트는 한국에서보다 더 히트를 쳤다. 해외에서는 자주 볼 수 없는 공연이기도 했고 이미 한국에서부터 난 입소문이 인터넷으로 퍼져 직접 두 사람의 무대를 보려고 팬들이 모여 들었다.

5개월 뒤, 3개국 콘서트를 성공리에 마치고 두 사람은 귀국했다. 그동안 언론에는 결혼 날짜가 기사로 나갔다. 혜련은 두 사람의 집을 한집으로 합쳐 놨고 결혼에 필요한 모든 준비를 끝내 놓았다. 혜련은 어머니가 안 계셔서 대충 했다는 소리가 듣기 싫었고, 아무래도 시아버지인 강 회장의 위치도 생각을 안 할 수가 없어 친정어머니께 부탁을 했다. 어머니가 흔쾌히 도와주신 덕분에 생각보다 수월하게 일이 진행되었다.

그렇게 혜련의 도움으로 결혼 준비가 끝나고 귀국한 두 사람은 웨딩 촬영을 위해 스튜디오로 향했다. 해외 공연 중에 혜련과 사진을 주고받으며 고른 드레스를 입고, 신부 화장을 하고 서 있는 자신의 모습이 영 낯설어서인지 지아는 어색한 표정을 짓고 있었다.

"신부님! 웃으세요!"

사진작가의 거듭된 요청에 지아는 어떻게 해야 할지 몰라 난감했다.

"웃어라 가시나야! 작가님 오늘 목쉬겠다."

웨딩 촬영을 도와주러 온 현숙이 지아를 타박했다.

"잘 안 되네. 너무 어색해!"

그녀의 말에 현숙이 현우를 크게 불렀다.

"야! 꼬맹아! 네 와이프, 웃는 거 잊어뿟는갑다!"

그녀의 말에 옆 분장실에서 마무리 메이크업을 하던 현우가 소리질렀다.

"누나 쫌! 계속 꼬맹이라고 할 거야!"

두 사람의 투닥거림에 지아가 웃자 사진작가는 놓치지 않고 셔터를 눌렀다. 그렇게 현숙의 공으로 걱정했던 웨딩 촬영은 무사히 끝났다. 부산에서 올라온 현숙에게 숙소를 잡아 주고 집으로 돌아온 두 사람은 너무 피곤해 일찌감치 잠자리에 들었다.

"어때 기분이?"

나란히 누워 자신의 팔을 베고 누운 지아에게 현우가 물었다.

"아직 실감이 안 나! 결혼 준비를 내 손으로 안 해서 그런가 봐."

그녀의 말에 현우가 지아를 품에 안았다.

"형수님이 고생하셨어."

"그러게. 나중에 언니한테 인사 따로 해야 할까 봐. 따뜻한데 더 해줘."

자신의 품에서 곰지락거리던 지아가 엎드리며 말하자 현우는 군말 없이 그녀의 등 위로 올라갔다. 그러자 그녀의 입에서 만족스러운 소리가 새어 나왔다.

"으음!"

"좋아?"

"응."

그녀가 원하니 가끔 해 주기는 하지만 항상 특이하다고 생각을 해 온 현우가 물었다.

"안 무거워? 이게 왜 좋은지 이해가 안 되네."

"따뜻해. 네가 올라오면 뭔가 묵직하면서도 따뜻해. 보호받고 있는 느낌이야."

그녀의 말에 현우는 할 말이 없었다. 어릴 적 트라우마인가 싶다가 이유야 어찌 됐던 본인이 좋다는데 싶어 더 이상 아무 말 없이 누워 있었다. 그러자 어느새 새근거리는 그녀의 숨소리가 들렸다.

보름 뒤, 이른 아침부터 결혼식이 열리는 호텔은 기자들로 정신이 없었다. 식이 시작되기도 전인데 일찍부터 도착하는 하객들이 많았다. 호텔 입구부터 늘어선 차들 때문에 직원들도 덩달아 바빠졌다. 그런데 정작 더 바쁜 것은 기자들이었다. 생각지도 못한 정재계 인사들이 줄줄이 호텔로 들어선 까닭이었다. 현우가 워낙 넓은 인맥을 자랑하는 사람이었지만 저렇게 거물급 인사들까지 알고 지내는 건 아닐 것 같아 일단 기자들은 사진부터 찍어 댔다.

　그때 혼주를 상징하는 코사지를 가슴에 단 강 회장이 차에서 내리자 일제히 카메라 플래시가 터졌다. 뒤이어 도착한 지석과 한복을 곱게 차려입은 혜련이 차에서 내리자 기자들이 급해지기 시작했다. 지아의 성이 강 씨인 것을 그제야 떠올렸던 것이다. 그리고 오늘 이 호텔에서는 현우의 결혼식 하나만 잡혀 있었다. 지아가 평범한 일반인이 아니라 대기업 회장의 자식이었다는 사실이 순식간에 특종으로 퍼져 나갔다. 돈 때문에 현우를 만난다는 루머가 한순간에 종식되는 장면이었다.

　그리고 속속 도착하는 연예인들과 평소 현우와 친하게 지낸 해외 스타들까지, 그야말로 세기에 볼 수 있을까 하는 결혼식이었다. 철저히 비공개로 열리는 결혼식이라 기자들은 결혼식이 열리기 전, 사진 한 장이라도 더 건지려고 몸싸움도 마다하지 않았다. 그날 점심시간도 채 되지 않은 시간, 각종 포털 사이트에는 현우와 지아의 결혼 사진이 메인으로 걸렸다.

　종일 이어진 결혼식과 피로연에 두 사람은 완전 뻗었다. 호텔 스위트룸, 침대에 누워 있는 지아는 손가락 하나 까딱하기 힘들었다.

　"너무 힘들어. 두 번 할 건 못 돼!"

　말 그대로 널브러져 있는 그녀에게 현우가 물을 가져다주었다.

　"마셔!"

　"고마워!"

몸을 일으켜 물을 마신 지아가 다시 눕자 현우가 발밑에 앉아 구두를 벗겨 주었다.

　"아! 시원해."

　이내 종일 구두 안에서 고생한 발을 주무르기 시작했다.

　"넌 안 힘들어?"

　멍하니 천장을 바라보며 지아가 물었다.

　"난 하이힐을 안 신었잖아. 괜찮아."

　발을 주무르던 손이 종아리로 올라와 뭉친 근육을 풀자 그녀의 입에서 신음 소리가 나왔다.

　"악! 아파!"

　"참아 봐, 다리 엄청 뭉쳤어."

　아프다는 말에도 아랑곳 않고 다리를 계속 주무르자 지아는 그가 마사지하기 편하게 아예 엎드렸다. 그러자 피로연에서 입었던 짧은 드레스가 말려 올라가며 그녀의 매끈한 허벅지가 드러났다. 스타킹을 신은 모습은 처음 본 현우는 평소와 다른 그녀의 모습에 살짝 흥분이 되었다. 하지만 힘들어 하는 그녀를 생각해 열심히 다리를 주물렀다. 하지만 지아도 스타킹 위로 움직이는 그의 손이 자극이 되었는지 조금씩 움찔거리기 시작했다. 몰래 고개를 돌려 그를 내려다보니 현우는 마사지에만 신경을 쓰고 있는 것처럼 보였다. 약이 오른 지아가 다리를 구부리며 살짝 다리를 벌렸다. 그러자 팬티스타킹 안에 손바닥만 한 속옷이 보였다.

　"가만히 있어라! 이대로 두면 내일 힘들어!"

그녀의 다리를 주무르며 현우가 말했다.

"나 춤추는 사람이야! 그 정도로는 안 힘들어!"

이젠 대놓고 한쪽 팔로 머리를 괴고 그를 바라보며 지아가 치마를 끌어 올렸다. 평소에는 볼 수 없는 그녀의 모습에 현우는 슬금슬금 손을 올려 그녀의 팬티와 스타킹을 한꺼번에 내렸다. 그리고 그녀의 몸을 돌려 눕히며 지아를 내려다보았다.

"바라는 게 이거야?"

한 손으로 그녀의 가슴을 만지며 현우가 물었다.

"아마도?"

지아가 새침하게 눈을 흘기자 현우는 그녀의 등 뒤로 손을 넣어 아예 드레스의 지퍼를 내렸다.

"난 하려면 제대로 하는 사람이라서."

드레스를 내리자 하얀 속옷에 싸여져 있는 그녀의 가슴이 보였다. 그녀를 한번 쳐다본 현우가 고개를 내리며 속옷을 위로 밀어 올렸다. 그리고 가슴을 욕심껏 입에 물었다.

"하아!"

기다렸다는 듯이 그녀의 입에서 만족스러운 한숨 소리가 나오자 현우는 본격적으로 그녀를 맛보기 시작했다. 종일 이어진 행사로 땀에 젖었던 가슴에서 짠맛이 느껴졌지만 오히려 더 자극이 되었다. 그가 마음껏 가슴을 맛보는 동안 지아는 드레스와 속옷을 벗어 버렸다. 그리고 두 다리로 그를 끌어안으며 손가락을 입으로 가져갔다.

타액으로 축축이 젖은 손가락으로 그의 귀를 쓸어내리자 가슴을 빠는 현우의 힘이 세졌다. 허리를 움직여 그를 자극하자 현우가 가슴에서 떨어졌다. 그리고 자신의 옷을 벗어 던지기 시작했다. 상체부터 드러나는 맨살을 지아가 만지자 근육들이 성을 내기 시작했다. 빠르게 바지까지 벗는 것을 본 지아가 손을 내려 그의 중심을 잡자 현우의 입에서도 결국 신음 소리가 터져 나왔다.

"으읏!"

 신음 소리를 낸 그가 몸을 세우더니 그녀를 안아 들었다. 그리고 빠른 걸음으로 욕실로 향했다. 그에게 안겨 욕실로 가는 중에도 그녀는 현우의 귀를 핥았다. 그러자 재빠르게 그가 지아를 내려놓고 입술을 찾았다. 지아도 그에게 매달려 입술을 찾았다. 자신을 송두리째 뽑아 갈 듯 입술을 빨아들이는 현우 때문에 지아는 숨을 쉴 수가 없었다. 살짝 그를 밀쳐도 보았지만 지금 그는 아무것도 느끼지 못하는 것 같았다. 그래서 지아는 손을 내려 잔뜩 성이 난 그의 중심을 만졌다.

"헉!"

 작고 따뜻한 손이 자신의 중심을 감싸자 그제야 현우의 입술이 떨어져 나갔다. 눈앞에 보이는 지아의 부은 입술이 보이자 현우가 쉰 목소리로 말했다.

"미안!"

"괜찮아."

 잠시 진정된 그를 보며 지아가 샤워기의 물을 틀었다. 따뜻한 물이 몸을 적시자 땀에 젖었던 몸이 개운해지는 것을 느꼈다. 서로의 몸에 물을 뿌린 지아가 그를 뒤돌아서게 했다. 그리고 고개를 젖히게 한 뒤 물을 뿌리고 샴푸를 뿌렸다. 현우가 욕조에 걸터앉았다. 한결 수월하게 머리를 감겨 주자 그가 몸을 기대어 왔다.

아기처럼 품에 안고 머리를 감겨 주자, 이번에는 현우가 그녀의 머리를 감겨 주었다. 긴 머리카락을 타고 샴푸가 씻겨 나가자 지아가 그의 몸에 비누칠을 시작했다. 어깨와 가슴을 지나 아랫배 근처로 손이 내려가자 욕조에 앉아 있던 현우가 벌떡 일어났다. 잠시 수그러들었던 그의 중심도 다시 뻣뻣하게 고개를 들기 시작했다. 눈을 감고 그녀의 손길을 즐기는 현우를 살짝 바라본 지아가 무릎을 꿇고 앉았다. 그리고 양손으로 비누 거품을 충분히 내어 다리부터 서서히 비누칠을 하며 올라왔다.

일부러 딱 중심만 남겨 둔 채 자신의 몸에도 비누칠을 시작했다. 잔뜩 기대를 하고 있던 현우는 그녀의 손길이 멈추자 눈을 뜨고 지아를 바라보았다. 아무 일도 없다는 듯이 자신을 바라보며 비누칠을 하고 있는 그녀를 보고 말했다.

"이리 줘!"

현우가 그녀의 등에 비누칠을 해 주자 지아가 다시 비누를 받아 들었다. 그리고 다시 거품을 잔뜩 낸 뒤 그를 안았다. 그의 등 뒤로 돌아간 양손으로 비누칠을 하며 마사지를 시작했다. 그러자 작은 손에서 오는 간질거림과 비누칠을 해서 미끈거리는 그녀의 몸이 주는 자극에 현우의 얼굴이 벌겋게 달아오르기 시작했다. 잠시 그렇게 등 근육을 풀어 주던 지아가 다시 샤워기로 서로의 몸에 물을 뿌렸다. 그리고 다시 그의 앞에 무릎을 꿇었다. 하지만 계속되는 그녀의 자극에 더 이상 참을 수 없었던 현우가 말했다.

"침대로 가자!"

급하게 그녀를 안아 들고 침대로 향한 현우는 그녀가 벗어 놓은 드레스를 바닥으로 던졌다. 그리고 대충 물기를 닦은 그가 그녀의 양다리를 잡아 침대 끝으로 쭉 잡아 당겼다. 평소와 다른 그의 행동에 지아가 물었다.

"왜?"

"가만 있어 봐."

그녀의 엉덩이가 침대에 반쯤 걸쳐지자 그가 무릎을 꿇었다. 그리고 주저하지 않고 그녀의 꽃잎을 입에 머금었다.

"하악!"

놀란 지아가 두 손으로 그의 머리를 잡았다. 그리고 쉴 새 없이 괴롭히는 그를 따라 허리가 흔들리기 시작했다. 침대 아래에서 올려다보는 현우 때문에 평소보다 더 부끄러웠다. 이상하다고, 하지 말라고 말해야 하는데 자신의 의지와는 다르게 허리는 더욱 요란하게 춤을 출 뿐이었다. 욕심껏 그녀를 맛본 현우가 고개를 들자 이번에는 그녀가 그를 침대로 밀었다.

"누워 봐."

욕실에서부터 잔뜩 기대를 하고 있었던 현우는 얼른 침대에 누웠다. 건들면 터질 듯이 부풀어 있는 중심을 손으로 쓸어내리자 그의 몸이 부르르 떨렸다. 반응하는 그를 한번 쳐다본 지아가 그의 중심을 천천히 입으로 삼키기 시작했다.

"하아!"

낮은 그의 신음 소리에 맞춰 그녀의 고개가 움직이기 시작하자 현우의 입에서도 신음 소리가 크게 터져 나왔다. 혀끝으로 자신을 자극하는 그녀의 머리를 한 손으로 쓰다듬었다. 제대로 말리지 않아 축축한 상태였지만 두 사람은 신경 쓰이지 않았다. 그녀가 주는 자극을 더 참지 못한 현우가 그녀를 끌어 올렸다. 그리고 곧장 그녀의 안으로 들어갔다.

"으으응!"

잔뜩 성이 나 꽉 차게 밀고 들어오는 그를 받아들이며 그녀의 입에선 만족의 신음이 흘러나왔다. 천천히 움직이며 자신을 내려다보는 현우를 끌어안으며 그녀가 다정하게 입을 맞췄다. 지아의 가벼운 입맞춤을 받으며 현우가 점점 속도를 올리기 시작했다. 두 다리로 그를 감싸 안은 지아의 발끝에 점점 힘이 들어가기 시작했다.

"하, 앙! 하앙!"

간드러지듯 넘어가는 그녀의 신음 소리를 들으며 현우는 마지막을 위해 더욱 힘차게 움직였다.

"악!"

그의 목을 끌어안은 팔이 떨리기 시작하더니 그녀가 현우의 중심을 세게 조였다. 그녀의 절정에 움직이기 힘들었지만 뒤이어 그도 절정에 도달했다.

"윽!"

자신을 잔뜩 쏟아 낸 그가 지아에게 무너졌다. 숨을 고르는지 들썩이는 그녀를 몸을 돌려 품에 꼭 안았다.

"사랑해 강지아!"

짧게 입을 맞춰 오는 그를 받아 주며 지아도 말했다.

"사랑해, 울 신랑!"

신혼부부의 첫날밤은 그렇게 뜨겁게 깊어 갔다.

* * *

결혼식을 한 이후 지아에 대한 루머는 사라졌다. 강 회장의 딸이라는 것이 밝혀져서 그런 것도 있었지만, 매직엔터테이너의 이사라는 것도 밝혀져 더 이상 흥볼 것이 없었다. 어느새 우리 오빠가 사랑하는 사람이니 행복하길 바란다는 댓글이 주를 이루었다.

또 하나의 변화는 그녀에게 방송 출연 제의가 들어온다는 것이었다. 오늘도 한 케이블 방송에서 서바이벌로 댄스 경연을 하는데 심사위원으로 와 줄 수 없겠냐는 제안이 들어와 석훈과 의논 중이었다.

"하자! 지아야!"

"난 방송은 별루라니깐. 그리고 전문적으로 배우지도 못했는데 내가 어떻게 심사를 해."

마무리 녹음을 위해 회사에 왔던 현숙이 두 사람의 실랑이를 보고 한마디 했다.

"안 배웠어도 안무 짜고 가르치잖아! 우리 때 제대로 배워서 춘 사람이 얼마나 된다고!"

"현숙아! 말 잘했다. 그리고 그때 내가 기본적인 건 다 배울 수 있게 해 줬는데 이러면 곤란해!"

으름장을 놓듯 말하는 석훈을 보며 지아가 한숨을 쉬었다. 그리고 현숙을 보며 말했다.

"넌 또 왜 옆에서 거들어!"

지아의 타박에 현숙이 말했다.

"나갈 만하니깐 나가라는 거지. 너무 그래도 재수 없는 거 알제?"

현숙의 말에 한숨을 쉬며 그녀가 말했다.

"그 프로 이름만 대면 다 아는 완전 프로들이 심사 위원으로 나와! 내가 가서 입이라도 뗄 수 있을 거 같아?"

"페르소나부터 델라까지 네가 안무 짠 게 얼만데! 그게 아무나 되나?"

지지 않고 말하는 현숙을 보며 석훈은 더 하라며 손짓으로 부추겼다.

"한번 나가 보고 아니면 다음 시즌에는 안 나가면 되지! 그리고 영아이다 싶으면 방송국에서 먼저 이야기할 거고! 가시나가 해 보지도 않고 지랄한다!"

"그래 현숙이 말 잘한다. 해 보지도 않고 넌 무조건 안 된다는 소리부터 하잖아! 지난번 콘서트도 봐라, 내가 밀어붙여서 잘된 거 아냐?"

현숙의 지원을 등에 업고 석훈이 큰소리치자 지아가 어이없다는 듯이 그를 바라보았다.

　"하는 걸로 결정을 내려!"

　"그럼 며칠만 더 생각해 보고."

　한풀 수그러든 그녀의 반응에 석훈이 큰 소리로 말했다.

　"그래! 결정은 신중하게 하는 거야!"

　며칠 뒤, 결국 지아는 방송 출연을 하겠다고 연락했다.

8

　지아가 출연하기로 한 서바이벌 프로그램은 지역 예선을 통해 올라온 16개 팀이 심사 위원이 주는 점수로 매회 탈락하는 팀이 정해지는 프로그램이라 경쟁이 치열했다. 전국에서 몰려드는 지원자들로 예선부터 열기가 뜨거웠다. 방송에 출연하는 16개 팀은 방송 전까지 철저히 비밀에 부쳐졌다. 기존 심사 위원 2명과 새로운 심사 위원 2명으로 구성되었는데 새로운 심사 위원도 비밀에 부쳐져 그 어느 때보다 관심이 많이 쏠린 시즌이 될 것이라는 예측이 나왔다.

　첫 방송의 녹화가 있는 날, 무대 뒤에 서 있는 지아는 긴장감에 몸을 자꾸 움직였다. 방송국에서 심사 위원 소개를 할 때 지난번 현우의 콘서트에서 선보인 춤을 보여 줄 수 없겠냐고 제안을 해 왔다. 그래서 무대 뒤에서 자신의 순서를 기다리는 중이었다. 무대 앞에서 MC가 자신을 소개하는 멘트가 들리고, 파트너와 카메라 앞에 서자 그녀에게 새로운 세상이 열렸다.

안무 팀이 먼저 나가고 뒤이어 지아가 나가자 객석에서 탄성이 터져 나왔다. 그리고 심사 위원석에서도 웅성거림이 나왔다. 음악이 나오고 본격적인 공연이 시작되자 모두들 숨을 죽이고 무대에 집중했다. 조명을 받아 번쩍이는 의상과, 음악에 맞춰 현란하게 움직이는 안무 팀의 몸짓에 무대에서 눈을 뗄 수가 없었다. 지아의 매혹적인 표정 연기에 모두 넋을 빼앗겼다. 인터넷에 떠도는 콘서트 영상을 봤지만 그때는 현우 위주로 녹화가 된 것이라 지아에게서 뿜어져 나오는 매력은 모두 놓치고 있었던 것이다. 매직엔터테이너에서 왜 외부에 안무를 의뢰하지 않는지 수긍이 되는 장면이었다.

음악이 끝나고 공연이 끝났을 때 녹화장에는 1, 2초 동안 적막이 맴돌았다. 그러더니 감당할 수 없는 함성과 박수가 터져 나왔다. 멘트를 이어 가야 하는 MC도 아무 말 못 하고 박수만 치고 있었다.

결국 녹화를 이어 갈 수가 없어, 10분 정도 쉬어 가기로 했다. 대기실로 돌아와 옷을 갈아입고 다시 녹화장으로 가려고 하는데 지아에게 꽃바구니가 배달되어 왔다.

「데뷔를 축하해! 차현우!」

같이 옷을 갈아입고 녹화를 구경하려던 단원들 입에서 탄성이 터져 나왔다.

"우와!"

쑥스러움에 얼굴이 붉어진 지아가 옷을 갈아입고 녹화장으로 향하자 단원들의 응원 소리가 터져 나왔다.

"단장님 파이팅!"

답례로 손을 흔들어 준 지아는 서둘러 녹화장으로 향했다. 출연자들도 비공개로 부쳐졌던 터라 다른 심사 위원들도 궁금했다. 한 팀씩 나와서 안무를 보여 줄 때마다 지아는 열심히 메모를 해 가며 평가에 집중했다. 자칫 실수라도 할까 봐 부지런히 메모하는 모습이 카메라에도 잡혔다. 5번째 팀의 무대가 끝나고 잠시 휴식 시간이 되었을 때 옆에 있던 심사 위원이 물었다.

"눈에 들어오는 팀이 있어요?"

그의 말에 지아가 메모지를 들여다보았다.

"전 2번째랑 4번째요."

그녀의 말에 남자가 고개를 끄덕였다.

"보는 눈은 다 비슷한가 봐요."

"그러게요."

잠시 휴식 시간이 지나고 다시 녹화가 시작되자 모두 무대에 집중하기 시작했다. 그리고 6번째 팀이 호명되자 지아는 눈을 의심할 수밖에 없었다. HURRY UP 팀이 무대로 올라오고 있었기 때문이었다. 힘차게 무대로 올라와 손을 흔드는 그녀들의 모습을 지아는 넋을 잃고 바라보았다. 그런 제 모습이 카메라에 잡히는 것도 몰랐다. 인사를 하고 무대 준비를 하는 모습을 본 지아는 다시 펜을 들었다. 그리고 그녀들이 그동안 얼마나 발전을 했는지 눈으로 확인을 했다. 신나고 격렬했던 무대가 끝나고 심사 위원의 평가를 듣는 시간이 되었을 때 MC는 지아에게 물었다.

"아까 HURRY UP 팀이 무대에 올라왔을 때 많이 놀라시는 모습이었는데 왜 그런지 물어봐도 되겠습니까?"

그의 말에 지아가 마이크를 들었다. 그리고 잠시 심호흡을 한 뒤 말을 했다.

"오늘 이 팀의 대한 평가에 대한 제 의견은 마지막에 할 수 있게 해 주시겠습니까? 그때 놀란 이유를 말씀 드리겠습니다."

그녀의 말에 MC의 이어폰으로 PD의 알겠다는 사인이 들어왔다. 그렇게 다른 심사 위원의 평가가 끝나고 마지막에 지아가 마이크를 들었다.

"일단 오늘 무대 잘 봤습니다. 전체적인 무대 구성도 좋았고 호흡도 다른 팀들에 비해서는 잘 맞았던 것 같습니다. 하지만 다른 팀에 비해서 쉽고 단순한 동작들로 구성이 된 것이 아쉽네요. 프로들이 보여 주는 그런 고난이도의 무대는 아니어도 다음 무대에 진출하게 되면 좀 더 신경을 쓰셔야 할 것 같습니다."

그녀의 말에 단원들이 고개를 끄덕였다.

"자! 이쯤에서 강지아 심사 위원님이 놀라신 이유를 말씀해 주셔야 할 것 같습니다."

기회를 놓치지 않은 MC의 말에 지아는 말했다.

"사실 이 팀은 저와 인연이 있는 팀입니다. 제가 휴가차 부산에 있을 때 잠시 함께했던 팀입니다. 그 후로 제 일이 바빠서 연락을 못 하고 지냈어요. 그래서 좀 전에 무대에 나왔을 때 많이 놀랐네요. 그리고 예전보다 많이 발전한 모습에 두 번 놀랐습니다."

그녀의 말에 MC도 놀란 눈치였다.

"그렇습니까? 저희 제작진도 몰랐던 것 같은데요."

그때 PD의 지시가 이어폰으로 날아들었다.

"방송을 처음부터 보신 분들은 이 모든 궁금증을 해결하실 수 있습니다."

그렇게 지아의 인터뷰가 끝나고 다시 다른 팀들의 무대가 시작되었다.

* * *

첫 방송이 있는 날, 현우와 지아는 TV 앞에 앉았다. 지아가 무릎에 놓여 있는 쿠션을 만지작거리자 그 모습을 본 현우는 주방에서 맥주를 꺼내 왔다.

"마셔! 그렇게 긴장돼?"

"응! 당연한 거 아냐?"

그가 내미는 맥주를 지아가 얼른 받아 한 모금 마셨다. 그런 지아가 귀여워 현우가 품에 안았다.

"방송 일 하는 사람이 이런 걸로 긴장하면 어떡해?"

"몰라! 시작한다."

광고가 끝나고 방송이 시작되자 현우도 화면에 집중했다. 지아한 테 별거 아니라고 했어도 내심 기대도 되고 걱정도 되었던 것이다.

심사 위원 소개 후 지아를 소개하는 MC의 멘트가 나오고, 그녀의 무대가 시작되었다. 콘서트 당시에는 그도 실수하면 안 된다는 생각에 그녀의 얼굴을 마주 보는 안무가 아니면 그녀의 표정을 제대로 볼 수가 없었다.

하지만 화면에 잡히는 그녀의 표정을 보는 순간 그동안 알고 지내던 지아가 맞는지 의심스러웠다. 음악에 맞는 풍부한 표정과 흐트러짐 없는 안무에 현우가 그녀를 쳐다보았다. 왜 석훈이 그녀의 데뷔가 무산된 것을 지금까지도 아쉬워하는지 알게 되었다.

신을 쳐다보는 현우의 눈길은 모른 채 지아는 화면에 나오는 자신의 모습에 온몸이 오글거리는 것 같았다.

"으으으!"

부끄러움과 오글거림에 몸서리치는 여자가 화면 속, 사람과 같은 사람이라는 사실에 현우는 웃음이 나왔다. 가끔 하는 짓이 아이 같을 때가 있는데 오늘이 딱 그런 날이었다.

방송 내내 부끄러워하는 지아를 품에 안고 현우는 등을 토닥이며 달래 주었다.

그때 그녀의 무대를 보며 비명을 지르며 흥분하는 사람들이 화면에 잡혔다. 발까지 동동 구르며 환호하는 사람들은 다름 아닌 HURRY UP 팀이었다. 그들도 무대 위에 오른 지아를 보고 놀랐는지 난리였다. 모니터를 보며 흥분하는 모습이 그대로 방송되었다.

＊

　그리고 다음 날, 포털사이트에는 오디션 프로그램의 자작극이라는 기사가 올라왔다. 문제는 모니터를 보며 환호성을 지르는 소리 사이로 들려온 '쌤이 여기 와 나오노'라는 말이 뚜렷하게 잡혀서 방송이 된 까닭이었다. 본선 팀은 철저하게 비밀에 부친다고 하고선 심사 위원과 친분이 있는 팀을 출연시켜서 모르는 척 조작한 프로그램이라는 기사였다. 그러자 일순간 난리가 났다. 경연 프로그램에서 조작이라는 상황은 치명타였다. 당일 녹화는 총 2회 방송 예정이었다. 지아가 상황 설명을 한 내용은 다음 방송에 나올 예정이었다.

　생각하지도 못한 상황에 지아는 정신이 없었다. 결혼 후 한동안 잠잠했던 악플이 다시 달리기 시작했다. 차마 입에 담지도 못할 원색적인 비난까지 쏟아졌다. 조작이라는 상황보다 썬의 아내라는 자신의 위치가 더욱 사태를 부채질하는 것 같았다.

　현우를 사랑하지 않는 것은 아니었다. 하지만 자신의 모든 행동이 그와 연관 지어져 해석이 되는 것에 지아는 화가 치밀었다. 방송국에서 다음 방송을 봐 달라며 결코 생각하는 대로 조작은 없다며 기사를 내보냈지만 여론은 쉽게 수그러들지 않았다.

　"하아!"

　깊은 한숨을 쉬는 그녀를 보며 현우가 말했다.

　"왜 그래?"

"이 상황이 짜증 나서!"

전에 없이 짜증을 내며 말하는 그녀를 바라보며 현우가 말했다.

"다음 주에 방송 나가면 조용해질 거야."

그의 말에 지아가 현우를 쳐다봤다. 그리고 잠시 망설이다 말했다.

"너랑 사귀고부터 내가 없어진 느낌이야!"

"……."

갑작스러운 그녀의 말에 현우가 대답을 하지 못했다. 그런 현우를 외면한 채 지아는 앞을 바라보고 계속 말을 이어 갔다.

"그래도 나름 하는 일도 있고 만족도 하고 살았는데, 언젠가부터 내 자존감이 바닥을 쳐. 모든 일에 너와 연관이 되지 않으면 안 돼. 각오는 했고 또, 그동안 옆에서 수없이 봐 온 일이라 잘할 수 있을 거라 생각했는데 자꾸 부딪히니 쉽지 않네."

그녀가 눈을 감고 고개를 젖히는 모습을 현우가 빤히 바라보았다. 그동안 너무 많은 일들이 일어나긴 했었다. 애초에 콘서트에 세우지 말았어야 했나 하는 후회가 밀려왔다. 같은 일을 하기에 잘 안다고 생각했고, 그래서 잘 헤쳐 나갈 거라고 생각했는데 연이어 터지는 일에 지아도 많이 지친 것 같았다. 오랜 연예인 생활을 해 온 자신도 악플이 힘든데 지아는 더 견디기가 힘들었던 모양이었다.

"그럼, 방송 그만둘래?"

그의 말에 지아가 눈을 떠 현우를 바라보았다.

"도망치라고?"

"그게 아니라 너무 힘들어하니깐, 힘든 것보다 낫지 않겠어?"

그의 말에 지아가 대답했다.

"가뜩이나 떨어져 있는 자존감 아예 무너트리자는 거구나."

"그런 뜻이 아니야."

다시 눈을 감고 입을 다문 지아를 현우는 아무 말 없이 바라보았다. 한 번 시작한 일 쉽게 그만둘 그녀가 아니라는 것을 그도 잘 알았다. 하지만 이렇게 힘들 바에야, 더 망가지기 전에 그만두는 것이 낫지 않을까하는 생각이었다.

"일이 힘든 게 아니야. 이 상황이 힘든 거지. 내 인생에서 네가 제일 중요하고 소중한데, 모든 일의 끝이 너로 귀결되는 상황이 짜증 날 뿐이야."

말을 끝낸 지아가 일어나며 말했다.

"먼저 잘게."

방으로 들어가는 지아를 현우는 그저 바라보기만 했다. 그리고 원인을 알면서도 해결해 줄 수 있는 게 없다는 사실이 슬프고 미안했다. 지아 역시 현우의 잘못이 아니라는 것을 알고 있다. 하지만 그를 원망하게 되는 자신의 마음을, 본인도 조절하기 힘들었다.

* * *

첫 방송이 나간 다음 날, 지아에게 단장의 전화가 걸려 왔다.

— 쌤!

"잘 지내셨죠?"

— 우리가 지금 이런 대화를 나눌 사이는 아닌 것 같아요. 호호호.

"어떻게 지내세요?"

— 또 댓글 막았지요. 호호호

호탕한 단장의 웃음에 지아도 긴장이 풀리는 것을 느꼈다.

— 다음 주, 방송 나가면 조용할 낍니다. 너무 애태우지 마이소.

자신들보다 지아에게 비난의 초점이 맞춰지는 것을 아는 단장이
그녀를 위로했다.

"방송 나가면 조용해지겠죠?"

— 네. 손가락 잘못 놀린 인간들 쪽팔릴 겁니다. 걱정 마이소.

"단장님도 다음 주까지는 마음 고생하셔야겠어요."

— 잘못한 것도 없는데 고생은요. 쌤이나 상처 받지 마이소.

오히려 자신을 걱정해 주는 단장 덕분에 지아는 더욱 미안해졌다.

— 이래저래, 쌤만 마음고생 하시네. 나중에 또, 통화하입시더.

간단하게 그녀의 안부를 확인한 단장이 전화를 끊자, 지아는 핸드
폰을 한참을 쳐다보았다. 자신들이 지아에게 받은 것이 많아 항상 미
안하다 하지만, 지아는 오히려 그 반대였다. 그녀들에게서 무한 긍정
의 힘을 받고 있었던 것이다. 자신들도 힘들 텐데, 지아를 생각해 먼
저 연락해 준 그녀들이 고마웠다.

* * *

알 수 없는 어색함으로 일주일을 지낸 뒤 두 번째 방송 날이 되자 현

우와 지아는 각자의 방식으로 방송을 모니터링했다. 그동안에도 지아는 2라운드에 진출 한 팀의 멘토로서 최선을 다했다. 최초 16팀 중에서 하위 4팀이 탈락이 되었고 그중 3팀씩을 심사 위원들이 멘토로 도움을 주는 방식이었다. 외출을 할 때마다 수군대는 사람들의 시선이 힘들었지만 아무렇지 않은 척 행동하며 다녔다. 참여하기로 한 일을 펑크 낼 수는 없었던 것이었다. 그래서 일부러 더욱 바쁜 한 주를 보냈다.

안방에서 혼자 방송을 보고 있을 현우가 신경 쓰였지만 애써 모른 척 지아는 방송이 시작되기만을 기다렸다. 광고가 끝나고 방송이 시작되자 지아는 무릎에 있는 쿠션을 본인도 모르게 움켜쥐었다. 지난주 방송이 짧게 지나가고 HURRY UP이 화면에 나왔다. 환하게 인사를 하는 장면 뒤로 놀라는 지아의 얼굴이 화면에 나왔다. 뒤이어 준비했던 무대가 끝나고 지아의 인터뷰가 나왔다. 그리고 지난주 문제가 되었던 장면이 편집 없이 다시 방송이 되었다.

결국 호흡은 좋았으나 지아가 지적한 대로 다른 팀에 비교적 쉬운 안무를 췄던 HURRY UP은 다음 라운드로 진출하지 못했다. HURRY UP의 탈락으로 방송이 끝나자 지아는 TV를 껐다. 그리고 긴 한숨을 내쉬었다. 이젠 인터넷으로 반응을 보는 것도 겁이 났다. 방송 출연이 자신의 생각과는 달리 독이 된 것 같았다. 한없이 가라앉는 기분에 눈물이 났다. 그때 언제 거실로 나온 것인지 현우가 말을 걸었다.

"맥주 마실래?"

"응."

그녀의 대답에 현우는 주방에서 맥주를 가져왔다. 그가 건네는 맥주를 받아 든 지아가 한 모금 마신 뒤 머뭇거리다 말했다.

"미안해."

"뭐가?"

그녀를 바라보며 현우가 말했다.

"네 잘못 아닌데 짜증 내서."

그녀의 말에 현우가 고개를 저으며 말했다.

"괜찮아. 일이 계속 터지긴 했어. 게다가 아예 내 잘못이 없다고는 못 하잖아. 처음 겪는 사람은 충분히 힘들어. 이해해."

"난 연예인 안 하길 잘한 거 같아. 못 견뎠을 거야."

"해 보면 나름 익숙해져."

씁쓸한 그의 말에 지아가 현우를 바라보았다.

'이 남자도 힘들었겠구나.'

맥주를 테이블에 내려놓은 지아가 그를 품에 안았다.

"힘들었겠다."

그 소리가 자신이 힘들다는 소리로 들려 현우가 그녀를 세게 끌어 안았다.

"미안해. 평범한 남자가 아니어서."

"이번 일, 현우 네가 아니어도 아마 시끄러웠을 거야. 미안해하지 마."

그 말에 현우가 그녀를 내려다보았다.

"사랑해!"

"나도 사랑해."

따뜻하게 안아 주는 그의 품이 좋아 지아는 더욱 현우에게 파고들었다. 그런 지아를 현우는 말없이 토닥이며 안아 주었다.

* * *

두 번째 방송이 나가고 다시 인터넷은 뜨거웠다. 방송 말미에 HURRY UP 단원들이 모니터에 나오는 지아를 보는 영상이 여과 없이 방송되었는데, 그중 '쌤이 여기 와 나오노' 라는 단원의 목소리가 지난번 영상보다 더욱 또렷하게 나왔다. 그리고 단원들과 지아가 서로를 보고 많이 놀라는 모습이 추가적으로 공개가 되자 결국 조작 방송이 아니라는 여론이 형성이 되었다. 연기자들도 아니고 그렇게 리얼하게 놀란 연기를 할 수가 없다는 것이었다. 그리고 서로의 출연을 몰랐으니 '왜 나오냐' 는 말을 했다는 것이었다.

사실 이런 댓글은 첫 방송이 되고 난 후에도 달렸었다. 하지만 조작 방송이라는 프레임을 이미 씌워 놓고 지아와 방송사를 저격했기 때문에 그때는 설득력을 얻지 못했었다. 하지만 원본에 가까운 영상을 본 후, 사람들의 태세 전환은 신기할 정도로 빨랐다.

그렇게 지아에게 불었던 또 한 번의 바람이 수그러들고 있었다.

* * *

한 번의 고비를 넘기고 세 달째 이어지고 있는 방송은 대박이었다.

매회 시청률도 잘 나왔고 유독 냉정한 평가를 하는 지아에게도 많은 관심이 쏠렸다. 지아도 처음보다 많이 적응해 방송이 재미있었다. 이번 주부터는 시청자 실시간 투표가 있어 생방송으로 진행될 예정이었다.

방송 전 리허설이 있어 지아는 새벽부터 서둘러 방송국으로 향했다. 방송국 입구부터 알아보는 사람들이 많았다. 용케도 그녀의 차를 알아보고 손을 흔드는 사람들도 생겼다. 창문을 살짝 내려 손을 흔들어 준 그녀가 주차장에 내리자 지하 특유의 냄새가 확 올라왔다. 순간 비위가 상한 그녀가 서둘러 코를 막았다. 그 모습을 잠시 일을 봐주던 현우의 매니저가 보고 급히 창문을 내리고 물었다.

"누나! 괜찮아요?"

"응! 오늘따라 냄새가 좀 심하네. 괜찮아. 걱정 마!"

매니저를 안심시킨 지아가 먼저 안으로 들어가자 매니저도 차를 세우고 서둘러 그녀의 뒤를 따랐다. 대기실에 들어가자 먼저 도착해 있던 다른 심사 위원이 그녀를 반겼다. 방송에 자주 출연했던 안무가 소영이었다. 붙임성이 좋아 녹화 첫날부터 살갑게 그녀를 대해 줘 어느새 친해진 사람이었다.

"언니 왔어요?"

"네! 잘 지냈죠?"

반갑게 맞이해 주는 그녀에게 지아가 인사를 했다. 주섬주섬 짐을 내려놓는 지아에게 그녀가 작은 병을 건넸다.

"언니! 이거 집에 가서 현우 씨랑 드세요."

"이게 뭐예요?"

작고 귀여운 병을 받아 들며 지아가 물었다.

"홍삼이에요. 항상 먹는 집이 있는데 언니 생각나서 덜어 왔어요. 양이 적어도 흉보지 마세요."

"아니에요. 고마워요."

직접 포장을 했는지 작은 병에 달려 있는 리본이 앙증맞았다.

"그런데 먹으면 몸이 좋아지는 거 느껴져요?"

평소 건강식품은 잘 챙겨 먹지 않는 지아가 궁금해서 물었다.

"사람마다 다르지만 저는 좋더라고요. 그리고 우리처럼 몸 쓰는 직업들은 잘 챙겨 먹어야 해요. 몸이 재산인데."

그녀의 말에 지아가 고개를 끄덕였다. 본인도 본인이지만 이제는 현우도 챙겨야 하는 상황이니 좋다는 건 같이 먹어 봐야겠다는 생각을 했다. 잠시 수다를 떨던 두 사람은 리허설이 시작된다는 말에 녹화장으로 향했다.

지하에 위치한 녹화장에 엘리베이터가 서자 소영이 먼저 내리고 지아가 뒤를 이었다. 그러자 알 수 없는 냄새에 지아의 비위가 또 상했다.

"읍!"

뒤에 서 있던 매니저가 놀라 그녀를 불렀다.

"누나! 괜찮아?"

"응! 아침을 잘못 먹었나? 오늘 속이 좀 안 좋네."

그녀의 말에 매니저가 다시 엘리베이터를 타면서 말했다.

"차에 비상약 있어요. 다녀올게요."

그가 주차장으로 가고, 지아는 손으로 가슴을 쓸어내렸다. 매니저가 준 약을 먹고 다행히 그 이후로는 크게 속이 불편하지 않았다.

생방송까지 겹쳐 평소보다 힘들게 방송을 마치고 돌아온 지아는 침실로 가지도 못하고 거실 소파에 누웠다. 지아가 컨디션이 안 좋아 약을 먹었다는 매니저의 말에 녹화장에 가서 그녀를 데리고 온 현우가 주차를 하고 집으로 들어왔다. 그리고 그녀에게 물었다.

"지아야! 계속 속이 안 좋아?"

"아직은 모르겠어! 오늘 컨디션 꽝이야!"

소파에 널브러져 있는 그녀를 일으켜 현우가 외투를 벗겼다.

"생방이라 긴장했나 보다. 물 가져다줄게."

서둘러 냉수 한 잔을 떠서 그녀에게 건네자 지아가 잔을 받아 들었다. 그리고 잔에 입을 가져다 댔을 때 지아가 크게 구역질을 했다.

"우욱!"

지아가 재빠르게 자리에서 일어나 욕실로 향했다. 잔에서 올라오는 물비린내를 참기 힘들었던 것이다.

"왜 그래?"

그녀의 모습에 놀란 현우도 화장실로 따라왔다. 몇 번을 더 헛구역질한 지아가 욕실 바닥에 주저앉자 현우가 물었다.

"물 말고 다른 거, 줄까?"

힘겹게 고개를 끄덕이는 그녀를 보며 현우는 얼른 주스를 가지고 왔다. 힘겹게 주스를 마시는 그녀를 보며 변기에 물을 내린 그가 지아를 안아 들었다. 그리고 서둘러 침실로 향했다. 기운이 빠진 지아는 그가 해 주는 대로 침대에 누웠다.

"생방 두 번 했다가는 사람 잡겠다."

그의 말에 지아가 웃어 보였다.

"재미있었는데 나도 모르게 신경이 쓰였나 봐."

힘들어 하는 그녀를 위해 이불을 덮어주며 현우가 말했다.

"나도 생방은 떨려. 고생했어. 아침부터 정신없었잖아! 좀 자야겠다."

불을 끄고 나가는 그를 보며 지아는 까무러치듯 잠에 빠져들었다.

* * *

그렇게 정신없는 하루하루가 지나고 어느덧 지아의 마지막 방송이 있는 날이 되었다.

현우는 그녀와 함께 방송국을 찾았다. 그녀와 함께 특별 심사 위원으로 출연하게 되었기 때문이었다. 그녀가 출연하는 방송이라 한 번에 출연 승낙을 한 것도 있었지만 생각하지도 않던 지아와 현숙의 기념 앨범이 대박이 났다.

페르소나 채널에 그녀들이 앨범을 낸다는 소식을 전했고 잠깐 음원이 노출이 된 적이 있었는데 그것이 이슈가 되어 버렸다. 음원으로 내달라는 요청이 많아 정식 출원이 되었다. 그것에 대한 감사 인사를 전하기 위해 현우가 섭외를 승낙했다. 두 사람이 함께 방송에 나온다는 소식에 팬들은 엄청난 기대를 하고 있는 상황이었다. 마지막 리허설이 끝나고 생방에 들어가자 객석에서는 환호성이 터져 나왔다. 심사 위원들이 입장을 할 때 현우가 지아를 에스코트하는 장면이 카메라에 잡혔기 때문이었다. 관객들에게 손을 흔들어 준 현우가 자리에 앉자 주위에서 웅성거리는 소리가 들렸다. 카메라도 수시로 두 사람을 잡았다.

방송이 시작되고 결선에 오른 팀들이 공연을 시작하자 객석의 관심은 어느새 무대로 향했다. 현우와 지아도 다른 사람들과 함께 무대에 집중했다. 숨 가쁘게 이어진 3팀의 경연이 끝나자 현장 집계와 ARS 집계를 위해 잠시 현우와 인터뷰하는 시간이 주어졌다.

"이렇게 썬이 저희 방송에 나와 주실지는 꿈에도 생각 못 한 일입니다!"

MC의 말에 현우가 웃으며 말했다.

"이 사람 방송 마지막 날이라 응원도 해 주고 싶었고 또, 팬 여러분들께 드릴 말씀도 있고 해서 나왔습니다."

그의 말에 MC가 물었다.

"강지아 심사 위원을 응원하러 오셨다는 건 이해가 됩니다만, 팬분들께 드릴 말씀이라는 건 뭡니까?"

대본대로 그가 물어보자 현우는 연습했던 대로 음반에 많은 관심을 보여 주셔서 감사한다는 말을 전했다.

"아! 그 노래는 저도 들어 봤습니다. 강지아 심사 위원님이 생각보다 노래를 잘하시던데요! 놀랐습니다."

MC의 말에 현우가 웃으며 대답했다.

"원래 저보다 먼저 가수 준비하던 사람입니다."

"아! 그래요?"

MC도 몰랐다는 듯 반응하자 현우가 말을 이었다.

"그리고 드리고 싶은 말씀이 또 있는데요!"

연습했던 대본대로 끝내지 않고 현우가 할 말이 있다고 하자 MC가 다급히 PD를 쳐다봤다. 생방송 중이라 끊을 수도 없는 상황이라 PD가 OK 사인을 주었다.

"그래요? 어떤 말씀인가요?"

사인을 받은 MC가 그에게 질문하자 현우가 지아를 바라보았다. 고개를 끄덕이는 그녀가 화면에 잠시 잡히고 관객들도 두 사람을 바라보았다.

"저! 아빠 됩니다! 저희 아기 가졌어요."

그의 말에 깜짝 놀라는 MC의 얼굴이 화면에 잡혔다.

"우하하하! 축하드립니다. 이런 경사스러운 일을 여기서 발표해 주셔서 감사드려요."

현우의 말에 옆에 앉아 있던 다른 사람들도 두 사람에게 축하 인사를 건넸다.

* * *

다음 날 포털 사이트에는 또다시 두 사람의 기사가 도배되었다.

피할 수 없으면 즐기라고 했던가!

계속되는 피로감에 지아는 결국 병원을 찾았다. 임신이라는 의사의 말에 기쁘면서도 당혹스러웠다. 처음엔 아기가 찾아와 준 것에 대해 기쁘다가도, 다신 일에 복귀를 하지 못하는 것은 아닐까 하는 생각에 마음이 복잡했다. 하지만 임신이라는 것을 알고 뛸 듯이 기뻐하는 현우와 양가 어른들을 보고 나니 마음이 달라졌다. 그리고 이왕 대중의 눈을 피할 수 없다면 먼저 공개를 하자고 현우와 의견을 맞추었다. 그리고 시기적절하게 방송 섭외가 들어와 현우가 출연한 김에 발표하기로 한 것이었다.

방송에서 임신 발표를 한 후 두 사람은 주위의 엄청난 축하를 받았다. 특히 강 회장이 너무 좋아했다. 지석이 결혼한 지 몇 년이 지나도록 아기 소식이 없어 표현은 못 해도 내심 걱정하고 있던 차였다. 그런데 지석보다 늦게 결혼한 지아가 임신을 했다는 소식에, 아직 임신 초기였지만 강 회장은 수시로 아기용품을 사서 딸의 집으로 배달을 시켰다.

그리고 강 회장 못지않게 지아의 임신을 기뻐하는 사람이 있었으니, 바로 현숙이었다. 외동딸로 커서 사춘기를 오롯이 지아와 보낸 그녀는 마치 자신이 임신한 것처럼 기뻐했다. 경쟁이라도 하듯 아기용품을 보내는 두 사람의 모습에 웃기기도 하면서 행복한 지아였다.

* * *

그렇게 전쟁 같았던 서바이벌 프로그램의 마지막 방송이 끝나자 지아는 부산으로 향했다. 오랜만에 현숙을 만나 스트레스를 풀 겸 볼일도 보기 위함이었다. 카페 문을 열고 들어서자 카운터에 있던 현숙이 그녀를 반겼다.

"가시나야! 왔나?"

카운터에 있는 승빈에게 손을 흔들어 인사를 한 지아는 늘 앉던 자리로 갔다.

"임산부한테 가시나야는 빼지?"

알아서 미리 주스를 가지고 오는 현숙에게 지아가 한마디 했다.

"부산에서는 가시나는 욕도 아니거든."

현숙의 말에 지아는 눈으로 그녀를 흘겨보았다.

"몸은 괜안나?"

"응. 이젠 피곤한 것도 덜하고 괜찮아."

임신을 하고 그동안 마음고생을 한 것인지 지아의 얼굴이 많이 상해 있었다.

"현우가 못 먹이는 것도 아닐 낀데, 얼굴이 그게 뭐고?"

"우리 새언니도 그 소리 하더라."

웃으며 말하는 그녀가 전화 통화를 할 때보다 편해 보여 현숙은 한시름 놓았다.

"요즘도 버스킹 나와?"

HURRY UP의 근황이 궁금했던 지아가 물었다. 지난번 조작 사건 이후 서로 미안해 연락을 못 하고 있었다.

"응. 완전 스타 됐다. 버스킹 하는 날에는 난리도 아니다. 이래서 방송이 무섭다이."

그녀의 말에 지아가 고개를 끄덕였다.

"지금 쌤하고도 잘 맞는 모양이더라."

"잘됐네."

자신도 잘 모르는 사람이어서 혹여 안 맞으면 어쩌나 걱정을 하고 있었다. 하지만 다행히 잘 맞는다니 안심이 되는 지아였다. 두 사람이 한참 이야기를 나눌 때, 문이 열리고 누군가 인사를 하며 들어왔다.

"사장님 저 왔어요."

현숙에게 손을 흔들며 들어오던 사람이 지아를 보더니 놀란 듯했다.

"쌤!"

방송국에서 본 후, 오랜만에 보는 단장이 놀라며 뛰어왔다.

"온다는 소리 없었잖아요."

그녀의 등장에 지아가 웃으며 말했다.

"그러게요. 갑자기 오게 됐어요."

"어쩐지 오늘 남포동에 오고 싶더라고!"

그녀의 말에 한바탕 웃음이 터졌다. 커피를 주문한 뒤 옆에 앉는 단장에게 지아가 말했다.

"그렇지 않아도 단장님께 연락드리려고 했어요."

"왜요?"

"영은 씨 연락처 여쭤보려고요."

"영은이요? 왜요?"

그녀의 말에 단장이 전화번호를 뒤지며 물었다.

"영은 씨 딸 한번 만나 보려고요."

그녀의 말에 단장이 보고 있던 핸드폰에서 고개를 들어 그녀를 바라보았다.

"아가, 끼가 있지요?"

그녀의 의중을 단박에 알아챈 단장이 말했다. 그녀가 부산에 있을 때 영은을 따라 몇 번 연습실에 온 딸의 가능성을 지아가 봤던 것이다. 아무 말 없이 그저 웃는 그녀를 보고 단장이 말했다.

"쌤이 있다면 있는 기지."

신이 난 단장이 서둘러 영은에게 전화를 걸었다. 그리고 일사천리로 약속을 잡았다.

"그나저나 몸은 어때요?"

얼굴이 상한 지아를 보며 단장이 걱정스러운 목소리로 물었다.

"이젠 입덧도 가라앉았고 많이 좋아졌어요."

"무조건 잘 먹으이소. 엄마가 잘 먹어야 아도 좋아예."

"네."

"그나저나 영은이한테 잘 보여야겠다이."

그녀의 말에 다시 한번 더 웃음바다가 되었다.

* * *

며칠 뒤, 춤추는 아이를 녹화하며 카메라를 뚫어지게 쳐다보는 지아의 눈빛이 날카로웠다. 영은의 끼를 물려받았는지 아이는 카메라 앞에서도 떨지 않고 춤을 추었다. 그리고 안무 습득력도 뛰어났다. 그렇게 한 곡이 끝나자 지아는 팝송 한 곡을 틀었다. 짜여진 안무가 아닌 프리 댄스가 보고 싶었던 것이다.

"음악에 맞춰서 생각나는 대로 춤춰 봐."

그녀의 말에 아이가 다시 춤을 추기 시작했다. 그 모습을 영은과 단원들이 숨죽이고 바라보았다. 지아도 다시 카메라에 집중했다. 드디어 음악이 끝나고 단원들의 박수가 터져 나왔다.

"잘했어!"

아이의 어깨를 다독여 준 지아가 영은에게 말했다.

"일단 영상은 대표님께 보낼게요. 최종 결정은 회의를 해 봐야 아는 거니깐요."

"네. 기회가 생긴 것만 해도 어딘데요."

그녀의 말에 지아가 고개를 끄덕였다.

"영은 씨 보고 재능을 썩히기에는 아깝다는 생각을 했는데 서희가 엄마 끼를 그대로 물려받았어요."

그녀의 말에 아이가 쑥스러워했다. 그런 아이의 등을 한 번 더 두드려 준 지아가 모여 있는 단원들을 쳐다보고 머뭇거리며 말을 꺼냈다.

"그리고 드릴 말씀이 있는데……."

그녀의 말에 잠시 수다를 떨던 단원들이 그녀를 바라보았다.

"뭔 일인지 말해 보이소."

단장의 말에 지아가 크게 심호흡을 쉰 뒤 말했다.

"지난번에 준구 씨 하고 이야기한 뒤에 많이 고민하고 내린 결정인데 여기 계신 분들 의견도 궁금해서요."

준구의 이름도 나오자 단원들의 궁금증이 커졌다.

"아따 쌤! 숨 넘어가겠어요. 퍼뜩 말해 보이소!"

단장의 재촉에 지아는 그동안 머릿속에서 구상했던 일을 말했다.

"그러니깐 여기 이 자리에 아카데미를 만들자는 소리예요?"

그녀의 이야기를 듣던 단장이 물었다.

"네. 여기 선생님도 계시고 하니 당장 시작하는 건 크게 문제가 없어 보여요."

지아가 이런 결심을 한 배경에는 준구의 이야기가 컸다. 실력 좀 있고 춤 좀 춘다는 사람들이 서울로 모여드는 것이 현실이었고, HURRY UP의 경우를 봐도 선생님을 구하기는 어려웠다. 그럴 바에는 아예 아카데미를 차리는 것이 나을 것 같다는 생각이 들었다.

"그래되면 쌤이 부산 내려오십니까?"

다른 단원의 말에 지아가 고개를 저었다.

"아뇨. 운영은 여러분이 하셔야죠."

"우리가예?"

그녀의 말에 단원들이 놀라며 물었다.

"전 가끔 내려올게요. 지금껏 잘해 오셨으면서 놀라시긴요. 그리고 학원을 하신다고 하면 준구 씨도 제대하고 합류할 거예요. 이미 이야기 끝났어요."

"동호회랑 학원이랑 같습니까?"

단장의 말에 지아가 물었다.

"어떻게, 힘들까요?"

"우리도 생각할 시간을 주이소. 갑작스라바서 당황스럽네요."

단장의 말에 지아가 고개를 끄덕였다.

"그럼 결정되면 말씀해 주세요."

그녀의 말에 다른 단원이 물었다.

"학원을 할라 카면 연습실이 이거 하나로는 모자랄 건데요."

단장도 그 생각은 못 했는지 맞장구치며 지아에게 물었다.

"그러게요. 쌤, 그라면 이사 갑니까?"

"아뇨. 혹시나 해서 부동산에 물어봤더니 전부 세를 놓든지 아니면 파실 의향도 있대요. 그러니 그건 걱정 마시고 의논들 해 보세요. 선생님 충원도 얼마든지 가능하니까요."

지아의 말에 단장이 웃으며 말했다.

"아따메! 쌤 일하나는 끝내주게 빨리 진행하시네요. 지난번에 작은 쌤 모시고 올 때도 그렇더만."

"제가 좀 급해요."

그녀의 대답에 모두가 웃었다. 그렇게 며칠을 부산에서 보낸 지아는 다시 서울로 향했다.

* * *

지아가 서울로 돌아온 다음 날, 석훈을 비롯한 운영진과 캐스팅 디렉터가 회의실에 모여 지아가 찍어 온 영상을 보고 있었다. 여러 번 반복해서 돌려 본 뒤 정지 버튼을 누르며 지아가 물었다.

"어때? 난 가능성이 있다고 보는데."

지아의 말에 석훈이 말했다.

"춤 실력은 타고난 것 같은데 노래는 들어 봤어?"

"노래는 연습시키면 요즘에는 웬만하면 따라와요. 그리고 그룹이라 분배만 잘하면 괜찮아요. 오히려 춤이 안 되는 게 문제죠."

디렉터가 석훈의 말에 대답을 했다.

"비주얼도 저 정도면 괜찮고 지금 연습하고 있는 애들하고도 잘 어울리겠어요."

현재 회사에 있는 연습생들과 빠르게 매칭해 보며 다른 직원이 말했다.

"나도 그 생각 했어. 일단 비주얼로는 혜지랑 승아, 보람이 이렇게 넷을 묶어도 될 것 같아."

석훈이 생각했던 대로 회의 결과가 흘러가자 그가 지아에게 말했다.

"그럼 아이가 서울 한번 올라올 수 있나? 노래 들어 보고 바로 결정하자고!"

"알았어. 연락할게."

"1년 쉰다고 잠수 타더니 놀지만은 않았네."

대견하다는 듯 말하는 석훈에게 지아가 대답했다.

"보기보다 일중독이라서."

그녀의 대답에 석훈이 웃었다.

"난 좋지! 피곤할 텐데 들어가서 쉬어."

"응. 안 그래도 눕고 싶어."

그녀의 말에 직원들이 주변을 정리하기 시작했다. 자신의 카메라를 챙겨서 회의실을 나온 지아는 집으로 향했다. 임신을 한 뒤 자꾸 몸이 늘어져 힘들었다. 눕고 싶은 생각밖에 들지 않았다. 집 안으로 들어온 지아는 거실 소파에 누웠다. 그녀가 들어오는 소리에 게임을 하던 현우가 거실로 나왔다.

"일찍 왔네?"

"응, 회의만 하고 왔어."

"어땠어?"

발밑에 앉아 그녀의 다리를 주물러 주며 현우가 궁금했던 서희의 결과에 대해서 물었다.

"서울에 한번 오기로 했어."

"잘됐네."

"응."

발바닥까지 그가 꾹꾹 누르며 마사지를 해 주자 지아는 온몸이 노곤해졌다.

"시원하다."

"한숨 자. 피곤하겠다."

"그래야겠어."

대답하자마자 소파에서 곧장 잠에 빠져드는 지아를 보며 현우는 조심스럽게 방으로 들어갔다.

* * *

며칠 뒤 녹음실에서는 서희의 오디션이 있었다. 지아가 굳이 나오지 않아도 되는 자리였지만 본인이 추천한 아이라 신경이 쓰여 현우와 함께 회사로 나왔다. 휴게실로 가자 영은과 서희가 그녀를 기다리고 있었다.

"쌤!"

영은이 먼저 그녀를 발견하고 알은체를 했다.

"잘 지냈죠?"

"그럼요."

그녀와 인사를 하며 지아는 서희를 쳐다봤다.

"잘 지냈지?"

"네."

주차를 하고 늦게 올라온 현우도 휴게실에 들어서며 인사했다.

"안녕하세요!"

그의 인사에 서희가 부끄러워하며 엄마 뒤로 숨었다. 그 모습을 보며 현우가 웃으며 말했다.

"오빠, 사람 잡아먹는 사람 아니다."

"오빠가 아니라 삼촌이겠지."

뒤에서 들리는 석훈의 말에 현우가 돌아서며 말했다.

"형!"

"사장님!"

호칭을 정정해 준 석훈이 영은에게 인사를 했다.

"안녕하세요. 매직엔터테이너 대표 김석훈입니다."

그가 내미는 명함을 받으며 영은도 인사를 했다.

"서희 엄마 오영은이에요."

석훈은 생각보다 젊은 영은을 보고 놀라며 말했다.

"어머니가 데뷔하셔도 될 정도로 젊으세요."

석훈의 말에 영은이 멋쩍은 듯 말했다.

"일찍 결혼했어요. 21살에!"

"아! 그렇군요."

두 사람의 대화를 듣고 있던 지아가 말했다.

"테스트부터 하는 게 어때? 기차 시간도 있는데."

그녀의 말에 석훈이 고개를 끄덕였다.

"그래. 테스트부터 하자. 기차 시간은 생각도 못 했네. 녹음실로 가시죠."

그의 안내로 녹음실로 가니 디렉터와 회사 내 보컬 트레이너까지 모두 모여 있었다. 석훈이 들어오는 모습을 보고 모두 인사를 하자 그가 서희를 소개했다.

"오늘 오디션 볼 서희라고 해."

그의 소개에 서희가 인사를 했다.

"안녕하세요."

일단 인사할 때 목소리가 마음에 든 디렉터가 서희에게 말했다.

"나 따라와 볼래?"

디렉터의 말에 서희가 그를 따라 녹음 부스 안으로 들어갔다. 헤드셋을 건네주고 간단한 주의 사항을 일러 준 그가 부스 밖으로 나오자 석훈이 신호를 주었다. 노래의 전주가 시작되고 모두가 서희에게 집중했다. 지아도 뒤쪽 소파에 앉아 노래를 들었다. 말할 때와는 또 다른 매력 있는 목소리가 흘러나왔다. 그리고 노래도 생각했던 것보다 곧잘 불러 지아가 현우를 보며 작은 목소리로 말했다.

"괜찮지 않아?"

그녀의 말에 서서 노래를 듣고 있던 현우가 고개를 숙이며 말했다.

"응, 좋은데?"

현우가 자세를 바로 고치고 노래를 듣자 옆에 있던 영은이 물었다.

"쌤 괜찮은 거예요?"

그녀의 말에 지아가 말했다.

"일단 막 귀인 저한테는 좋아요. 결정은 다른 사람들이 하는 거지만."

그녀의 말에 영은은 일단 한시름 놓았다.

그렇게 모두가 보는 가운데 한 곡이 끝나자 직원들과 눈빛을 주고받은 석훈이 송출 버튼을 누르고 말했다.

"이번에는 델라 노래로 한 곡 더 불러 보자! 마지막이야."

그의 말에 안에 있던 서희가 고개를 끄덕이자 석훈이 이번에는 델라의 신곡을 틀었다. 듣기에는 통통 튀면서 귀여운 곡이지만 실제로는 상당히 난이도가 있는 곡이어서 델라 멤버들도 녹음할 때 힘들어했던 곡이었다. 노래가 시작되자 직원들은 다시 집중을 했다. 노래가 후반으로 갈수록 흔들리는 점은 있으나 그건 연습을 통해서 고칠 수 있는 것이었다. 전체적으로 마음에 든 석훈이 고개를 끄덕였다. 그러자 디렉터가 음악을 멈추고 아이를 나오게 했다. 그 모습에 소파에 앉아 있던 지아와 영은이 일어났다.

"집이 부산이라 전학해야겠죠?"

그의 말에 영은이 웃으며 말했다.

"합격된 거예요?"

"네. 축하드려요. 서희 고생했다."

녹음실에서 나오는 서희를 보며 석훈이 말했다. 녹음실에서 나오며 그의 말을 들은 서희가 총총 뛰어 영은에게로 갔다.

"구체적인 사항은 저희 직원이라고 의논해 보셔할 것 같습니다. 제일 중요한 게 학교인데……."

그의 말에 옆에서 듣고 있던 직원이 말했다.

"지방에서 올라온 학생들은 숙소 근처로 전학합니다."

직원의 말에 석훈이 덧붙여 말했다.

"데뷔 전까지는 저희는 무조건 학교 다니는 것을 필수로 합니다. 가끔 데뷔하고 영 시간이 안 된다 할 때 검정고시도 생각을 합니다만 일단 졸업을 우선으로 합니다."

그의 말에 영은은 안심을 했다. 학교 졸업을 필수로 한다는 점이 마음에 들었다.

"네. 일단 학업을 계속할 수 있다니 다행입니다."

영은의 말에 석훈이 웃으며 말했다.

"자세한 건 저희 직원과 의논해 보세요. 세부적인 건, 저보다 더 전문가입니다."

말을 마친 석훈이 녹음실을 나가자 직원들도 그의 뒤를 따라 나갔다.

"잘됐어요."

지아가 영은에게 말하며 서희의 어깨를 두드려 주었다.

"축하해. 서희야!"

"네."

그녀의 축하 인사에 서희가 부끄러워하며 대답을 했다. 그 모습을 보던 현우가 웃으며 말했다.

"기차 시간이 어떻게 되요? 식사하실 시간은 되죠?"

그의 말에 영은이 시간 확인을 했다.

"아직 널널해요. 서희가 서울은 처음이라 구경하고 내려갈라고, 넉넉하게 시간 잡았어요."

그녀의 말에 현우가 말했다.

"잘됐네요. 서희, 서울 구경이야 이제 실컷 할 텐데 저희와 식사하고 하세요."

"그렇게 해요. 영은 씨."

부부의 권유에 영은이 서희를 바라보았다. 여전히 쑥스러운 것인지 서희가 수줍게 고개를 끄덕였다. 그 모습이 귀여워 현우가 머리를 쓰다듬어 주며 말했다.

"그럼 갑시다."

현우의 말에 네 사람은 녹음실을 나섰다. 차를 타고 이동하는 동안에도 서희는 바깥 구경을 하느라 정신이 없었다. 그렇게 미리 예약한 식당에 도착하고, 주차를 하는 현우보다 세 사람이 먼저 룸으로 들어왔다.

"쌤! 이제 제법 표가 많이 나네요."

의자에 앉으며 이젠 제법 볼록해진 배를 보며 영은이 말했다.

"그렇죠? 저도 요즘 부쩍 제 배 보면서 실감해요."

"저는 우리 서희 가졌을 때 막달까지 입덧해서 죽는 줄 알았어요. 알라가 아니고 무슨 괴물이 들어 있나 했다니깐요."

그녀의 말에 서희가 입을 삐죽였다. 그 모습을 보며 지아가 웃으며 말했다.

"전 짧게 지나갔는데도 진짜 힘들던데 막달까지 입덧하셨으면 진짜 고생하셨겠어요."

말해 뭐 하냐는 그녀의 손짓에 지아가 웃었다. 그때 현우가 룸으로 들어왔다.

"주문은 했어?"

"아니. 너 오면 하려고."

그녀의 말이 끝나기 무섭게 직원이 들어와 주문을 받고 나갔다.

"말씀은 많이 들었는데 얼굴은 처음 뵙네요."

현우의 말에 영은이 웃으며 말했다.

"저는 자주 봤어예. TV에서요."

그녀의 농담에 현우가 웃었다. 하지만 서희는 창피한 것인지 영은의 팔을 툭 쳤다. 그 모습을 보던 현우의 웃음이 다시 터졌다.

"이해하세요. 사춘기다 아입니까."

그녀의 말에 이번에는 지아도 웃음이 터졌다. 그러면서 배를 만지며 말했다.

"꽁아! 우리는 사춘기 없이 그냥 가자. 알겠지?"

그렇게 모두가 웃으며 대화를 나눌 때 음식이 들어오고 식사는 화기애애하게 이어졌다. 한참 대화가 오가고 식사 분위기가 무르익었을 때 현우의 핸드폰이 울렸다. 석훈의 번호가 뜨자 양해를 구하고 현우는 전화를 받으며 밖으로 나갔다. 잠시 밖에 나가서 전화를 받던 현우가 다시 룸으로 돌아와 말을 꺼냈다.

"죄송한데 제가 먼저 일어나야 할 것 같아요."

현우의 말에 식사를 하고 있던 지아가 물었다.

"무슨 일인데?"

"나도 회사 들어가 봐야 알 것 같아."

그의 말에 지아가 물었다.

"같이 가?"

"아니야! 넌 식사 끝내고 서울역까지 모셔다드려. 난 택시 타고 갈게."

"죄송해요. 다음에 다시 얼굴 봐요."

아까 회사를 나오며 석훈을 만났던 터라 네 사람이 식사를 하러 온 줄 아는 상황이었다. 그런데 식사 도중 회사로 불러 들이는 것을 보면 그냥 쉽게 넘어갈 일은 아닌 것 같았다. 눈치 빠른 영은도 수저를 내려놓으며 말했다.

"급한 일인 것 같은데 쌤도 들어가 보세요."

현우가 룸을 나가는 것을 본 지아도 의자에서 일어났다.

"미안해요 영은 씨! 아무래도 일이 생긴 것 같아요."

"아니에요. 얼른 가 보세요. 밥도 거의 다 먹었어요."

의자에서 일어나며 지아는 서희에게 미안한 마음에 한마디 했다.

"서울 올라오면 제대로 밥 먹자."

"네."

서희의 대답을 들은 지아는 현우를 쫓아 서둘러 밖으로 향했다.

그날 저녁 각종 포털 사이트에는 현우의 기사가 떴다.

「페르소나의 썬! 표절 시비에 휘말리다!」

기사의 시작은 한 누리꾼이었다. 이번 콘서트에서 발표한 현우의 신곡이 벨기에의 무명 가수가 발표한 곡을 표절 한 것 같다고 의혹을 제기한 것이었다. 그러자 다른 누리꾼이 그 노래의 음원을 다시 댓글로 남겼다. 그리고 그것을 본 기자가 기사를 써 인터넷에는 또다시 그의 기사로 도배가 되었다.

지아와 함께 회사로 온 현우는 기사부터 읽어 보았다. 그리고 자신이 표절했다는 곡을 들어 보았다. 처음 글을 올린 누리꾼의 말대로 노래가 상당히 비슷했다. 하지만 그것만으로는 표절이라 단정 지을 수가 없었다. 그러나 이미 그가 표절한 것으로 여론 몰이가 형성되고 있었다.

"아! 진짜!"

답답한 마음에 현우가 책상을 치며 소리를 질렀다. 그러다 옆에 지아가 있는 것을 깨닫고 감정을 추스르며 그녀에게 말했다.

"먼저 들어가!"

그의 말에 지아가 물을 마시며 말했다.

"괜찮아! 같이 있을게."

"너 힘들잖아. 홀몸도 아닌데 빨리 들어가!"

자신을 걱정하는 현우를 보며 지아가 고집을 부리며 말했다.

"같이……."

하지만 그녀의 말은 끝을 맺지 못했다.

"들어가라고! 너 여기 있으면 내가 신경 쓰여서 그래!"

짜증이 섞인 그의 큰 소리에 지아는 움찔했다. 여태껏 한 번도 보지 못한 모습에 놀란 지아가 주섬주섬 의자에서 일어나면서 말했다.

"그럼 갈게."

풀 죽은 그녀의 목소리에 현우는 미안했지만 그녀가 옆에 있으면 그가 더 신경 쓰일 것이 뻔했다.

"미안해! 택시 타고 들어가!"

"응."

시무룩해져 나가는 그녀의 모습을 보며 현우의 마음도 썩 좋지 않았다. 하지만 임신을 한 그녀가 스트레스를 받는 것보다 집에 돌아가 있는 것이 현우의 마음이 더 편했다.

그의 말대로 택시를 타고 집으로 오면서 지아는 저도 모르게 눈물이 났다. 임신한 그녀가 걱정이 되어 하는 말인 것을 알지만 함께 있어 주고 싶고 힘이 되어 주고 싶었는데 오히려 자신이 걸리적거리는 존재가 된 것 같아 슬펐다. 한 번 터진 울음은 쉽게 멈추지 않았다. 택시에서는 기사님 때문에 겨우 참았는데 집으로 돌아오자 훌쩍이던 울음은 이미 대성통곡이 되어 있었다.

"엉, 엉엉! 내가 얼마나 저를 걱정하는데! 나쁜 놈! 신경질을 왜 내!"

소파에 퍼질러 앉아 울던 지아는 현숙에게 전화를 했다.

— 여보세요!

"엉엉, 엉! 현, 현숙아!"

— 와? 와이라노? 인터넷에 난리 났더만은 진짜 사달 났나?

현숙도 이미 인터넷 뉴스를 통해 현우의 일을 알고 있었다. 어찌된 일인지 궁금하기도 했지만 당사자들이 더 정신이 없을 것 같아 전화하고 싶은 것을 참고 있던 차였다.

"끅! 내가 걱정돼서 회사에 같이 있어 줄려고 했는데 끅!"

이젠 딸꾹질까지 하는 그녀였다. 지아의 반응을 보니 현숙은 애가 탔다. 현우는 절대 그럴 일 없다고 생각했는데 뉴스에서 본 일이 사실이었는지 지아의 반응이 걱정이 되었다.

— 봐라! 지아야 그만 울어 봐라! 현우는 어짜고 있노?

"회사에 있어."

현숙의 목소리에 약간 진정이 된 지아가 대답했다.

— 뉴스에 난 거 사실이가?

현숙이 조심스럽게 물었다.

"아니!"

— 니 근데 왜 대성통곡이고?

"걱정이 돼서 같이 있어 준다고 했는데, 회사에서 집에 안 들어간다고 막 소리 질렀어."

지아의 이야기에 현숙이 재차 물었다.

— 뉴스에 난 거는 사실이 아니고, 니는 현우가 집에 들어가라는 말에 지금 운다는 소리가?

"응. 끅."

여전히 끅끅거리며 대답하는 지아였다.

— 그게 울 일이가? 나는 큰일 난 줄 알았다이가!

"현우가 소리를 질렀다고!"

현숙의 말에 지아가 큰 소리로 말했다. 그녀의 말에 현숙은 임산부이니 참자고 본인 스스로를 다독였다. 하지만 수화기 너머로 들리는 그녀의 울음소리에 결국 폭발했다.

— 야이 가시나야! 내가 니 알라 가졌다고 그냥 넘어갈라고 했는데 아무것도 아닌 일로 사람 간 떨어지게 만들래?

현숙의 큰 소리에 지아는 놀라며 말했다.

"놀랐잖아! 왜 소리 지르고 그래?"

그녀의 말에 현숙이 말했다.

— 나는 지금 울면서 전화하는 니 목소리에 얼마나 놀랐는지 아나? 혹시 진짜 안 좋은 일 있나 싶어서 사람 얼마나 간 쫄았는데, 가시나! 그리고 임산부인 니 걱정해서 들어가라고 한 건데 그게 그렇게 서럽나? 니가 옆에 있으면 현우는 더 힘들 건데 그거 가지고 지랄

이가? 알라를 가지더만 지가 알라가 돼 가노!

"소리 질렀다고!"

지아의 말에 현숙이 기가 차서 말했다.

— 팔자가 늘어지니깐 별 지랄을 다 한다! 그리고 설마 현우가 니한테 소리 질렀을까 봐! 끊어라! 바쁜 시간이다!

매정하게 전화를 끊는 현숙이 때문에 지아는 다시 한번 더 대성통곡을 했다. 그렇게 한참을 울던 지아는 간단한 짐을 챙겨 집을 나섰다.

언론에 배포할 입장문을 정리하고 만약을 대비해 변호사와 회의까지 하고 집으로 돌아온 현우는 그야말로 파김치였다. 현우가 표절했다는 곡을 처음 들어 봤을 때 곡을 만든 그조차도 헷갈릴 정도로 곡의 전반전인 부분이 닮아 있었다.

그래서 그조차 내가 이 곡을 들어 본 적이 있나 하는 생각이 들 정도였다. 하지만 표절이 사실이 아닌 만큼 루머가 더 번지기 전에 정리를 해야 했다. 계속되는 회의로 현우는 지치고 힘들었다. 오늘만큼은 지아에게 위로를 받고 싶었다. 그리고 회사에서 조금 짜증 섞인 목소리로 말한 것이 회의 내내 마음에 걸렸었다.

"지아야!"

현관문을 열며 현우가 지아를 불렀다. 하지만 거실에 불도 꺼져 있었고 지아는 대답이 없었다.

"강지아!"

현우는 다시 큰 소리로 그녀를 부르며 안방으로 향했다. 하지만 안방에도 그녀는 없었다.

'도대체 어딜 간 거야?'

욕실과 베란다까지 나가 본 그는 집 안에 그녀가 없음을 확인하고 핸드폰을 꺼내 들었다. 그때 문자가 왔다.

[아가씨 본가에 와 있어요 걱정 마세요.]

혜련의 문자였다. 그녀의 문자에 현우는 놀란 마음을 진정시켰다. 그리고 터덜터덜 걸어가 소파에 앉았다.

"하! 미치겠네!"

그녀가 어디에 있는지 알게 되어 한시름은 놓았지만 하필이면 처갓집에 갔다는 소리에 머리는 더욱 복잡해졌다.

한편 갑자기 집으로 와 밥을 먹고 있는 지아를 강 회장이 물끄러미 바라보았다. 친정이라고 찾아와 준 것은 고마운 일이나 오늘 벌어진 현우의 일을 본인도 알고 있는 터라 강 회장은 딸의 방문이 영 달갑지 않았다.

"차 서방한테는 말하고 온 거야?"

"아니! 바빠서 아마 오늘 집에 못 들어올지도 몰라."

사위에게 아무 말 하지 않고 왔다는 지아의 말에 강 회장이 말했다.

"가뜩이나 정신없는 사람, 너 집에 없는 거 알고 놀라면 어쩌려고 그래."

강 회장의 말에 지아는 남은 밥을 야무지게 떠 넣으며 대답했다.

"이럴 때 옆에 있으면 더 걸리적거려."

마지막으로 물까지 마신 지아는 거실로 향했다. 그 사이 강 회장은 혜련에게 문자를 넣었다. 지아가 여기 와 있다는 것을 현우에게 연락해 달라는 문자였다. 아무래도 장인인 본인보다 혜련이 문자를 하는 것이 낫겠다는 생각이 들어서였다. 그러겠다는 며느리의 답장을 받고 강 회장은 지 여사가 깎아 놓은 과일을 들고 거실로 나갔다.

"아빠! 과일도 있었어?"

금방 식사를 했음에도 불구하고 지아는 과일을 냉큼 받아 들었다. 그리고 곧장 과일을 먹기 시작했다. 그 모습을 보던 강 회장은 식탁을 치우기 위해 주방으로 향했다.

"아빠! 이거 먹고 내가 치울게 놔둬!"

과일을 오물거리며 지아가 거실에서 소리쳤다.

"그럴래?"

"응!"

그녀의 대답에 강 회장은 다시 거실로 나왔다. 지아가 TV를 보며 과일을 먹는 모습을 보니 예전 아내의 모습이 떠올랐다. 먼저 간 지아의 엄마도 임신 중에는 그렇게 먹성이 좋았다.

"맛있어?"

"응."

과일까지 먹어 치운 지아는 주방으로 향했다. 식탁을 치우고 설거지를 하는 딸의 뒷모습을 강 회장은 물끄러미 바라보았다. 피는 못 속인다고 하더니 어느 날 지 여사가 말한 대로 지아는 죽은 아내와 닮아 있었다. 식성은 두말할 것도 없었고 지금 설거지를 하는 뒷모습도 닮아 있었다. 잠시 그렇게 넋을 잃고 지아를 바라보고 있을 때 설거지를 끝낸 것인지 그녀가 주방에서 나왔다.

"차 서방 일은 어떻게 된 거야?"

지아가 밥 먹는 내내 물어보고 싶었던 이야기를 강 회장이 꺼냈다.

"사실 아니니깐 신경 안 써도 돼."

"그런데 그런 소문이 왜 나돌아?"

"이쪽 계통엔 그런 일 허다해! 걱정 안 하셔도 돼."

아무렇지 않게 이야기하는 지아를 보니 크게 신경 쓸 일은 아니어 보였다. 하지만 눈이 부은 딸을 보니 무슨 일은 생긴 것 같은데 속 시원히 물어보지 못하니 강 회장은 애가 탔다. 이렇게 마주 보고 있었다간 왜 눈이 부었냐고 물어볼 것 같아 강 회장은 소파에서 일어났다.

"벌써 주무시게?"

아직 9시도 안 된 시간이라 지아가 놀라며 물었다.

"아빠 나이가 이팔청춘인 줄 알아? 책 좀 읽다가 잘 거야."

안방으로 들어가는 강 회장을 보며 지아가 말했다.

"주무세요."

지아의 얼굴이 왜 부었는지 궁금한 강 회장이나, 현우에게 아직 화가 안 풀린 지아나 지겹고 잠 안 오는 밤이었다.

　다음 날 강 회장이 출근하고서야 잠에서 깬 지아는 지 여사가 차려 주는 아침밥을 먹고 있었다.

　"입덧 끝나고 나니 살 만하지?"

　"응."

　지 여사의 질문에 대답을 하며 지아는 밥을 입에 넣었다.

　"아기 낳고 나면 다이어트할 게 걱정이긴 한데 오랜만에 실컷 먹으니깐 좋아."

　"어제 과일도 지아가 다 먹었어?"

　자신의 말에 고개를 끄덕이는 그녀를 보며 지 여사가 물었다.

　"솔직히 말해 봐! 싸웠지?"

　"아냐!"

　부정하는 그녀를 보며 지 여사는 그녀가 잘 먹는 반찬을 더 꺼내었다. 밥을 먹으면서 그 모습을 보고 있던 지아가 그녀에게 물었다.

　"아줌마도 그랬어? 요즘 감정 조절이 마음대로 안 돼."

　"어떤데?"

　엄마는 돌아가시고 혜련도 임신을 안 해 봐서 물어볼 곳이 없었던 지아가 그녀에게 말했다.

　"별거 아닌 일로 신경질 나고 서운하고 그래."

　지아는 그녀에게 어제 현우와 있었던 일을 이야기 했다. 이미 현숙으로부터 한 소리 들어서 별거 아닌 일인 줄은 알고 있으나 감정은 아직 상해 있었다.

"호르몬 때문에 그렇잖아. 괜히 짜증 내고. 평소 같으면 넘어갈 일인데 신경질 나고, 서운하고. 그거 다 임신해서 그래."

지 여사의 말에 지아는 밥을 먹다 말고 그녀를 쳐다보았다.

"진짜야? 내가 이상해서 그런 거 아니야?"

"지아가 이상해서 그런 거 아냐. 임산부들 거의 다 그래. 심하고 덜하고 차이지……. 뱃속에 나랑 다른 유전자가 들어와서 떡하니 자리 잡고 있는데, 엄마 몸도 적응할 시간이 필요한 거야."

그녀의 말에 지아는 한시름 놓았다. 자신의 성격이 이상하게 변한 줄 알고 내심 당황했던 것이다. 어제 현숙과 통화를 하고도 분이 풀리지 않은 지아는 무슨 정신으로 짐을 쌌는지 기억도 나지 않았다. 정신을 차리고 보니 친정 거실이었다. 지금 생각해 보면 현우가 그렇게 소리 지르지도 않았는데 자신이 과민 반응을 보인 것 같았다.

서둘러 식사를 끝낸 지아는 자신의 방으로 갔다. 그리고 일단 뉴스 검색부터 했다. 밤새 회사의 공식 입장이 나와 있었다. 표절은 말도 안 되는 일이며 계속 의혹이 제기되거나 이 일에 관여해서 루머가 떠돌 때에는 회사의 모든 역량을 동원해 법적 대응을 하겠다는 내용이었다.

기사를 읽은 지아는 잠시 생각에 잠겼다. 핸드폰을 뚫어져라 바라보던 지아는 현우에게 전화를 걸었다. 신호음이 잠시 들리고 현우가 전화를 받았다.

— 여보세요!

힘없는 그의 목소리에 지아는 또 울컥했다.

"나야!"

— 응. 아침은 먹었어?

"너는?"

자신을 먼저 걱정하는 그의 목소리에 지아는 울컥했다.

— 생각 없어서 그냥 누워 있어. 여사님이 맛있는 거 해 주셔?

"응. 근데 어떻게 알았어? 나 아빠 집에 있는 거."

말도 안 하고 나왔는데 현우가 자신의 소재를 알자 지아가 놀라며 물었다.

— 형수님이 연락 주셨어. 몸은 괜찮아?

"응. 말없이 나와서 미안해."

— 나도 어제 짜증 내서 미안해.

그의 말에 지아는 다시 눈물이 맺혔다.

"어제는 막 서운하고 그랬는데, 아줌마가 그러는데 임신하면 원래 그렇대. 짜증이 났다가 아무것도 아닌 걸로 서운하고 그렇대."

훌쩍이며 말하는 그녀의 목소리에 현우는 지아가 울고 있다는 것을 알았다.

— 또 울어?

놀라서 침대에서 일어나는 듯 스프링 소리가 들리고, 현우가 물었다.

"아냐! 울기는, 안 울어. 아까 재채기했더니 그런가 봐."

— 괜찮은 거지?

걱정하는 목소리로 그가 묻자 지아가 말했다.

"응 걱정 마. 근데 회사에선 어떻게 결론 났어?"

— 일단 표절은 아니고 기사를 냈는데도 자꾸 여론이 안 좋으면 표절이 아니라는 소송 걸어야지. 그리고 근거 없는 악플은 죄다 고소할 거야.

"괜찮겠어?"

단호한 그의 음성에 지아가 걱정하며 물었다.

— 전에는 나 혼자 겪으면 되니깐 웬만하면 좋은 게 좋은 거다 하고 넘겼는데 이제 아니야. 나도 이제 지켜야 할 사람들이 생겨서 예전처럼 가만히 있지는 않을 거야.

그의 말이 확고해 지아는 더 이상 아무 말 하지 않았다. 지난번 생방송 사건 이후로 지아는 댓글은 되도록이면 보지 않았다. 하지만 현우가 악플을 언급하는 것 보니 또 사건과는 상관없는 악플이 달리는 모양이었다.

"입맛 없어도 밥을 먹어야 하는데……."

걱정하는 그녀에게 현우가 말했다.

— 좀 있다가 먹을게. 걱정 마! 간 김에 너도 쉬었다가 와.

홧김에 나오기는 했지만 그를 두고 혼자서 친정집에 더 머문다는 게 지아는 마음에 걸렸다. 더군다나 현우가 식사도 안 하고 있다는 말에 지아는 더 이상 친정에 있을 수가 없었다.

"기다려 봐. 아줌마가 반찬 진짜 맛있는 거 해 놨어. 가져갈게. 있다 봐."

현우의 대답은 듣지도 않은 채 지아는 서둘러 전화를 끊었다. 그리고 주방으로 향했다.

"아줌마!"

"왜?"

베란다에서 빨래를 널던 지 여사가 그녀의 부름에 거실로 나왔다.

"나 반찬 싸 줄 거 있나?"

조금 전과 다르게 밝은 얼굴로 자신에게 묻는 지아의 얼굴을 보니 화해했구나 싶은 지 여사가 말했다.

"갑자기 반찬은 왜?"

"현우 밥도 안 먹고 있대. 아까 도라지 초무침 맛있던데."

새콤한 반찬을 좋아하는 현우가 생각나 지아가 말했다.

"지아 너, 이틀은 못 있을 거 같더라, 호호. 넉넉하게 했으니깐 가져가. 빨래만 마저 널고 나올게."

"응."

지 여사의 말에 부끄러우면서도 반찬을 가져다가 현우를 먹일 생각에 지아는 어느새 콧노래를 흥얼거리고 있었다.

* * *

반찬을 잔뜩 들고 집으로 돌아온 지아는 현우가 자는 것을 방해할까 봐 조심스럽게 현관문을 열었다. 하지만 자신과 통화 후 일어난 것인지 TV소리가 거실에서 들렸다. 거실에 있던 현우도 문 열리는 소리를 들었는지 현관으로 걸어 나왔다.

"어! 왔네?"

"응."

캐리어와 쇼핑백을 들고 있는 그녀를 본 현우가 얼른 받아 들었다.

"좀 쉬다 오라니깐."

"밥 안 먹었다고 하니깐 걱정돼서."

어제 혼자 삐져서 나갔다가 돌아온 것이 부끄러웠던 지아는 말을 얼버무리며 주방으로 향했다. 그런 그녀의 모습에 웃음이 나는 현우였지만 어제의 지아를 보면 어디로 튈지 몰라 최대한 태연한 척 그녀의 뒤를 따랐다. 가방을 벗어 소파에 대충 던진 지아는 냉동고에서 얼린 밥을 꺼냈다. 그리고 현우에게 말했다.

"쇼핑백 줘 봐."

그녀의 말에 현우는 얼른 쇼핑백을 그녀에게 가져다주었다. 그러자 지아가 반찬을 꺼내기 시작했다.

"아줌마가 너 잘 먹는다고 많이 챙겨 주셨어."

그녀의 말대로 꽤 많은 종류의 반찬이 나왔다.

"다 먹고 또 오래."

자신을 먹일 생각에 신이 나서 말하는 지아를 보니 현우는 웃음이 났다. 어제 하늘이 무너질 것 같은 표정으로 회사를 나서던 사람이 맞나 싶었다. 안 그래도 머리가 복잡했었는데, 지아의 모습을 보니 아무것도 생각하고 싶지 않았다. 오늘은 그녀의 기분을 좀 맞춰 줘야겠다는 생각이 든 현우였다.

"먹어 봤어?"

식탁 의자에 앉으며 현우가 묻자 지아가 말했다.

"진짜 맛있어. 아줌마 진짜 요리 잘해. 너도 먹어 봤잖아!"

전자레인지에 돌린 밥이 다 데워졌다는 소리를 내자 지아는 얼른 밥을 그릇에 옮겨 담았다. 그리고 가지고 온 반찬들도 그릇에 옮겨 담았다.

"급하게 차려서 국은 없는데 오늘은 그냥 먹어."

"알았어."

자신의 시중을 들어 주며 식사 내내 자리를 뜨지 않은 지아 덕분에 현우는 오랜만에 과식을 했다. 식사 후 설거지를 마친 현우가 과일을 가지고 거실로 오자 지아가 냉큼 받아 들어 입으로 가져갔다. 임신 후 유난히 식탐이 많아진 그녀가 신기하면서도 짠했다.

"맛있어?"

"응. 너도 먹어 봐."

혼자 먹은 것이 무안했던지 지아가 얼른 과일 한 조각을 그에게 건넸다. 그녀가 내미는 과일을 받으며 현우가 지아 옆에 앉았다. 자신의 아이를 임신한 지아가 볼이 미어져라 과일을 가득 넣고 오물거리며 먹는 모습에 지키고 싶다는 생각이 그 어느 때보다 강하게 들었다. 과일을 먹는 지아에게 머리를 기대자 그녀가 아무 말 없이 그의 머리를 안았다. 달콤한 그녀의 냄새가 코로 들어오자 현우는 마음이 편안해졌다. 어제 있었던 일이 당장이라도 해결될 것 같은 기분이었다. 좀 더 그녀를 느끼고 싶어 현우가 머리를 가슴에 비비자 그녀의 단호한 목소리가 들려왔다.

"Stop! 그만해!"

"왜?"

그녀의 말에 현우가 지아를 올려다보았다. 약간 붉어진 얼굴로 지아가 그에게 말했다.

"몰라! 내 몸이 미쳤나 봐."

이번에는 짜증을 내며 그녀가 현우의 머리를 밀어냈다. 갑자기 당한 날벼락에 현우가 잠시 멍한 얼굴로 그녀를 바라보았다. 그러다 얇은 티셔츠 위로 뽈록 솟아오른 정점이 눈에 들어왔다. 그제야 그녀의 반응이 이해가 간 현우가 웃었다.

"큭큭큭, 아기 가지더니 우리 지아 엉큼해졌어!"

"아니야!"

지아의 부정에 현우는 웃으며 그녀에게 다가가 말했다.

"뽀뽀만 하자!"

그의 말에 지아가 현우를 빤히 바라보며 말했다.

"뽀뽀만?"

"응. 뽀뽀만."

사실 지아가 임신을 한 후, 두 사람은 사랑을 나누지 못했었다. 임신 초기에는 조심해야 한다는 의사의 말도 있었고, 한번 스킨십을 시작하면 멈출 수 없을 것 같아 현우가 애초에 시도도 안 했던 것이다. 거기에다 조금씩 불러오는 지아의 배를 보고 현우가 조심하는 것도 있었다. 뽀뽀만 하자는 그의 말에 지아가 입술을 '쪽' 부딪쳐 왔다.

"삼세번인데 두 번은 더 해 줘야지."

금방 도망가는 그녀의 입술이 아쉬워 현우가 지아를 재촉했다.

그런 현우의 말에 지아가 다시 그에게 다가갔다. 그러자 그녀가 도망가지 못하게 현우가 그녀의 목덜미를 잡았다. 좀 전처럼 뽀뽀만 할 생각이었던 지아는 그의 기습 키스에 당황했다. 하지만 이내 그의 목을 끌어안았다.

"음."

오랜만에 맛보는 그녀의 입술에 현우는 정신을 차릴 수가 없었다. 그녀의 몸을 밀어붙이자 그의 힘과 무게를 이기지 못한 그녀가 소파에 누웠다. 그런 그녀의 티셔츠와 속옷을 함께 밀어 올리자 임신 후 더욱 풍만해진 가슴이 보였다. 현우는 허겁지겁 그것을 물었다.

"아흥!"

평소와 다른 강렬한 느낌에 지아가 그의 머리를 세게 끌어안았다.

"아파?"

그녀의 반응에 현우가 놀라며 물었다.

"아니, 더 좋아."

오랜만에 느끼는 흥분에 지아가 낮은 목소리로 말했다. 그녀의 말에 현우는 다시 고개를 숙여 그녀의 가슴을 맛보기 시작했다. 정신없이 현우가 정점을 물고 빠는 동안 지아는 평소보다 빨리 흥분되는 것을 느꼈다. 중심은 이미 축축이 젖어 가고 있었다. 현우도 오랜만에 맡아 보는 그녀의 냄새에 이미 이성을 잃고 있었다. 욕심껏 가슴을 맛본 현우가 그녀의 상의와 속옷을 함께 벗기자 지아는 자신의 바지를 벗었다. 그녀의 상의를 벗긴 현우도 자신의 옷을 벗어 집어 던졌다. 그리고 손으로 그녀의 중심을 확인했다. 흠뻑 젖어 있는 그녀를 확인하고 현우가 말했다.

"천천히 해야겠지?"

그의 말에 아쉽지만 지아가 고개를 끄덕였다.

"안 불편해?"

불러오는 배에 행여 그녀가 불편하지 않을까 걱정이 된 현우가 물었다.

"힘들면 말할게."

지아의 말에 현우가 천천히 그녀의 안으로 들어갔다. 이미 흠뻑 젖어 있어 그가 들어가기 수월했다.

"으응."

오랜만에 느껴 보는 그의 묵직함에 지아의 입에서 만족스러운 신음 소리가 나왔다. 그런 그녀의 얼굴을 보며 현우가 천천히 움직이기 시작했다. 욕심 같아서는 오랜만이라 격하게 사랑을 나누고 싶었지만 뱃속에 있는 아이를 생각하니 조심스러워지는 그였다. 하지만 오랜만에 하는 섹스여서 그런지 지아는 그 어느 때보다 흥분이 되어 있었다. 눈을 감고 자신을 느끼는 그녀를 보며 현우는 조심스럽게 움직였다.

"으응, 좋아!"

갈라지듯 낮은 목소리로 말하던 지아가 다리를 들어 그의 허리를 감쌌다. 평소와 다르게 부드럽게 움직이는 느낌이 좋아 지아는 그의 귀에 뜨거운 숨을 토해 냈다. 그런 그녀의 반응에 현우는 더 이상 참을 수 없어 그의 몸에서 빠져나왔다. 한참 흥분했던 지아는 갑작스러운 그의 행동에 놀랐지만 곧바로 이해했다. 그리고 그가 마지막을 향해 갈 수 있게 도왔다. 그녀의 도움으로 끝을 향해 달린 현우는 그녀의 배에 자신을 쏟아 냈다.

"억!"

짧은 비명과 함께 현우는 소파 뒤로 누웠다. 오랜만이라 기진맥진하는 그를 두고 지아는 욕실로 향했다. 샤워를 하기 위해 물 온도를 맞추고 있을 때 그가 들어왔다. 그리고 타월에 비누 거품을 내 그녀를 문지르기 시작했다. 그러다 그녀의 배에 손이 머물렀다.

"꽁아! 안 놀랐어? 엄마랑 아빠가 사랑을 나눈 거야. 그러니깐 놀라지 마."

부드럽게 배를 문지르며 현우가 말했다.

"엄마가 기분 좋으면 아기도 좋대. 걱정 마."

"그래?"

그녀의 말에 현우가 다시 비누칠을 하며 말했다.

"괜찮겠지? 큰일 나는 거 아니겠지?"

걱정하는 현우에게 지아가 말했다.

"지난번에 의사 선생님이 그러셨잖아 이제 무리 안 하면 괜찮다고, 오늘 꽁이 아빠, 부드럽게 한다고 고생 많았어!"

그를 다독여 준 지아가 가볍게 입을 맞췄다.

"알았어. 칭찬 해 줘서 고마워."

배가 불러 움직이기 불편한 그녀를 꼼꼼하게 씻겨 주며 현우는 행복했다.

* * *

현우의 강경 대응이 효과가 있었는지 표절 문제는 조금 잠잠해졌다. 원래 대응할 가치도 없는 일이었지만 가만히 있으면 표절을 인정하는 것이 될까 봐 더욱 세게 대응한 것도 있었다. 그렇게 생각했던 것보다 평온한 날을 보내고 있을 때, 회사로 나오라는 석훈의 연락이 있었다. 벨기에에서 DM이 왔다는 것이었다. 지아와 현우는 급하게 준비를 하고 회사로 향했다.

"내가 표절했대?"

회의실 문을 열며 현우가 물었다. 그 모습을 보던 석훈이 말했다.

"아니야! 이거 봐!"

노트북을 현우가 보기 쉽게 석훈이 돌려 주었다. 현우는 의자에 앉으며 빠르게 내용을 읽었다.

우선 자신의 곡이 썬의 곡과 비교된 게 더없는 영광이라는 내용과, 자신의 악보를 첨부 파일로 보낸다는 내용이었다. 그리고 썬이 이해해 준다면 두 곡이 전혀 다른 곡이라는 것을 비교하는 영상을 자신의 채널에 올려도 되겠냐고 양해를 구하는 내용이었다. 생각하지도 못한 곳에서 일의 실마리가 풀리자 현우는 깊은 한숨을 내쉬었다. 옆에서 같이 내용을 읽은 지아가 말했다.

"다행이다. 저쪽에서 나서 줘서."

"형, 답장했어?"

현우의 말에 석훈이 대답했다.

"아니! 아직 안 했어."

석훈이 대답하자 현우는 상대에게 빠르게 답장을 보냈다. 우선 이일에 관심을 가져 줘서 고맙다는 말과 악보를 보내 줘서 감사하다는 내용이었다. 그리고 현우 자신도 그의 메일을 언론에 공개할 테니, 그 역시도 영상을 올려도 좋다는 내용이었다.

"휴! 끝났겠지?"

현우의 말에 석훈이 그의 어깨를 두드리며 말했다.

"끝나야지. 그동안 고생했어."

그동안 내색은 안 했어도 제일 힘들었을 현우를 석훈이 위로를 했다. 표절의 대상이었던 당사자가 직접 연락을 취해 왔으니 더 이상의 문제는 없을 것이었다.

"한잔할래?"

석훈이 그에게 물었다. 그러자 현우가 지아를 바라보았다. 자신의 눈치를 보는 현우에게 지아가 말했다.

"한잔해! 난 음료수 마시지 뭐! 아니다 우리 집으로 가자! 오빠 어때?"

생각하지도 못한 지아의 제안에 석훈이 대답했다.

"좋지! 하긴 아직 기사도 안 내보냈는데 밖에서 먹긴 아직 좀 그렇지?"

지아의 말에 걱정이 된 현우가 물었다.

"괜찮겠어?"

"걱정 마! 너무 안 움직여도 안 좋대."

그렇게 석훈과 직원 몇몇은 지아의 초대로 집으로 향했다.

결혼하고 손님을 처음으로 집으로 초대한 두 사람은 상을 차리느라 정신이 없었다. 그동안 석훈과 직원들은 집 구경을 했다.

"우와! 인테리어 누구 센스야? 잘해 놨는데?"

"올케 언니!"

석훈의 질문에 지아가 대답하며 그들을 불렀다.

"이리 와! 다 됐어."

그녀의 말에 집을 둘러보던 직원들이 거실로 모였다.

"있는 재료로 대충 만들었으니깐, 욕하지 말고 드세요."

그녀의 말에 거실 테이블을 보던 형석이 말했다.

"이걸 대충이라고 하면 안 되지. 많이 준비했는데?"

"밑반찬은 처갓집에서 가져온 거고, 나머지는 지아가 만든 거고!"

주방에서 술을 가지고 나오며 현우가 말했다.

"야! 너 음식도 할 줄 알아?"

항상 밖에서 사먹거나 주문해서 먹던 지아가 음식을 한다는 말에 석훈이 놀라며 물었다.

"몰랐는데 내가 음식을 잘하더라고. 그동안 안 해서 몰랐던 거야."

그녀의 말에 현우가 맞장구쳤다.

"맞아! 나도 먹어 보고 놀랐어."

현우의 말에 석훈은 못 믿겠다는 표정을 지었다. 사실 지아도 본인이 음식을 잘하는지 몰랐었다. 임신 후 회사에 나가는 일이 뜸해지자, 매번 친정에서 반찬을 가져다 먹는 것보다 음식을 직접 배우는게 낫겠다는 생각이 들었다. 그리고 무엇보다 현우에게 본인이 만든음식을 먹이고 싶은 게 가장 컸다.

지아는 시간이 날 때마다 지 여사에게 음식을 배웠다. 지아는 나날이 음식 솜씨가 늘었다. 지 여사도 하나를 가르치면 둘을 안다고즐거워했다. 덕분에 지아의 소원대로 현우도 요즘 집밥에 빠져 있다. 얼마나 맛이 있길래 두 부부가 그러나 싶어 석훈이 먼저 찌개를떠서 입에 넣었다.

"음! 진짜 맛있는데?"

그의 말에 다른 직원들도 찌개를 떠먹었다.

"배운지 얼마 안 됐는데 이 정도면 식당 차리자, 지아야!"

형석이 찌개를 맛본 후 엄지를 치켜세우며 말했다. 직원들이 맛있다고 하자 지아의 입가에 웃음이 떠나지 않았다. 그렇게 술자리가 무르익자 석훈이 취기를 빌려 현우에게 한마디 했다.

"그냥 하는 소리가 아니고 그동안 마음고생 많이 했어."

석훈이 말을 하며 내미는 술을 현우가 받았다.

"고마워. 믿고 기다려 줘서."

"내가 다른 건 몰라도 네가 그 짓거리 안 한다는 건 알아. 차라리다른 작곡가한테 곡을 받았으면 받았지, 절대 노래로 장난치는 사람이 아닌 거 다른 사람은 몰라도 나는 안다."

자신을 믿어 주는 석훈의 말에 현우는 울컥했다. 주변 사람들에게 괜찮다고 안심을 시켰지만 남몰래 얼마나 가슴앓이를 했는지 몰랐다. 모르는 사람들은 본인만 아니면 크게 신경 쓰지 않아도 되지 않겠냐고 생각할 수도 있겠지만 현우의 입장에선 10년 넘게 해 온 가수 생활이 송두리째 흔들리는 일이었다. 내일 회사에서 기사가 나가고 반응을 봐야 알겠지만 옆에서 자신을 바라봐 준 석훈의 입에서 그런 말이 나오자 현우는 진짜 인정받는 기분이었다.

나란히 앉아 있는 지아와 현우를 보니 석훈은 옛날 일이 떠올랐다.

"그러고 보면 예전에도 현우가 지아 엄청 쫓아다녔어."

"내가 언제!"

석훈의 말에 현우가 발끈하며 말했다.

"현숙이에게 전화해 볼까? 그래, 디오도 다 알 거야. 전화해 보자!"

"알고 있었어."

옆에서 조용히 음식을 먹던 지아가 한마디 던지자 석훈이 그것 봐라 하는 표정으로 현우를 바라보았다.

"네가 어떻게 알아?"

지아의 말이 뜻밖이었는지 현우가 당황해 하며 물었다.

"너 그러고 다니는 거 너만 몰랐어. 그때 넌 나한텐 동생이었거든……. 그래서 모른 척했던 거야. 그리고 솔직히 그땐 연상연하가 흔한 일은 아니었잖아?"

한마디 던진 지아가 주방으로 음식을 가지러가자 석훈이 크게 웃으며 말했다.

"하하하! 맞아! 옛날부터 현우는 지아 손바닥 안이었어! 꽁이 엄마! 그럼 부산으로 간 것도 계획이었나?"

석훈의 말에 현우가 설마 하는 표정으로 지아를 바라봤다.

"아니! 그땐 진짜 쉬고 싶었어. 타이밍이 이상하게 맞아 떨어졌지만!"

음식을 가지고 거실로 돌아오는 지아를 보며 현우가 물었다.

"그건 아니지? 그렇다면 진짜 마음 상한다."

상처받은 듯 보이는 그를 보며 말했다.

"어차피 지금은 내가 네 꺼인데 뭐가 문제야!"

그녀의 말에 석훈이 다시 크게 웃으며 말했다.

"역시! 강 회장님 딸답다."

석훈의 말에 현우를 뺀 다른 사람들이 크게 웃었다.

모두가 돌아가고 시끄러웠던 집이 조용해진 늦은 밤, 현우는 샤워를 하고 화장품을 바르고 있는 지아를 바라보고 있었다. 그 모습을 거울로 보고 있던 지아가 물었다.

"왜?"

"진짜 알고 있었어?"

술자리에서 지아가 했던 말을 현우가 물었다.

"그게 그렇게 궁금해?"

"응."

현우의 말에 지아가 얼른 화장품을 바르고 침대로 들어갔다. 그녀가 누울 수 있게 한쪽으로 비켜난 현우가 지아에게 다시 물었다.

"말해 봐."

재차 질문해 오는 그를 안으며 지아가 말했다.

"처음엔 몰랐지. 그냥 동생이 장난 좀 심하게 치는 것 정도로만 생각했으니깐."

"그런데?"

그녀의 등을 쓸어내리며 현우가 물었다.

"근데 현숙이가 그러는 거야. 아무리 봐도 네가 나 좋아하는 거 같다고. 그래서 난 아니라고 했지. 그런데 그 말 듣고 보니깐, 네가 나 좋아하는 거 보이더라. 그래서 알게 됐지."

그녀의 말을 들어 보니 자신이 티를 내고 다녔다고 하는데, 그 부분에 있어서는 같이 일하는 매니저도 했던 소리라 더 이상 할 말이 없었다.

'쪽'

지아의 이마에 현우가 입을 맞췄다. 그러자 지아도 고개를 들어 그의 입술에 입을 맞췄다.

"사랑해!"

그녀의 말에 현우도 말했다.

"사랑해 꽁이 엄마!"

Epilogue

잠을 자던 지아가 현우가 깰까 봐 슬그머니 침대에서 일어났다. 아랫배가 뭉근하게 뭉치는 느낌에 잠에서 깼기 때문이었다. 요즘 들어 다리가 자주 부어 바닥을 딛는 것이 불편했지만 지아는 누워 있는 것보다 서 있는 것이 차라리 나아서 침대 밖으로 나왔다. 자고 있는 현우에게 방해되지 않게 지아는 거실로 걸음을 옮겼다. 한 손으로 배를 어루만지며 거실을 돌아다니자, 뭉쳤던 배가 서서히 나아지는 것을 느꼈다.

"꽁아! 우리 서로 고생하지 말고 빨리 나오자!"

요즘 들어 주문처럼 지아가 꽁이에게 하는 말이었다. 다시 조용히 안방으로 들어가자 현우가 잠에서 깬 것인지 침대에 앉아 있었다.

"깼어?"

"응. 또 배 아팠어?"

침대로 들어오는 지아를 도와주며 현우가 물었다.

"응. 이제 슬슬 준비해야 하나 봐."

옆으로 눕는 지아의 발을 현우가 주무르기 시작했다.

"안 피곤해? 그냥 자!"

요즘 뮤지컬을 시작해 한창 연습 중인 현우가 피곤할까 봐 지아가 말렸다.

"아니야! 이 정도는 해 줄 수 있어."

연습으로 본인도 힘들었지만 다리까지 퉁퉁 부어 가며 고생하는 지아를 못 본 체 잠들 수 없어 현우는 마사지를 계속했다. 그에게 그만두라고 말은 했지만 현우가 해 주는 마사지가 시원해, 지아는 못 이기는 척 계속 발을 맡겼다.

"현우야! 우리 엄마도 이렇게 고생해서 날 낳았겠지?"

요즘 들어 돌아가신 엄마 생각이 많이 나는 지아였다.

"당연하지."

그녀의 질문에 맞장구쳐 줄 수밖에 없는 현우가 대답했다.

"장모님도 이렇게 고생해서 너 낳으신 거야."

"이젠 진짜 용서해야 할 것 같아."

울먹이는 목소리로 말하는 그녀의 모습에 현우는 아무런 대꾸 없이 그저 마사지에 집중했다.

"아파서 그런 거라고, 그래서 나 외롭고 힘들게 한 거라고 생각은 했었는데, 용서는 못 했었나 봐. 그런데 내가 꿍이 임신하고 지내보니깐 엄마도 힘들었겠구나 하는 생각이 들어. 그래서 이제는 진짜 용서해야 할 때가 온 것 같아."

"지아야!"

울고 있는 그녀를 현우가 일으켜 앉혔다. 그리고 품에 꼭 안아 주었다.

"이렇게 힘들게 낳았는데 이것보다 엄마가 더 아팠나 봐."

"맞아! 더 아프셨던 거야!"

그의 말에 지아의 울음소리가 점점 커지더니 이내 대성통곡을 하기 시작했다. 하지만 현우는 울지 말라고 달래지 않았다. 그녀도 가슴속에 있는 응어리를 풀어내야만 했기 때문이었다. 그래도 이제라도 지아가 마음을 열어 준 것이 얼마나 다행인지 몰랐다. 자식을 낳아야 어른이 된다고 하더니 그 말이 맞는 모양이었다.

한참을 울던 지아가 빨개진 얼굴로 그를 바라보았다.

"나 보기 흉하지?"

"아니야, 예뻐!"

그의 말에 지아가 배시시 웃었다.

"자자! 누워 봐."

자신의 말에 지아가 침대에 눕자 현우가 그녀의 배를 쓰다듬었다.

"어떤 녀석이 나오려고 벌써부터 효도를 하고 그래!"

"효도?"

그의 말에 지아가 물었다.

"그럼 효도지. 엄마랑 외할머니랑 화해시키고 효도했지 요 녀석이."

그의 말에 지아가 웃었다.

"맞네! 효도했네."

아직 모조리 응어리를 풀어냈다고는 할 수 없어도 이 정도만 해도 큰 발전이라 생각하며 그녀가 잠들 때까지 현우는 마사지를 해 주었다.

점점 배가 뭉치는 간격이 짧아지자 지아는 병원에서 일러 준 대로 가방을 미리 싸 놨다. 만약을 대비해 바로 가지고 나갈 수 있게 가방은 현관 입구에 두었다. 입구를 차지하고 있는 가방을 보니 이젠 진짜 엄마가 되는구나 느껴졌다. 현우가 걱정할까 봐 표현은 안 하고 있지만 솔직히 지아는 겁이 났다. 주변에 물어볼 만한 사람도 없고 의논할 사람이 없었던 것이다.

이래저래 우울해진 지아가 멍하니 앉아 있을 때 핸드폰이 울렸다.

"여보세요."

— 새아기니?

"네 어머니!"

상대가 누구인지 확인도 안 하고 전화를 받은 지아는 시어머니의 목소리에 깜짝 놀랐다.

"어쩐 일이세요?"

결혼 전에는 편하게 지냈었는데 결혼 후에는 왠지 불편하게 느껴지는 시어머니였다.

— 몸은 괜찮아? 이제 슬슬 배도 뭉칠 텐데.

"견딜 만해요, 어머니."

— 그래? 예정일이 한 열흘 남았지?

"네."

항상 밝던 며느리의 목소리가 풀이 죽어 있는 것을 느낀 시어머니는 속이 짠했다.

— 내가 올라갈까?

"네?"

대전에서 시어머니가 올라오신다는 말에 지아가 놀라며 물었다.

— 며칠 같이 있다가 너 산후조리원 들어가면 내려올까 생각 중인데, 넌 어떠니?

"어머니!"

그렇지 않아도 불안하던 차였는데 시어머니가 올라오신다고 하니, 지아는 갑자기 울음이 터졌다.

"흑흑흑!"

— 지아야! 너 왜 울어? 진통 오니?

당황한 시어머니가 물어 오자 지아는 목소리를 가다듬고 말했다.

"아니에요. 어머니 올라오신다고 하니 안심이 돼서요."

표현은 못 해도 내심 겁이 난 것을 알아챈 시어머니가 말을 이었다.

— 그럼 내일 올라갈게.

"그런데 어머니, 가게는 어쩌시고……."

대전에서 큰 한정식을 운영하시는 시어머니라 지아는 가게가 걱정이 되어 말했다.

― 네 시누가 며칠 봐 주기로 했어. 그런 건 걱정 마! 내일 보자!

"네. 조심해서 오세요."

― 그래!

시어머니의 전화를 끊은 지아는 또 한참을 울었다.

* * *

며칠 뒤, 수술실 앞을 서성이는 현우는 애가 탔다. 그건 함께 있는 사람들도 마찬가지인지 모두 수술실 문이 열리기만을 바라보고 있었다. 10시간이 넘는 진통과 분만 촉진제를 맞고도 아기가 나올 생각이 없자 결국 수술실로 들어간 지아였다. 겁에 질린 채 수술실로 들어가는 지아에게 괜찮다고 다독인 현우였지만 수술 동의서에 사인을 하는 순간부터 그는 속이 탔다. 그렇게 애간장을 졸이며 얼마나 서성였을까. 전광판에 지아가 딸을 출산했다고 떴다.

"우와!"

그것을 보는 순간 현우는 본인도 모르게 소리를 질렀다.

"병원이야, 현우야!"

어머니의 말을 듣고서야 무안함을 느낀 현우가 헛기침을 하며 수술실 문을 바라보았다. 잠시 뒤 간호사가 나오고 아기를 보여 주며 아기의 건강과 산모 상태를 알려 주었다. 침대에 누워 있는 아기를 보니 진짜 아빠가 됐다는 생각에 현우의 눈에 눈물이 맺혔다. 그건 강 회장도 마찬가지였는지 돌아서서 천장을 바라보고 있었다. 그 모습을 본 지석이 조용히 손수건을 강 회장에게 건넸다.

"축하해! 매제."

지석의 인사에 현우가 벌게진 눈으로 말했다.

"감사드려요, 형님."

지석에게 인사를 하던 현우의 눈에 돌아서서 눈물을 훔치는 강 회장이 들어왔다. 그런 강 회장에게 한마디 건네고 싶었으나 서로가 감정이 북받쳐 있는 상태라 잘못했다가는 눈물바다가 될 것 같아 현우는 참았다. 그리고 석훈과 현숙에게 전화를 걸어 아기가 태어났음을 전했다. 석훈은 당장 언론 보도 자료를 만든다고 기뻐할 새도 없이 전화를 끊었고, 현숙은 당장 내일 서울로 올라온다고 했다. 산후조리원에 들어가면 아기 얼굴을 못 보니 당장이라도 올라오겠다는 것이었다. 그러는 사이 지아가 병실로 올라간다는 말에 가족들이 먼저 병실로 향했다. 잠시 뒤, 기운 없는 모습으로 지아가 병실에 올라오자 현우가 그녀의 손을 꼭 잡았다.

"고생했어."

그의 말에 지아가 고개를 끄덕였다.

"아기 봤어?"

"응. 너 닮았더라. 예뻐."

현우의 말에 지아가 힘없이 웃었다.

"나 졸려."

그녀의 말에 현우가 이불을 다독여 주며 말했다.

"알았어. 얼른 자!"

그녀가 눈을 감는 것을 본 가족들이 병실을 나설 때 강 회장은 딸의 침대 앞, 의자에 앉았다. 아버지의 그런 모습을 보며 지석이 조용히 병실 문을 닫았다.

조용히 흐르는 눈물을 닦을 수도 없었다. 13살 어린 나이에 자신의 품에서 떠났던 딸이 결혼을 하고, 어느새 엄마가 되어 자신 앞에 누워 있었다. 말 그대로 낳아만 놨지 저 혼자 큰 딸이었다. 가수가 되겠다고 고생을 할 때도, 여론이 그녀를 공격할 때에도 그리고 10시간 가까운 진통을 할 때에도 자신은 아무것도 해 줄 수가 없었다. 아니 해준 것이 없었다. 기절하듯 잠들어 있는 딸을 보니 먼저 간 제 아내가 떠올랐다. 아내도 그렇게 해 준 것 없이 떠나보냈는데 이번에는 딸도 그렇게 허무하게 보내게 될까 봐 수술 내내 마음을 졸였던 강 회장이었다. 잠든 지아의 땀에 젖은 이마를 닦아 주며 강 회장은 작은 소리로 흐느끼기 시작했다.

"미안하다, 지아야! 아빠가 미안해!"

그렇게 고개를 떨구고 한참을 울던 강 회장은 그녀의 눈가에 맺히는 눈물은 보지 못했다.

* * *

현우와 지아의 득녀 소식이 공개되자 두 사람은 축하 문자와 병실로 모여드는 선물로 정신이 없었다. 기사를 보고 팬들의 축하한다는 메시지도 수없이 달렸다. 오랜만에 악플이 없는 댓글에 지아도 편하게 기사를 읽었다. 그리고 새벽 기차로 부랴부랴 서울로 올라온 현숙은 병실을 둘러보고 눈이 휘둥그레졌다.

"야! 엄마 아빠가 유명하니깐 확실히 다르다이."

그 모습에 기운 없이 침대에 누워 있던 지아의 웃음이 터졌다.

"현숙아! 나, 배에 힘주면 안 된대. 웃기지 마!"

"내가 언제 웃겼다고 난리고! 근데 아기 누구 닮았냐?"

현숙의 말에 지아가 대답했다.

"그게 나도 아직 잘 모르겠어. 어머님이 그러시는데 한 이삼 일 지나야 확실히 얼굴 나온대."

"그렇구나! 아기 언제 와?"

지아의 대답을 들은 현숙이 두 눈을 반짝이며 물었다.

"조금 있으면 올라올 시간이야."

"그래?"

사실 어제, 지아가 아기를 낳았다는 현우의 전화를 받은 후부터 현숙은 초흥분 상태였다. 워낙에 아기를 좋아하는 데다, 가장 친한 친구인 지아가 출산했다는 소식에 아기가 보고 싶어 몸이 근질거렸다. 그래서 새벽부터 한달음에 달려온 것이었다.

잠시 뒤 간호사가 아기를 데려오자 현숙은 소리도 못 내고 아기를 바라보았다. 바깥세상이 신기한지 아기가 두리번거리자 현숙이 물었다.

"아직 뭐가 보이진 않제?"

"응."

"우와! 작다."

현숙이 의자에서 일어나 조심스럽게 아기를 내려다보았다. 숱 많은 새까만 머리카락에 뽀얀 피부! 지아의 말대로 누구를 닮았는지 현숙도 아리송했다. 그러다 마치 아기가 자신과 눈을 맞추듯 바라보자 현숙이 호들갑스럽게 지아를 불렀다.

"야! 봐라, 봐라! 니 딸 천잰갑다. 내랑 눈 맞춘다!"

그녀의 말에 뒤에서 과일을 깎던 현우의 어머니가 웃으며 말했다.

"엄마 아빠보다 어째 이모가 더 팔불출이네!"

"아! 어머니 그렇게 되는 거예요?"

현숙의 말에 현우의 어머니가 웃었다.

"그래! 우리 꽁이는 든든한 이모가 있어서 좋겠네."

"아! 나도 아기 낳고 싶다."

아기를 들여다보던 현숙이 한숨 쉬듯 말하자 지아가 말했다.

"너! 형석이 오빠 만나 볼래?"

그동안 두 사람이 잘 어울리겠다고 생각해 온 지아였다. 이참에 서로 소개시켜 주면 좋겠다는 생각이 들었다.

"그 안무가 오빠?"

그녀의 말에 현숙이 물었다.

"응. 오빠 내가 오래 봐 왔잖아! 사람 좋아. 착하고……. 한번 만나 봐."

금방 아기를 낳고 싶다던 현숙은 막상 형석을 만나 보라고 하니 주저했다. 그 모습을 보던 지아가 말했다.

"시간 많으니깐 천천히 생각해 봐."

"알았어."

대답을 한 현숙은 간호사가 아기를 데려갈 때까지 옆을 떠날 줄 모르고 아기만 바라보았다.

잠시 집에 갔던 현우까지 만난 현숙은 점심이 되기 전에 병원을 나왔다. 수술 후 아직 몸이 회복되지 않은 지아가 쉬어야 했기 때문이었다. 아쉽지만 지아에게 인사를 하고 현숙은 아기를 한 번 더 보기 위해 신생아실로 향했다. 유리 너머로 아기가 보이자 현숙이 현우에게 말했다.

"꼬맹아! 넌 전생에 나라를 몇 번 구했냐?"

"왜?"

갑작스러운 그녀의 말에 배웅하러 나왔던 현우가 되물었다.

"지아 같은 와이프에, 저렇게 예쁜 아가까지. 다 가졌잖아."

"글쎄, 적어도 한 번은 아닌 것 같아."

"그렇지? 넌 대단한 놈이야."

현숙의 말에 그가 웃으며 말했다.

"그런데 누나!"

"응? 왜?"

아쉽게 아기를 데리고 들어가자 현숙이 그의 부름에 대답했다.

"이젠 나도 아기 아빤데 꼬맹이 소리 그만하면 안 되겠어? 원래 결혼하면 그만 부르기로 했잖아!"

그의 말에 현숙이 크게 깨달았다는 듯이 말했다.

"아! 그렇구나! 이제 꼬맹이가 아기 아빠가 됐구나!"

"누나!"

약 올리는 그녀의 말에 현우가 발끈하며 그녀를 불렀다.

"호호호! 알았어. 노력할게. 버릇이 돼서 쉽게 안 고쳐지는 거 어쩌냐!"

현숙의 애교 섞인 말에 현우는 더 이상 말을 못 하고 웃었다.

"나 이제 간다. 고생하고 지아 잘 부탁해."

"내 와이프거든!"

끝까지 투덕거린 현숙이 병원을 빠져나가자 현우는 병실로 발걸음을 옮겼다. 지아는 잠들어 있었다. 그리고 그의 어머니는 외출 준비를 하고 계셨다.

"간호사가 자꾸 움직이래. 그래야 회복이 빠르다고."

"그래요?"

좀 전에 간호사가 다녀가며 해 준 말을 현우에게 전했다.

"응. 네가 데리고 살살 운동시켜."

"네. 어디 가시게요?"

주섬주섬 몇 가지 짐을 챙긴 어머니가 말했다.

"집에 가서 엄마도 좀 씻고, 필요한 거 좀 챙겨 올 테니깐 지아 네가 보고 있어."

"네. 다녀오세요."

어머니가 병실을 나서자 현우는 의자를 당겨 침대 옆에 앉았다. 그때 퉁퉁 부은 지아의 손이 눈에 들어왔다. 현우는 그녀의 손을 쥐고 부드럽게 주무르기 시작했다.

"으음."

그가 마사지를 하는 것이 느껴졌는지 지아가 낮은 신음 소리를 냈다.

"아파?"

그녀의 반응에 놀란 현우가 물었다.

"조금."

비몽사몽인 채로 지아가 대답했다.

"고생했어."

출산 후 처음으로 둘만의 시간을 갖게 된 현우가 말했다.

"어제도 말했잖아."

지아가 미소 지으며 말하자 현우가 대답했다.

"그래도 또 말하고 싶었어. 정말 고생했고 아무 탈 없이 수술실에서 나와 줘서 고마워."

어제 수술 동의서에 사인을 할 때 내색은 안 했지만 현우는 심장이 터지는 것 같았다. 남들처럼 무난하게 자연 분만을 할 수 있을 거라 생각했는데 10시간에 가까운 진통은 진통대로 겪고 결국 수술을 하러 들어가는 지아를 보니 겁이 났었다. 그리고 아예 처음부터 제왕 절개를 할걸, 하는 후회도 했었다. 지아가 수술실에 들어간 시간 동안 현우는 천국과 지옥을 수시로 넘나들었었다. 양가 어른들이 계셔서 표현은 못 했지만, 현우는 말 그대로 죽을 맛이었다.

"사랑해. 지아야!"

"나도 사랑해."

퉁퉁 부은 손에 현우가 입을 맞추었다. 그 모습을 지아가 물끄러미 바라보았다. 새삼 본인이 사랑받고 있다는 것이 느껴졌다. 항상 사랑을 넘치게 주는 현우와 자신을 위해 대전에서 한달음에 올라와 주신 시어머니와 침대맡에서 한없이 울던 아버지와 현숙까지, 지아는 새삼 자신에게 사랑을 주는 사람들이 눈에 들어왔다. 그리고 이제는 자신이 한없는 사랑을 주어야 할 아기까지 옆에 있다고 생각하니 지아는 그 어느 때보다 가슴이 꽉 차는 기분이었다.

"내가 결혼은 잘한 거 같아."

그녀의 말에 현우가 웃으며 말했다.

"그 말이야말로 고마워."

현우의 웃음에 지아도 같이 웃었다.

* * *

면회 시간에 맞춰 헐레벌떡 들어오는 강 회장의 얼굴이 어느 때보다 밝았다. 산후조리원으로 옮기기 전에 손주 얼굴을 볼 생각을 하니 걸음이 빨라지는 그였다. 요즘 같으면 부러울 것이 없는 강 회장이었다. 지아가 결혼한 지 얼마 되지 않아 임신 소식을 전하더니, 그동안 말은 못 하고 있어도 내심 신경이 쓰였던 며느리까지 뒤늦은 임신 소식을 전해 왔다. 그래서 요즘 강 회장은 이렇게 행복해도 될지 의문이 들 만큼 기분 좋은 나날이었다. 서둘러 신생아실 앞으로 가자 언제 온 것인지 지석도 와 있었다.

조용하던 집에 아기가 태어나니 꼬물거리는 게 눈에 밟혀 일이 안 되는 가족들이었다.

창문으로 잠시 보는 거지만 아기가 눈에 아른거려 강 회장은 일이 손에 잡히지 않았다.

"차 서방은?"

누구보다 먼저 아기를 보러 왔을 현우가 안 보이자 강 회장이 물었다.

"지아 필요한 거 가지러 집에 갔어요."

내일이면 지아가 산후조리원으로 옮겨, 현우의 어머니는 오늘 오전에 대전으로 내려가신 상태였다. 아들의 말에 강 회장이 고개를 끄덕였다. 잠이 오는지 하품을 하는 아기에게서 눈을 떼지 못하는 강 회장을 보며 지석이 물었다.

"그렇게 좋으세요?"

"그럼 당연하지. 내리사랑이 괜히 있는 게 아니야! 너희들 키울 땐 이런 거 모르고 살았는데! 아이고! 저 꼬물거리는 거 좀 봐라!"

눈을 깜박이며 움직이는 아기에게서 눈을 못 떼는 강 회장을 보며 지석이 말했다.

"지아가 한 일 중에 제일 잘한 일 같아요!"

그의 말에 강 회장이 고개를 흔들었다.

"태어난 것만으로도 제 할 일 다 했어. 너도 그렇고……. 너도 낳아 봐. 그럼 알게 돼."

퇴근 시간이라 분명 오빠와 강 회장이 아기를 보러 올 것을 알고 있는 지아도 운동 삼아 두 사람을 보려고 신생아실로 내려왔다. 그러다 의도치 않게 두 사람의 대화를 듣게 되었다. 강 회장의 말에 지아는 콧등이 시큰해졌다.

"아빠!"

그녀의 목소리에 강 회장이 뒤를 돌아봤다. 환자복을 입은 지아가 눈물을 그렁거리며 이쪽을 바라보고 있었다.

자신이 하는 말을 지아가 들은 것을 알게 된 강 회장이 민망함에 고개를 돌리며 말했다.

"이제 엄마인데 아빠가 뭐야? 그리고 애 낳고 울면 안 돼. 눈 다 버려."

강 회장의 말에 지아가 얼른 눈물을 닦았다.

"아버지는 안 익숙해!"

앙탈을 부리며 말하는 지아를 바라본 뒤 강 회장은 다시 아기를 보려고 돌아섰다.

"그럼 계속 아빠라고 불러, 나도 네가 아버지라고 부르면 너무 늙은 것 같아 싫다."

"알았어!"

산후조리원에서 지아가 필요한 것들을 챙겨 병원으로 돌아온 현우도 아기를 보러 신생아실로 향했다. 신생아실에 나란히 서서 아기를 바라보는 세 사람을 바라보는 현우의 입가에 미소가 떠올랐다. 오랜만에 오붓한 시간을 보내는 세 사람을 방해하기 싫어 현우는 조용히 병실로 올라갔다.

시간이 지나 강 회장과 지석이 돌아가고 수유 시간이 되어 젖을 물고 있는 아기를 바라보는 현우의 눈에선 꿀이 떨어졌다. 처음에는 젖꼭지를 밀어내며 거부하더니 이젠 제법 잘 먹는 아기를 보며 현우가 말했다.

　"지금처럼만 쭉 행복했으면 좋겠다."

　"나도!"

　현우의 말에 지아가 동조하자 그녀를 바라보며 현우가 말했다.

　"나중에 제 콘서트 또 한번 뒤집어 주셔야죠, 선생님!"

　"또?"

　그의 말에 지아가 놀라며 물었다.

　"당연한 거 아냐? 난 너 아니면 안 돼."

　"……."

　대답 없는 그녀를 보며 현우가 말했다.

　"앞으로는 너 아니면 그 누구와도 파트너 안 할 거야! 내 평생 파트너는 너야! Dance With Me?"

　여러 의미가 담겨 있는 그의 말에 지아는 미소를 지었다.

— *Fin*

1판 1쇄 찍음 2021년 8월 19일
1판 1쇄 펴냄 2021년 8월 27일

지은이 | 재롱이
펴낸이 | 정 필
펴낸곳 | (주)뿔미디어

기획 · 편집 | 이영은, 김선희

출판등록 | 2002년 9월 11일 (제1081-1-132호)
주소 | 경기도 부천시 소향로17, 303(두성프라자)
전화 | (032)651-6513 팩스 | (032)651-6094
E-mail | dahyangs@naver.com
블로그 | http://blog.naver.com/dahyangs
비북스 | http://b-books.co.kr

값 9,000원

ISBN 979-11-6713-426-4 03810

www.b-books.co.kr

www.b-books.co.kr